恒川光太郎

金色機械

金色大人

王華懋 譯

恒川光太郎

金色大人

Contents

午夜之風　一（一七四七）

暮六刻（註一）的鐘響了。

秋風拂過昏暗的街道。

風將林立的妓樓板牆吹得格格價響，掀起路上遊女（註二）們的裙擺。

臨河一帶的大型風月場——遊廓，名為「舞柳」。風一吹，柳枝便隨之裊裊飄拂。

進出舞柳的門只有一處，設有崗亭監視進出。內部茶館、妓樓櫛比鱗次，街道盤根錯節宛若迷宮。遊廓裡的女子嬝嬝婷婷，穿著外頭難得一見的錦衣華服，有如天女。舞柳的遊女從上等到下等，數量多達數百。

遊廓將其莫大的利潤一部分上繳給藩，因而在官方公認下經營。

熊悟朗手肘倚在欄杆上，漫不經心地望著煙管飄出的煙霧化入剛日落不久的天空。他是一名彪形大漢。額頭正中央有顆黑痣。涼風撫過熊悟朗的臉頰。西邊遠方雲朵染成了金色。

熊悟朗坐的地方，是信濃屋四樓，俗稱的「大老爺房」。

註一：江戶時代，將日出時間定為「明六刻」，日落時間定為「暮六刻」，期間各分為六等分，一日共十二刻。

註二：日本古時在遊廓（風月區）工作的娼妓。

熊悟朗年僅三十七，卻是這座大遊廓的創始人，亦是信濃屋的樓主。望著向晚天空，暫時讓心思遠離日常雜務。在暮六刻的鐘響時私下祈禱，是熊悟朗一向的例行公事。他會感謝天地神明讓他活到當下這一刻。

結束短暫的祈禱，熊悟朗恢復樓主的臉孔，轉向房間。有人走上樓梯的聲音。

「大老爺，我帶新的姑娘過來了。」

「進來。」

紙門唰一聲打開，一名女子被領進和室。女子恭敬跪坐，俯首行禮。

「好了，別拘束。」熊悟朗懶散地將座墊扔過去。

女子抬起頭來。年輕貌美。熊悟朗首先確定這一點，點了點頭。就像白天遣手婆（註）說的，有個漂亮的姑娘要進來。

「別這麼畢恭畢敬的，不必跪坐無妨。我看看，你叫什麼？」

「遙香。」

「這樣。」

這是對新來的遊女進行面談。在信濃屋和底下妓樓工作的女子，一開始都必須與熊悟朗面談。不管底下的人再多，他都一定會掌握每個人的底細，有時也會在面談之後打回票。

「你長得很不錯。以前見過嗎？」

「沒有。」自稱遙香的女子搖搖頭。「今晚是遙香第一次面見主公大爺。」

「我只是個妓院樓主。以前有人那樣叫我，惹得在場的上級武士失笑。叫我大老爺吧。」

「是，大老爺。」

「嗯，遙香，你身上有病嗎？」

「沒有瘡病。」

「爲什麼不去別家，要來我這兒？」

「信濃屋風評好。花門柳戶多半有不好傳聞，但舞柳這裡，人人都說人情味濃，重仁義。」

熊悟朗破顏微笑：「若不如此，怎麼能安心工作？江戶吉原、京都島原、大坂新町，這些地方全是大遊廓，但咱們這裡也有些遊女是從那裡來的。她們就是聽到舞柳好，才會投奔這兒。即使給自己贖了身，也很少有人回家去。畢竟就算回家，也沒有容身之處。我也想要把這兒打造成好姑娘都想進來工作的地方。」

「實不相瞞，遙香來此，最大的理由是拜會舞柳知名的大老爺——見熊悟朗老爺一面。」

熊悟朗目不轉睛地盯著遙香。

遙香投以嬌媚的笑容。

「特地來看我？妳要賣笑的對象可不是我。」

遙香輕笑了一下。

「唔。」熊悟朗眼睛盯著遙香，交抱起雙臂，挺直背脊。「我識人眼光不差，以前人家都叫我法眼熊悟朗。」

「遙香知道。今天我也在底下聽人說大老爺能看透一切，對大老爺撒謊是沒用的。」

「沒錯。今晚咱們就促膝長談，說說你是個怎樣的女人吧。我這人就愛打破砂鍋問到底。」

註：遣手婆是日本遊廓妓樓中負責調教遊女，接待客人的婦女。

「好的，大老爺請儘管問。」
「從出身開始好了。你是哪裡人？」
「武川。」
武川就在這附近。「這樣，家裡是佃農嗎？」
「不是。」
「你不是被家裡賣進來的？」
「不是，我是自願進來的。」
「以前在吉原還是哪裡做遊女，轉到這裡來的嗎？」
「不是。」
「是第一次做這行？」
「是。」
「那，也不曾在筵席等地方以歌舞絲弦娛客？」
「不曾。」
雖然還年輕，但熊悟朗認爲這年紀要栽培成花魁太晚了。遊廓也有僅五、六歲的女孩。
「在私窠子賣過身嗎？」
「沒有。」
「這樣，那你是在哪裡聽到舞柳的風評的？」
「以前認識的遊女告訴我的。」
熊悟朗蹙起眉頭：「一竅不通嗎？那梳櫳——？」

梳櫳是指娼妓頭一回接客，自幼便在妓樓長大的娼妓獻出貞操。一般都會請經驗豐富的常客來梳櫳。熊悟朗是在問女子，她總不會還是在室女？

但女子不知是否不懂，沒有回話。

熊悟朗旁敲側擊地問：「你喜歡男人？」

女子微笑，側起頭來。

「那，你輕蔑男人嗎？」

「一半一半。」

「也是，應該要看對象吧。」

「我也想請教大老爺。大老爺喜歡女人嗎？還是輕蔑女人？」

「這個嘛……」熊悟朗模仿遙香，側起頭。

這個女人教人摸不透。似乎不是被人牙子賣進來，爲了還債而墮入苦海。但也不是認定遊廓是自己施展長才的歸宿，主動踏進這華麗淫靡的世界。

「我率領熊悟朗幫，在這處遊廓經營信濃屋，有幾個理由，但最大的理由當然是我愛女人。女人是無上妙品，才能賺大錢。男人會帶著錢上門。男人都爲了得到女人的愛而瘋狂，這就是這個世上的眞理。就是羞於承認，才會編造出種種說詞。我對女人只有尊敬，怎麼可能輕蔑？」

「這樣嗎？」

熊悟朗改變話題：「你進來的時候，被檢查過了吧？衣服和頭髮，遣手婆都檢點過了吧？」

在晚間被領來見熊悟朗的女人，都會由遣手婆先帶到浴室，沐浴淨身。此時身上的一切物品都暫時由遣手婆保管，身上連根簪子都不能戴。熊悟朗一死，大筆金錢與遊廓的權利將陸生風波。因此爲了提防暗殺，必須確保無人暗藏武器上樓。

「是的，檢查過了。」

「也就是說，你手無寸鐵。」

女子點點頭。

熊悟朗定定地看著女子的臉。

這時，坐姿的女子胸口迸出一道火花。

他瞇起眼睛。看著看著，女子的肩處又「啪」的一聲，迸出另一道黃色火花。

「眞可疑吶？」

女子神情略爲一沉，但接著抿嘴微笑，似要掩飾那份陰沉。

熊悟朗的法眼首次發揮力量，是他七歲的時候，當時他的名字還叫做「可黑」。熊悟朗在紙匠之鄉，和身爲紙匠的父親住在一起。某個秋日，父親只說要去河邊，帶著可黑一起出門了。

在這之前，可黑並不是個特別聰明的孩子，也不敏銳。當時他也想著完全無關的事——昨晚吃了上頭放紅豆泥的麻糬。這時父親身上「啪」地一聲冒出火花，似在警告。

可黑停下腳步。

「爹，你身上剛剛『啪』了一下。」

「你說啥？」父親露出莫名其妙的訝異表情。

父親身上各處又不停地迸出火花來。那是只有可黑一個人看得到的火花。火花在警告危險勿近，靠近了會燙著。但父親本人的表情依舊沒有變化。

「可黑，你是怎麼啦？」

父親的表情很僵硬。這麼說來，父親說要去河邊，卻沒帶魚籠，也沒帶釣竿。而且不知為何，不是去村子的河邊，而是往無人的支流走去。

「爹，你要罵我對吧？」

「啥？我幹啥要罵你？你做了什麼？」

「我什麼都沒做，可是——」你要罵我對吧？

「別胡說了，走吧。」

忽然，無數的碎片在少年腦海裡浮現。

幾星期前來到家裡的父親新的女人，今早嫌惡地看著他，對父親使眼色，看起來別有居心。他的生母許久前就和男人私奔了。兩天前，這名新女人用奇妙的音調唱著歌：「啊、荷伊、啊、荷伊，七歲以前是神子。」可黑一現身，她便狂笑不止。還有，昨晚的菜色不知為何難得一見地豪華，又不是節慶，卻有鯉魚、雞肉，最後還有紅豆泥麻糬。

電光照徹一般，直覺一閃。

接下來將會發生什麼，他瞭然於心：父親不是要罵他，而是要殺他。可黑又走了一小段路，停步再次仰望父親。

父親惡狠狠地俯視可黑：「你是要停下來幾次？到底怎麼了？」

「昨天的麻糬很好吃。」可黑說。謝謝你給我吃那麼好吃的麻糬。

父親身上冒出黑霧般的東西。眼前這個人已經不是父親了。

「是啊，很好吃。」父親的聲音不帶感情。

劈哩、啪啦，火花迸射。

可黑「哇」大叫一聲，拔腿就跑。

「可黑！可黑！」父親大喊，追趕上來，但踩進河裡，來到難以行走的滑溜岩地時，腳下一滑，從岩石上摔下去了。可黑丟下扭傷腳的父親，頭也不回地逃走了。

熊悟朗到現在都還記得。不斷被往後甩去的綠意。淌下身體的汗水。自由與死亡的氣息。

當天晚上，熊悟朗露宿山中。狼嗥聲忽遠忽近。拂曉時分，可黑冷醒過來，餓著肚子走著走著，在獸徑遇到了一頭大熊。

可黑沒辦法裝死，又嚇得動彈不得，當場腿軟蹲了下來。灰色的熊盯著可黑看了看，嗅了嗅他的味道。他目不轉睛地看著熊。應該比他重上二十倍有餘的熊，眼中帶著好奇，卻好似忽然想起什麼事，改變心意，掉頭一轉，笨重地離去了。

此後可黑再也沒有回家，被一群山賊收留，闖出了一番名號。就是在這時候，他拋棄可黑這個幼名，自稱熊悟朗。成長至今，他在無數次的危機當中，被這近乎妖異的靈敏直覺所拯救。

不能洞察人心，無法預測天氣。但他能看出殺意。只要有人靠近，並心懷不軌，不管再如何掩飾，熊悟朗都能看出來。火花會迸出來警告他，並看見該人身上冒出漆黑的煙霧。

熊悟朗識破這些居心叵測的人、胸有城府的人、圖謀背叛的人，總是先下手爲強。

這樣的力量被奉爲法眼，在熊悟朗幫及舞柳遊廓的下人之間成了傳說。

「我感覺得到。」熊悟朗喃喃道。

應該赤手空拳的這名年輕姑娘讓他感覺到兩次火花。

謊言的火花、祕密的火花。

雖然尚未看見殺意的黑霧，但他隱約感覺到女子內在如死神般幽冥的氣息。

「你不是想進來工作。你另有目的。」

女子的表情緊張起來。

「爲什麼……」看得出來？

「被我猜中了？你那不是想當遊女的神情。」熊悟朗斬釘截鐵。「哼，你是來殺我的？誰派你來的？」

女子眼睛朝上望著熊悟朗說：「大老爺這指控太可怕了。魁梧英勇的大老爺，豈是我這手無縛雞之力的弱女子殺害得了？您可是威震天下的熊悟朗老大。」

「什麼威震天下，你可以下毒，手段多得是吧。」熊悟朗苦澀著臉。

今天這場合，沒有機會在食物裡下毒。但若是在雲雨之中，要把暗藏的毒藥餵入陷於恍惚的對方口中，也並非不可能。

「我說姑娘，我已經決定了，我的死期，由我自己決定。」

女子表情上的緊張倏地消失，浮現妖豔的笑。

「不愧是大老爺，眞正法眼無虛，能識破常人不見之物，對吧？這趟求見，眞是不虛此行。但遙香身上沒有毒藥，遑論其他。確實正如大老爺所說，我撒了謊。我來到這裡，不是爲了做遊女。我今晚前來，是爲了與大老爺一談。」

「談什麼？」

「我認爲遊女的面談，是最容易、又不會受人打擾，可以與大老爺深談的機會。」

「你到底要談什麼？」

「一名姑娘的故事。可以請大老爺聽聽遙香的身世嗎？」

熊悟朗瞪住女子。看上去只是個尋常小姑娘。若非法眼反應，他根本不會提防。這樣一個小姑娘有什麼祕密、想要告訴他什麼，勾起了他的興趣。

「身世？」熊悟朗喚來下人，添了燈油，喝了一杯水，催道：「說吧。」

女子停頓一拍，娓娓道來：「就如同大老爺擁有法眼之力，我亦擁有非比尋常的力量。這力量有時極其危險，形同刀劍。大老爺的法眼所看透的，就是我的這種力量。」

1

上天賜劍之人（一七三七－一七四六）

1

冬季一早，自夜半下起的雪將地表覆蓋成一片雪白。

年幼的少女遙香爲了解手而走出屋外，聽見近處有動物的叫聲和喘氣聲。

遙香停住動作，豎起耳朵。呼氣變成白色。屋簷下掛著長長的冰柱。倉庫的方向再次傳來痛苦的哀鳴。雪地上有紅色的血跡。遙香輕手輕腳地繞過庭院，發現堆柴的倉庫旁邊倒著一頭鹿。肚子上插著一支箭。一定是在別處被射中，逃到了這裡。

太可憐了——憐憫之情油然而生。遙香跑過去，想要拔出箭，但憑年幼的她的力氣，實在無能爲力。鹿粗重地喘著氣，口角冒泡，漆黑的眼睛望著少女，後腿抖動著，就像在說：你要害我嗎？我不會讓你得逞。

遙香想要牠安靜下來。

她安慰地撫摸著鹿。乖，乖，痛痛飛走囉，痛痛飛走囉。

遙香撫摸著，一陣訝異。

鹿的毛皮底下，有一片宛如無垠夜空般的空間。當然，現實的毛皮底下是血、骨頭與內臟，但遙香的手掌卻摸到了異於那些的茫漠感覺。遙香繼續撫摸，手中握住了一團淡淡的光輝。

她忘了寒冷，進入某種不可思議的境地，彷彿世界上只剩下她和正在撫摸的鹿。

鹿安安分分，露出沉醉的眼神閉上了眼睛。

這樣就好。遙香繼續撫摸著。已經不痛苦了。

鹿安靜下來後，遙香才跑去叫父親。父親名叫祖野新道。

新道蹲在鹿的身前，說已經死了，遙香驚愕萬分地說：「死了？」

她知道什麼叫做死。她以爲鹿是睡著了，原來並不是。

遙香驚慌不已：「是因爲我亂摸牠嗎？所以鹿才死掉了嗎？」

「不是，是因爲牠受傷了。」新道說。「不是你害的。不管這個，幸好你平安無事，受傷的野獸最是危險，萬一瘋狂掙扎起來，你可能已經被牠踹死，或是撞死了。」

這天鹿被大卸八塊，煮成鹿肉鍋招待鄰里。

即使父親說不是她害的，但手中確實留下了將鹿引向死亡的感覺。年幼的時候，遙香有過許多好笑的誤會，但這件事並不是她搞錯了。後來遙香養了貓，卻在抱著貓玩耍的時候讓貓死了。

某天，遙香在新道面前安撫了一隻雞，並取走牠的性命。雞沒有掙扎，最後發出撒嬌般安祥的啼聲，下一秒便渾身脫力。

遙香不安地仰望父親：「那天把鹿殺死的，就是遙香這古怪的手。」

新道默默地抓起那隻雞查看，啞然無語。父親的臉色實在太蒼白，遙香哭了出來。

「可是爹，這就跟掐斷脖子是一樣的。遙香已經明白怎麼做就會死掉了。只要不去想要那麼做，就不會再殺死任何動物了。」

新道一臉嚴肅地看著遙香，膽戰心驚地點了點頭。忽然，遙香覺得父親或許會把她帶去丟掉，急忙接著說：「我、我們把雞吃掉吧。既然殺掉了，就吃掉吧。」

遙香殺死的雞沒有拿去煮，而是被埋進土裡。從此以後，新道再也沒有抱起遙香，或是讓她坐在腿上，並且禁止遙香和其他孩子玩耍的時候彼此接觸。

2

遙香的父親祖野新道是武川村的開業醫師。新道二十多歲時，在江戶城下的醫學館學過蘭學（註一）。在武川村開業以後，除了行醫之外，也在寺子屋（註二）每星期教授一次讀寫和算數。新道像僧侶一樣剃髮，溜肩的清瘦身材，性情溫文儒雅，在遙香殺鹿的時候，已年過三十五。

他生性耿直，來者不拒，因此許多人慕名來訪，在村中就和武士一樣，是擁有姓氏和佩刀特權的名士，備受尊敬，總是收到蔬果、魚類和酒等饋贈。儘管擁有佩刀的特權，但新道從來不曾佩刀外出。每年新道都會到山中人們稱爲「邊村」的偏僻聚落看診兩、三回。

邊村位在武川村沿著河流深入山林之處。前往看診時，會帶上初枝和幾名弟子及遙香當助手。邊村有些特殊，居民幾乎是老人。在武川村，許多老人到了某個年紀，便會自願遷往邊村。除

註一：蘭學指江戶中期以後，日本在鎖國期間透過荷蘭文所學習的西方各種文化的總稱。

註二：寺子屋是江戶時代的庶民教育機關，最初由僧侶教授讀寫珠算，後來也有武士、醫師、神社神職教導。

了老人以外，還有因病或因礦山意外而四肢殘缺的人，或是不知從何處流浪到此地、身分不明的人。邊村不屬於藩的管轄，免除田賦，戶籍也模糊不清。那裡是平靜地等死的人，與棄世之人所組成的隱居之鄉。

新道一進入邊村的古寺，等待看診的人便魚貫前來。

新道和熟識的老人們閒話家常。老人們說起今年冬天有誰走了，春天又有誰走了。到邊村看診，基本上是不收酬勞的義診。新道認爲這些人離群索居，更需要醫療照顧。有時他也會將自家吃不完的贈禮蔬果和酒類用兩輪拖車載了送去，幾乎是慈善事業。

事情發生在某個夏日的邊村。

新道把少女叫過去。

「遙香，關於你的那種『妙法』之力。」

遙香筆直地看著父親——祖野新道。

「我都有遵守。」

新道向來嚴厲叮囑遙香，絕對不能使用那種妙法，也不能告訴任何人。還威脅如果她以那種力量害死人，他會二話不說，一刀將她斬死。當然，遙香一點都不願意使用這種殺害生物的力量，因此聽從父親的吩咐，將它封印起來。對於在不清楚這股力量的情況下害死了貓，她後悔萬分，甚至在庭院裡爲貓建了墳，時時上香。

新道對訝異地看著他的遙香說：

「你當然都有遵守。但仔細想想，既然老天爺給了你這樣的力量，或許其中自有某些道理。」

新道先把遙香帶到瀑布，讓她淨身。

兩人一起到瀑布旁邊祭祠龍神的祠堂祈禱，說接下來要對村子裡的某人使用妙法，請老天爺允許。回到寺院，遙香被帶到因為劇痛而哭喊的老嫗前。老嫗罹患侵蝕臟腑的疾病，日漸惡化，痛楚與日俱增，卻藥石罔效，因而轉為尋求能安詳死去的方法。

老嫗連珠炮地叫罵不休，一看就是棘手病人，但遙香把手放到她的胸膛後，她立刻停止叫嚷了。老嫗神情奇妙地說：「這究竟是……」

「會痛嗎？」新道確定地問。

「不，不痛了。疼痛都消失了。明明坐在榻榻米上，身體卻像浮在半空。」

老嫗疑惑地望向遙香：「你幾歲？」

「九歲。」

「真是神妙，這到底是施了什麼法？」

遙香答不上來。我是在施什麼法？一旁的新道答道：

「奇妙的是，這孩子的手具有神力，能減輕痛楚。」

「哦？」老嫗說。「真希望你能一直摸著我。不，真希望這孩子能送給我。請你就這樣摸著我，直到最後一口氣。我從來沒有這麼舒服過。喏，可以再往前一步吧？」

所謂再往前一步，是只有老嫗和遙香共有的感覺。

「沒關係，再深一點，往更深一點的地方去吧。到再也不會痛的地方。你明白我的意思吧？」

老嫗說道，誦起經。新道把手放到遙香肩上，點了點頭。

——照她說的做吧。

遙香的掌心感覺到猶如光珠一般的生命。

她一時下不了手。縱然換成再多其他的說法，依然形同叫她取人性命，她當然下不了手。胃陡然下沉，一陣欲嘔。她的心感受到快四分五裂的沉重壓力。好想拋開這一切逃走。

大家都在看。

渾身冒汗。時間一分一秒過去。汗珠接二連三落下。

不久，遙香將生命的光輝輕輕地推回深邃的宇宙。

老嫗如同安眠般走了。

這是遙香第一次殺人。

老嫗嚥下氣，遙香哭了。她的心情宛如經歷驚濤駭浪。初枝給了她草餅，柔聲勸慰。

新道就像要爲遙香排解心情地說：

「爹認爲這世上的善惡，做人們開心的事、想要的事就是善，相反的則是惡。」

聽著父親沉靜的聲音，遙香漸漸平靜下來。

若對方希望，即使取走他的性命也不是壞事，是這樣嗎？但既然爹這麼說，一定就是如此。

「如果不管那個阿婆，她就只能受盡折磨，在痛苦中死去，你救了她。沒有人能責備你。包括阿婆在內，所有人都感謝你。喏，你成全了別人的希望。遙香，你雕個佛像吧。」

回家以後，遙香依照新道說的，想著老嫗，雕了尊小木像。

她把雕好的木像安置在屋後的山洞裡。她點了香，和新道一起合掌膜拜。

新道拍了一下遙香的肩膀：

「對那位阿婆，只要像這樣偶爾上香就行了。」

3

協助新道行醫、住在家裡包辦家事雜務的初枝已經三十多歲，但外表看起來更年輕。

遙香感覺得出來，初枝望著新道的眼神，總是帶著愛慕的光采。遙香把初枝當成母親般孺慕。每次她都問初枝為什麼不跟父親結婚，但初枝總是曖昧地帶過：「我們不是那種關係」、「新道大夫對我沒興趣」、「我只要能待在新道大夫身邊，不給他添麻煩，就心滿意足了」。

使用「妙法」時，遙香感覺菩薩就在身後。菩薩從身後把手疊在她的手上。菩薩總是在後，因此遙香沒見過祂的臉。或許那並不是菩薩，而是仁王。也可能是可怕的怪物。

總之，她感覺背後有巨大的存在。

後來遙香也在新道的命令下，持續使用她的「手法」。死亡並不是壞事。死亡是自然的終點，不好的反而是痛苦。

某個老翁瞧著遙香，笑說她長得很像他的孫女。

「走了就沒法說了，先讓我道謝吧。」老翁說。他的肚子因為積水鼓脹，肺也不好，咳個不停，淚眼汪汪承受著劇痛。遙香打開老翁的衣物，手放到胸上。

老翁閉上雙眼喃喃：「太神奇了，這就是傳說中的菩薩手嗎？疼痛眞的一下子消退了。」

「是的。」

「一點都不痛了。身子好像飄浮在半空中。噢噢，我看到了、看到了。遠方有一片麥田，大夥都在那兒。」

「是的。」遙香抓住脈動的光輝。

「那兒就是西方極樂淨土嗎？那是我花了一輩子耕種的田地啊。」說到這裡，老翁溫柔望向遙香。「有神明跟著你。雖然不知道那是善神還是惡神。」

「是的。」

遙香稍微想到了菩薩。

「哪天你可以去找金色大人。」

「金色大人？」

「怎麼，你不知道？金色大人也是神，不過是和你完全不同的神。金色大人住在山上。找個日子去見祂吧。好了，動手，我要去那片麥田了。」

遙香閉上雙眼。將脈動的光輝推回漆黑的宇宙。

老翁含笑嚥下最後一口氣。在稍遠處守望的老人們全都合掌膜拜。

遙香想了。讓痛苦的人死去——這根本不是特別的力量。只要有念頭，任何人都辦得到。拿一塊濕布罩住口鼻，讓對方窒息就行了。但死在自己手中的人，是從疼痛中徹底解脫，沉醉在夢幻中離世。安樂的程度是天壤之別。

不知不覺間，遙香明白了她與父親沒有血緣關係。

自己好像是在武川的河邊撿來的孩子。她沒有追問詳情。因為她害怕，不想知道太多。在當時，棄嬰很常見。常有小孩被丟在人多的橋頭或寺院。遙香被撿到的那天就定為生日，名字是祖野新道取的，年紀也因為當時像兩歲，便從兩歲算起。

即使沒有血緣關係，父親依然是遙香的父親。遙香總是跟在新道身邊，拚命努力工作。也許是經常和大人在一起，她在心理上比同齡的孩子更早熟。

遙香心想：

爹賣藥給有救的病患，讓他們活下來，而我讓沒救的病患安祥地死去。我們是一體兩面。我只是爹的工具。是爹的影子。

但這樣就好了。做爲工具，爲最愛的爹爹派上用場，是我的驕傲。

遙香又在邊村聽到金色大人的事。

新道說今天沒什麼事，叫她自個兒去玩，遙香便隨意四處散步。

遙香認爲自己待在新道身邊才有價值。一個人在荒郊野外閒晃也很乏味。她前往總是在那裡淨身的瀑布。經過布滿生苔岩石的陰暗道路。夏季的瀑布也許是因爲前幾天的雨，水量豐沛，氣勢宏偉。水潭的水十分清澈，魚影閃動。把腳浸泡在水裡，冰涼極了。

遙香在水潭邊遇到一名正在休息的採山菜老婦人。應該是邊村的居民。老婦人臉上包著布巾，旁邊的竹籠裝著菇類與山菜。

「你好。」遙香行禮。

「啊，你好，咦，你是祖野大夫的女兒，有菩薩手的那位……」

「是的。今天我爹說沒什麼事，叫我自己出來玩。」

包頭巾的老婦人長長地嘆了口氣，指著旁邊叫遙香坐下。遙香和老婦人聊了一會。老婦人自稱阿玉，出生在武川的大櫸樹旁，是四個孩子裡中間的一個，因爲老朋友都搬到邊村，所以自己也來了，孫子現在住在江戶。

兩人聊得正融洽，阿玉說：「世上眞有極樂世界嗎？」瞬間，遙香語塞了。她不知道。但以菩薩手讓人永眠時，有好幾個人幻視到宛如桃源鄉的地方並描述出來。

「應該有吧？」

「如果有的話，那是什麼樣的地方呢？」

「一定是很美麗、很舒服的地方。」

「想要的東西都在那裡嗎？已經過世的爹娘會來接我嗎？」

「應該吧。」遙香呢喃。

她覺得明明不知道卻這樣說，是不負責任的行爲，但她還是想要肯定這個念頭。

她望向波光粼粼的河面。注視著和平地閃動的河川，總覺得好似要被吸入夢幻境地裡。

「這樣啊，那我就放心了。」阿玉說。

遙香微笑。

「你對金色大人有什麼看法？」阿玉問。

「金色大人？」是這一帶常聽到的神明。「以前有一次我替一位老先生送終，他說我可以去找金色大人。金色大人住在山上嗎？」

「咦，你不知道嗎？沿著這座瀑布一路往上，金色大人住在很高很高的地方。」

遙香仰望瀑布。不知道幾丈高，實在爬不上去。

「金色大人是人嗎？」

「不是人。全身都金子做的。」

原來如此，就類似佛像吧，遙香想。

但阿玉接著說：「雖然很久以前了，不過有人看到金色大人在路上走。」

「呃，金色大人會走路嗎？」

「說祂周身金光。」

遙香無法想像。在山路上行走的金色佛像。阿玉或許在捉弄她。

翠鳥迅疾地飛進水中，叨起魚飛走。

「眞厲害。」阿玉說。「在這兒，如果有什麼想求神拜佛的願望，人們就會爬上那座瀑布旁邊，見金色大人。」

「金色大人會實現願望嗎？」

「不是，好像會開示什麼的。如果將來你遇到什麼煩惱，也可以過去瞧瞧。」阿玉指著瀑布旁邊的山崖說。「仔細看，是從那裡上去。」

仔細一看山崖的岩壁，有可以踩踏之處。可以迂迴繞過瀑布攀登。

但無論如何都必須攀岩而上，若非有莫大的覺悟，無法輕鬆攀上。

「或許根本沒有金色大人，也沒有極樂世界。」阿玉低語。「這我都知道的。不過聽到你的話，我就放心了。」

這天晚上，遙香在睡前對初枝說了這天的事。在蚊帳裡，初枝應道「山上眞的很神祕」。

「我想要進深山，看看有沒有金色大人。」遙香說。

「走路的佛像嗎？」初枝笑道。「這一帶的人偶爾會提起那金色大人呢。或許瀑布上頭有祠堂還是什麼。」

外層的遮雨窗板開著，熱鬧的蟲聲灌進屋裡。燈已經熄了。

「遙香啊，你聽過『鬼宮殿』嗎？」

「那是什麼？」

「在很深很深的山裡面，還住著鬼呢。」

「鬼？」

不只是金色大人，還有鬼？

「很有名喔。我小時候聽人說的。聽說在很深很深的山裡面，有住著鬼的鬼宮殿，如果太往深山裡面跑，就會遇到鬼，被鬼宰掉。聽說那鬼不是頭上長角、圍著虎皮的模樣，而是穿著普通的衣服，假扮成人類。」

「眞可怕。」

「山裡面很可怕的。就連這邊村都很詭異了，更深山的地方，光是想像就嚇死人了。不可以跑到太裡面的地方去喔。」

隔年阿玉身體變差，在遙香的手中微笑離世了。

4

遙香十一歲了。某個春季的清晨，遙香在家中倉庫發現一把刀。收在塗漆刀鞘裡的那把刀放在塵封的箱籠裡，就像要深藏起來。她沒有把刀拿出倉庫，而是直接從刀鞘裡抽出來。刀身處處鏽蝕，也有凹痕。遙香試著揮動沉甸甸的那把刀。

這是誰的刀呢？是爹的嗎？遙香想像它砍人的樣子。

看我來斬除邪惡的禍害！

自己擋在爹或初枝身前，揮劍保護他們——遙香沉迷於如此英雄式的幻想。

爹是救人的，我是殺人的。

過橋就到的城下町那裡，也有去劍術道場習武的武家子弟。遙香完全不想要砍人，但如果修習武藝，在道場專心致志地揮汗鍛練，以備不時之需，不知道有多棒。好想爲爹派上更多用場。

「遙香想要學劍。」遙香把額頭抵在榻榻米上懇求。

但新道和初枝都大力反對。這也是當然的，村子裡沒有任何女人習劍。

「你又不是武士，女人學什麼劍？」初枝幾乎說不出話。

「遙香，你怎麼會動起習劍的念頭？」新道語氣沉重地說。「你應該明白，我們的生活根本不需要什麼劍術吧？」

「遙香會有這種怪念頭，都是因爲她在倉庫裡找到刀子吧。」初枝說。「我剛才到倉庫，發現刀子被動過了。那麼可怕的東西，你可千萬別再碰它。」

「對不起。」動機全被看透，遙香羞紅了臉，低下頭去。

「遙香，那把刀是……」

初枝驚覺地朝新道投以制止的眼神。

「新哥，她才十一歲而已。只是小孩子胡言亂語。」

遙香以幾不可聞的聲音囁嚅：「對不起……」

新道捋著鬍鬚，沉思片刻後開口了：

「這個世上，遍地都是通往地獄的洞穴，沒那個必要，就不必自投羅網。我認識很多忍不住要踏進地獄入口的人。那些洞前面插了牌子，寫著請君入甕的句子，像是只要走進其中，就能揚名立萬，或是可以輕鬆致富，又或是不進來的傢伙沒骨氣。中了激將法踏進去，很快就會暈頭轉向，再也出不來，一輩子在洞裡痛苦打滾，最後腐朽死去。我說遙香，如果用劍傷了人，就是死罪。而你身爲女人，明明清楚這一點，卻將一切奉獻給劍術的話，最後不是傷人，就是被他人砍死。這樣的洞穴，你還要進去嗎？」

遙香搖頭。新道笑了：

「況且你弄反了。如果眞有什麼萬一，是我們要保護你才對，怎麼會是你來保護我們呢？」

午夜時分，遙香反芻父親的話。

不能修習劍術。我只是想要揮劍而已，但爹才是對的。爹就是爲我著想，才阻止我踏進「通往地獄的洞穴」。說那番話前，父親似乎想要說什麼，但遙香決定不再多想。

遠方陣陣狼嗥。

如果眞有什麼萬一，是我們要保護你才對——她一再想起這沁人肺腑的話。

沒有爹，我實在不行。只會不停犯錯。

清早，遙香走進屋旁的山洞。

木像增爲五尊。包括一開始的老嫗在內，有五個人死於自己的手。遙香上了香，合掌膜拜。

自己雕的木像全都目不轉睛地盯著這裡。每一尊像都看似欲語無語。

5

遙香十五歲了。

即將入冬，山林同時轉紅了。有六名老人來訪邊村的古寺。

遙香寒暄後，老人們迫不及待說：「啊，菩薩的使者，這事其實我們老早就拜託過新道大夫，他卻不肯點頭，可以請你替我們說個情嗎？」

「是什麼事呢？」

老人們的要求如下——

一直以來，他們親眼見證遙香如何讓邊村的病人們安樂往生。不久前，又有一名好友離世，他們寂寞難當。六人是同甘共苦的換帖之交。雖然現在彼此都沒有重病，卻或多或少有些小毛病。他們活累了，而且來日無多。這次終於又等到菩薩手的姑娘來訪，他們希望趁此機會，六個人一起在菩薩手中往生。

與其在不久後的將來獨自痛苦死去，他們選擇手攜手一同安樂往生。

「我不能拜託爹這種事。」遙香小聲回應。

「為什麼不？我們都垂垂老矣，甚至商量好乾脆大夥一起跳崖自殺，這樣就不寂寞了。我們活夠了，讓我們安樂地前往極樂淨土吧。」

這時新道出聲，一臉為難地勸阻六人：「說過很多次了，我們不做這種事。只有對真正回天乏術的人才會做。請別說洩氣話，好好安享天年。」

一名老人動怒了：「你這沒用的庸醫！阿玉婆還有仁科爺那樣舒舒服服上西天，咱們不行，這哪門子道理？大夥看你不論身分地位一視同仁，才敬重佩服你，你倒給我說出個道理來！」

「你不就這麼生龍活虎的，還有力氣對人破口大罵嗎？這表示你們還有好幾年可以活啊。」新道說，然而一名老嫗哀求：「我們一直在等大夫過來啊，求求大夫了，請您慷慨成全我們吧。」

「祖野大夫，您開的藥就不管用啊。接下來就是冬天了，我身子發冷，難過得受不了。到處都不聽使喚。要是到時候我一個人痛苦走了，我會恨您的。您就答應吧，這對您一點損失也沒有啊！」

遙香在混亂中退進內室。初枝關上紙門，把手搭在遙香肩上。

「我拒絕。」新道斬釘截鐵的聲音傳進紙門裡。接下來沒有結果的爭論依然持續著。因爲老人們實在太頑固，最後新道說：「可以在我們下回過來前，再仔細考慮一下嗎？」回武川村的路上，新道灰心喪氣，話也少了。一行人踩著堆積的落葉前行。

「遙香，你覺得他們說的才有道理嗎？」

遙香默默搖頭。

「不管怎麼樣，他們都誤解了醫師的職責。」

其實遙香認爲老人們的說法也有道理。但對著把人生奉獻給努力維繫生命的醫師，高聲要求幫他們了斷性命，還是太說不過去。安置在屋後山洞的木像變成六尊了，應該要設法別再增加。

「你的力量，只能用在逼不得已的時候。絕對不能拿來幫人自我了斷。這個底線，無論如何都必須守住。」

「大夫眞是太令人敬佩了。您說的一點都不錯，沒必要理他們。他們眞是太差勁了。」初枝也說。「如果不守住底線，那就不是醫術，而是別的東西了。」

「沒錯。」新道點頭。「只要破例一回，下次就沒理由拒絕了。」

6

遙香剛滿十六歲的某日，她帶著下人前往城下的武家大宅送藥。祖野新道與藩醫有交流，從上級武士到步卒都有許多認識的藩士（註一），也常被延請至城下町的武家大宅看病。

武川村與城下町距離約半里路。歸途中，只差一點就到村子時，遙香遇到熟識的女性友人。她想和朋友聊聊，便要家裡還有工作要做的下人先回去。

因為正值白晝，她疏忽大意了。

與朋友道別，只剩下她一個人的時候，她發現阿龜站在前方的杉樹下。

阿龜是個浪人（註二），也是這帶的頭痛人物，眾人一見他都躲得遠遠的。阿龜不知道是他的幼名，還是另有由來的綽號，總之眾人都叫這名浪人阿龜，有時叫他臭龜。

阿龜因為主家遭廢，失去封祿，但無望投靠其他藩主，個性很扭曲，因此不可能從事一般工作。他在町郊出沒，一早就開始喝酒，只要發現老弱婦孺，就會醉醺醺地揮刀砍人。他身手不高強，毋寧相反，劍術差勁，遇到路過的武士，氣勢立刻就餒了，任人嘲笑踢倒在地。

阿龜不想遇到武士，因此不會跑去在城裡或官衙任職的武士經過的大馬路，或武家大宅林立的

註一：隸屬於藩的武士。

註二：失去主家的流浪武士。

地區。他的蠻橫霸道，只在人少的町郊暗處，對著比自己弱小的人施展。遙香聽說，數個姑娘在路上遭到阿龜攻擊，被奪去貞操。打從遙香在寺子屋讀書時，阿龜的騷擾、強姦、暴力、凌虐小孩的事跡就是人們議論話題，只要見到阿龜，這一帶的孩子們都會改道。

遙香感覺到阿龜在看，默默經過他前面。

腳步聲跟了上來。背脊一涼。遙香東張西望，希望出狀況時可以呼救，但路上不見人影。

遙香拔腿跑了起來。腳步聲追上來了。

身子被猛地一撞，衣物從後被揪住，整個人被按倒在地。阿龜雙眼充血，摸索著遙香的身體說：「跑什麼？你跑什麼？你呀，登、登登、登伊呀。」

「登伊呀」好像是「等一下」。他是在說「你跑什麼，等一下」。

「你長大啦，嗯嗯？怎麼一下變漂亮啦？嗯嗯？你呀，我從小看到大，噢嗯？伊、伊下就好。」

遙香推開阿龜，厲聲道：「住手！我爹是大夫，認識很多藩裡的武士大人！」

阿龜支吾起來，臉漲得紫紅。遙香理好裙擺。冷不防地，阿龜拔刀出鞘。

「我砍死你！」

刀子散發出昏暗的光澤。

「什、什麼你爹，我、我管他是大夫還什麼，了不起的又不是你，這個大膽狂徒！」

遙香頓時渾身冷汗。目睹那把刀，她聯想到倉庫裡的刀子。

即便是武士，倘若沒有正當理由就殺人，亦難逃死罪。但在無人目睹的路邊，事後他要怎麼亂安罪名都行。也許阿龜認爲只要沒人見到，就查不出是誰下的手。

阿龜可能一刀砍死自己。

這時，阿龜浮現邪惡的笑：「啊哈，我想起來了，你是河太郎嘛。」

遙香一陣茫然。河太郎是棲息在河川的妖怪。傳說以前武川的河邊住著河太郎，但不知不覺間消失了。河太郎的手有蹼，會傳染疾病。

阿龜發出「咕嘻嘻嘻」的古怪笑聲，接著說：「祖野大夫吧？聽說他養了個河太郎的孩子，那就是你吧？你完全把大夫當成自己爹啦？你眞好狗運。倒是，我知道是誰幹掉你們一族、知道是誰幹掉臭烘烘的河太郎一族，嗯？怎麼樣？我知道喔？把你們一族送進地獄的，是我的同胞。」

「什麼——」

同胞指的是誰？阿龜這種人有什麼同胞嗎？

「胡說！我才不是什麼河太郎！」

阿龜笑了：「瞧你打死不承認。沒用啦，我全知道。倒是你來報仇看看啊。我的同胞是劍術高手，你一下就會被反過來宰掉啦。以前他也教過我劍術，但我完全打不過他。好了，怎麼樣啊，河太郎？幹掉你爹你娘的是劍術高明的武士呢。你要去哭求大夫，叫他替你報仇嗎？自己什麼都做不到，只會靠別人嗎？」

遙香想問那個人名字，卻發不出聲音。喉嚨一個勁地咻咻作響。爲什麼她非得被這種傢伙羞辱不可？遙香不甘心極了，眼睛滲出淚。

見遙香淚眼汪汪，說不出話，阿龜似乎滿意了，放下刀子。

「啾，啾啾。」阿龜甩著刀子，噘起嘴唇，眼睛上翻走近遙香。

遙香聲音微顫地說：「請把刀子收起來吧。請放過我。」

阿龜不肯收刀。

「河太郎說的話我不聽。不過只要你乖乖，我不會取你小命。咱們來幹好事吧，幹好事。」

阿龜把遙香拖進附近的稻草小屋。

冰冷的憎惡麻痺了思考。一進入小屋，遙香立刻將手掌貼到阿龜的胸膛上。阿龜以爲遙香的動作是在愛撫，笑道：「哎喲？你也有意思啦？」然後他很快斷氣了。

遙香把阿龜的屍體丟在小屋裡，直奔回家。一路上沒遇見半個人。

心跳急促，天旋地轉。這是她第一次在沒有新道的允許下殺人。新道的話在腦中復甦——除非有我的允許，否則不管任何情況，都不能使用那種力量。如果被我發現你私下用了那力量，我會斬了你。

冷靜下來後，心情愈來愈沉重。整個世界搖晃起來。她的行爲不可能得到原諒。

走到家門口時，遙香整個身子都軟了。

7

遙香發了整整三天的高燒。沒有食欲，成天臥病。主要都是初枝在照顧她。

「眞的謝謝你。初枝就好像我的親娘。」

遙香望著枕邊的初枝。初枝擰乾手巾：「這話眞教人害臊。」

遙香喃喃自語：「有人說我是河太郎。」

初枝瞪圓了眼睛看遙香，半晌說：「誰說的？」

「不認識的人。」阿龜的屍體應該被找到了。她不能提到這個名字。「那人只說你是河太郎。」

初枝再問了一次「誰說的」，遙香說「不知道」。

「河太郎啊……你知道河太郎是什麼嗎？」

遙香搖頭。手腳有蹼……

「你呢，那個時候被菩薩抱在懷裡。我不希望你和家裡有了距離，一直沒告訴你，但新道大夫說過，如果時機到了，就告訴你，所以我這就說了吧。」

初枝說起往事。

在過去，從武川不斷溯河而上的山谷中有座村子，叫紅豆村。紅豆村耕地種植紅豆販賣，或砍伐原木，利用河水運送木頭販賣。十五年前，享保年間。一場驚天動地的地震，箕輪山爆發，黑灰從天而降。接下來發生了蟲害。蟲害與天災地變是否有關，並不清楚。但應該是有的。

據說蟲害是蝗蟲與浮塵子。由於蟲害，農地全毀。

村民死了一半，那裡一下子變成不能住人的土地。

倖存的紅豆村村民成了流民，沿著河川來到武川，並且在河邊搭建起簡陋的小屋，過起日子來。他們被當地人視爲妖怪一般，稱爲「河太郎」，受到歧視。各種不好的傳聞散播，說河太郎偷抱小孩、偷東西、傳染疾病，說他們的手腳長了蹼。

全國規模的欠收饑荒持續著，人心變得暴戾，治安也敗壞到了極點。

初枝說她有一次看見幾個小孩圍著一名老太婆，朝她扔石頭。孩子們群起鼓譟，捧腹大笑：

可惡的河太郎！誰准你們住在這裡的！

初枝生氣地制止孩子們，孩子們不服氣地說：

大人說河太郎可以打！俺爹娘說河太郎就該統統趕出去，可以用石頭扔他們！

某個溫暖的晴天，初枝走在河邊。衣衫襤褸、貌似流民的人橫七豎八地倒了一地。身上有醒目的刀傷。一定是有人攻擊了這些弱者。好像才剛遇害不久，屍體還很新鮮。

櫸樹下傳來幼兒的哭聲。仔細一看，一個女人靠坐在樹幹上。走近前，初枝都沒想到女人已經死了。因爲女人的雙眼射出堅毅的光芒，明確注視前方。女人的胸懷裡抱著哇哇大哭的幼兒。

「那刻，你的母親就像菩薩。」初枝說。「我一眼就感到她是個不平凡的人。說到人，不管將軍大人還河太郎都一樣。只要屋子被燒了，流落街頭，每個人都是河太郎。一個人是否不凡，與身分地位無關，是一眼就可以看出來的。我認爲那天我會經過那裡，也是神佛指引。」

初枝把孩子抱回去，和新道討論，決定由新道收養。

「你以前不是在倉庫裡找到一把刀嗎？還記得嗎？不久前還更小的時候，不是拜託新道大夫，說想修習劍術嗎？倉庫裡的那把刀，是從你被抱回來的河邊撿來的。或許是下手的人留下的，也或許是紅豆村的人原本帶在身上的，雖然這個可能性不大。當時報官了，但時至今日，依然沒有查出是誰下的手。我把刀撿回來，是希望能當做證據，哪天能派上用場。」

可是——初枝接著說。

「你可別想要報什麼仇。你不是武家子弟，申請復仇也不可能批准（註）。這不是學新哥那套通往地獄的洞穴的譬喻，但把時間用在這種事情上是虛擲人生。」

遙香直盯著紙門的格子看，也許因爲發燒，格子忽大忽小。

她夢見有人嚴詞譴責她。還夢見自己嚴厲地譴責誰。在夢裡，她爭執、吼叫、吵鬧，力盡倒地。遙香輕輕地把手放在自己的心臟上。不知何故，她唐突地想到一件事。只要想，就辦得到。她應該可以輕易地讓自己的一切解脫。

意識遠離而去。

夢裡有潺潺流水聲。帶著花香的微風吹過。菩薩將自己摟在懷裡。

沉浸在無力中是如此舒適。什麼都做不到，同時不必負任何責任。生死全都交到菩薩手中。眼前新綠璀璨，河面波光粼粼。

——娘。

遙香應該是自懂事以來，第一次遙想沒有形姿的生母，在黑夜的被窩裡悄聲呼喚。

娘，遙香在這裡，平安無事地活著。

你做得很好，菩薩說。

菩薩撫摸著遙香，一次又一次，說著：沒事的，不要緊。

遙香腳下一蹬，飛向空中。她無邊無際飛翔著。

拂曉時分，旭日尚未東升，遙香就醒了。某處傳來早起的雀鳥啼叫聲。高燒退了。

手擱在自己的胸口。我還活著。沒有死。她覺得正要沉入黑暗的時候，被什麼給推了回來。是菩薩把她推回來的嗎？還是自己無意識間這麼做？她不知道。或者說穿了，她或許只是作了一場怪夢，根本沒有付諸實行。但她並不想再試第二次。

註：江户時代，官方允許武士階級在血親遭到殺害時合法復仇，但有嚴格的規定及限制。

遙香迅速打點行裝。拿了一塊布將倉庫的刀子包起，將不多的行李塞進包袱。她留下字條：「謝謝爹一直以來的養育之恩。請不要找我。」跑出家門。

8

遙香一心一意走著。

殺死阿龜，違背了與新道的約定，她已經沒有資格待在家裡。她不認爲只要沒被發現就沒事了。她會離家，另一個理由是擔心萬一東窗事發，會牽累新道和初枝。

她先走到橋下河岸。她覺得在夢中得到天啓，要她回到身在菩薩胸懷的初始之地，所以她來到這裡，但理所當然，這裡只是單純的河岸。遙香在無人的河岸堤防坐了半天，接著朝上游邁出步伐。

偶爾有幾隻牛虻飛上來糾纏，被她揮手驅趕。

天黑以後，四下被眞正的漆黑籠罩。遙香在黑暗裡靜靜聆聽山澗聲響。溪流的聲音在黑暗中忽大忽小，偶爾發出石頭落水般響亮的聲音。黑夜讓她懷念。也許被紅豆村流民的母親摟抱而眠的最後一晚，自己同樣處在這條溪流的黑暗中。

周圍漸漸亮起後，遙香再次踏上旅途。她饑餓難耐。她看似熟悉世事，其實一無所知。她熟悉的環境，就只有武川和武下町，以及跟著新道一起去過的邊村。想要去此外的地方旅行，她沒有錢，沒有熟人，如果想要活下去，她只想得到邊村了。

離家出走的隔天剛過晌午，遙香抵達了邊村，在向來下榻的古寺簷廊坐下來休息。發現遙香抵達，熟識的老翁立刻現身了。

「咦，遙香，大夫呢？你怎麼一個人跑來了？」

遙香無法解釋離家出走的事，說「我過來看看」。

她想了一下，又問：「我可以住在這裡嗎？」

「這怎麼行？你還這麼年輕。」老翁傻眼，但見到遙香眼中走投無路的嚴肅神色，輕聲接著說：「唔，要看情況吧。」

「我肚子好餓。」

老翁暫時離開，拿了烤番薯回來。

遙香吃著烤番薯，好吃到掉下眼淚，吃飽後又睏了起來。

她在木板地房間伸直腿。走了大半天，她實在累了。掀開房間角落的蓋布，底下疊好的木棉被褥帶著霉味。攤開躺下，一下子便落入夢鄉。醒來時，周圍一片陰暗。紙門全打開了。是接近黎明的幽暗。她在中午入睡，似乎睡了相當久的時間。

遙香悄悄爬了起來。

你醒了。

朝聲音一看，房間四角佇立著好幾道黑影，圍繞著遙香。

遙香嚇得倒抽一口氣。太暗了，看不到臉。

你回來了。

與第一道聲音不同的角落傳來聲音。

去年向大夫懇求，也沒有結果，但你願意幫我們吧？

所以你才會一個人回來吧？

我們都在等你，等得望眼欲穿。我們又有朋友在病痛中死去了。

我們自小開始，就在田裡賣命工作，連身子骨都搞壞了，這輩子從來沒有做過壞事，也從不忤逆官員，乖乖繳田賦，不敢奢侈，腳踏實地過日子。只是希望最後能笑著往生極樂，這難道是什麼罪大惡極的事嗎？

原來是曾經被新道嚴詞拒絕的老人們默默等待遙香醒來。

即使發現對方身分，但他們那模樣與其說是人，更接近幽鬼。

「我知道了。可是首先、首先我得先淨身才行。」

遙香低聲道，那些聲音倏地停住。

她帶著隨身物品，搖搖晃晃地離開寺院。她走向瀑布。天空逐漸泛白。老人們沒有跟上來。他們知道遙香在使用菩薩手的力量前都會到瀑布淨身，或許決定乖乖等待。

抵達瀑布時，四下充斥著水聲，周圍被濛濛朝霧所籠罩。遙香捧水洗臉。水冰到刺痛皮膚。

她尋思起來。在邊村這裡活下去，爲他們做出貢獻。只要爲他們貢獻，我就能在這處寂靜的山村活下去。希望最後能笑著往生極樂，這難道是什麼罪大惡極的事嗎？當然不是。

因爲我自己也希望能笑著上西天。

我只要殺死他們——對，沒錯，如他們所願地殺死他們，成爲他們的工具就行了。我只要當個有用的工具。但腦中亂哄哄的，仍理不出頭緒。如果知道我一個人來到這裡，順從要求殺死五個人，爹會作何感想？

我要做出與爹和初枝的希望相反的事，辜負恩人的心意——只圖自己活下去。

淚水奪眶而出，手顫抖起來。

這就是我的人生嗎？我到底是爲了什麼而活？
驀地，瀑布旁邊通往金色大人之處的路徑映入眼簾。
對了，再過去好像還有什麼。是金色大人或是鬼宮殿，那些宛如童話故事的世外魔境。
遙香左右張望，確定沒有人在監視，抓住岩壁，開始攀爬。

9

爬上瀑布旁邊的岩壁後，是兩側聳立的溪谷。四下迴盪著深山的冷空氣。遙香不斷往前進，就像被什麼追趕。

霧氣散去，太陽在頭頂閃耀的時候，她來到一處像是開鑿岩石形成階梯的地方。遙香爬上石階。這似乎是離開溪流，登上山崖的路。愈爬愈高。途中遙香趴在岩地上，俯望下方，居然瞭望到森林、邊村，甚至是下游武川。繼續登崖，來到一處神社。遙香在這裡稍事喘息。神社疑似山岳信仰的修行者所建。

有可以坐下來休息的殿堂，探頭一看，深處有個金色之物盤腿而坐。

某種未曾看過的神祕之物。

那東西鎮坐在殿堂深處，並發散金色的光輝，她覺得一定是佛像。但仔細看那形姿，不是釋迦，也不是仁王。或許不是佛像。不是佛像，好像是甲冑——鎧甲。頭的部分——頭盔——圓溜溜的，沒有裝飾。眼睛的部分嵌著像玻璃的透明物體。其他部分像是嘴巴和喉嚨，也全以金子覆蓋，嚴絲合縫。

這如果是鎧甲，穿上去還眞憋。

手和腳都散發出金色的光澤。即使只是貼金箔，也用了很多金子。而且沒有脫落，表面光滑，引人注目。如果這是全以金子打造的鎧甲，那會多貴重？

這一定就是金色大人。

遙香目不轉睛地盯著金色大人。「你好。」她小小聲地說。

她說這話，是懷著向地藏像打招呼的心情，完全不期待回應。

「嗶！」的一聲，金色大人身上傳出鳥叫般的聲音。眼睛的部分亮起奇妙的綠光。金色大人的左手倏地抬起。

「你好。」

遙香忍不住尖叫了一聲。鎧甲說話了！

「嗡……」金色大人裡面接著發出蟲鳴般的聲響。

「似乎、嚇到你了。」聲音很奇妙，一點都不像人。

金色大人的全身燦然閃爍。

這景象實在太詭異了。

神。這是如假包換的神。

遙香一直以爲，就是因爲無形，神才是神。但眼前有著具體形姿的神明究竟是什麼？

金色大人挪動膝蓋起身。

「對、對不起！」遙香驚惶下跪。「小女子冒犯了，請大人原諒！」

在無人來訪的深邃山間，面對神祕不可思議之物，遙香想要逃跑，卻早已腿軟。

「我、我今天來、來這裡是……」

若問她爲何來到這裡，是因爲她下手殺了人，畏罪而逃。應該要如實托出嗎？即使不說，如果對方是神，或許也會看透一切，對她做出制裁。

吱呀——踩過殿堂地板的聲音。

「對不起，我殺了人。是住在附近的浪人。他攻擊我，我很害怕，又很恨他，所以——對不起、對不起！」

一旦趴伏在地，就害怕得再也抬不起頭來。

吱呀——又是踩過地板的聲音。

金色大人是神，或許會制裁我。

遙香深深地垂下頭。她嚇到不知道怎麼樣才能保命。或許被神制裁，結束一生，還算是好的。或許這裡就是她的人生終點。

「對不起、對不起！」

疲勞與恐懼來到了巔峰，絲線綳斷一般，遙香昏迷過去了。

2

狂暴修羅的四季（一七一七—一七二二）

1

鑲著樹木的天空一片明亮。清晨的空氣澄澈寂靜。

少年一路走著，回想起剛才看見的灰熊。自己這條小命居然還在。每當回想，他就禁不住背脊發涼。他循著流水聲走下溪流。河邊有火堆。火堆前有兩名像野武士的男子，和一名年過十歲的女童，三個人在烤火。

一名男子剃了月代（註），綁了髮髻。另一個沒有剃髮，臉頰上有傷。

少年最先和女童對望。女童親切微笑。接著少年與男子們對望。男子們向他招手。他沒有遲疑，搖搖晃晃地靠過去。火很溫暖。

「喂，小子。」剃月代的男子笑道。「這裡深山曠野的，你跑來這種地方做什麼？」

少年坦白說出差點遭父親殺害，一路逃到這裡。

「這樣啊？這年頭，這也不是稀罕事。虧你能逃出生天。昨晚是在山裡過夜？」

註：月代是日本古時男子額頭至頭頂剃光頭髮的部分。

「對。」
「這樣，那接下來也只能餓死山裡了吧。」臉頰有傷的男子蹙眉。
「世道險惡啊。」
「我會吃橡果活下去。」
「是啊，是啊。」
兩人捧腹大笑。女童默默地對少年投以好奇的眼光。
「吃橡果啊？吃橡果會餓死吧。晚上又那麼冷。」
「你叫什麼名字？」
少年想起「可黑」這名字，出口的卻是「熊悟朗」。今早看到的熊。那是強大凶猛的生物。
「噢，熊悟朗啊？眞強壯的名字。是野人的名字。」臉頰有傷的男子說。「好，那，熊悟朗，吃魚吧，拿去。」
是串起來插在火邊烤的鱒魚。
熊悟朗。雖然是自己報出來的名字，但眞的被人這麼叫，總教人有些難爲情。
「可以嗎？」
「吃吧，這裡多著呢。」
熊悟朗打量兩人。兩人都熊腰虎背，腰間佩刀，是成熟的大男人，卻不讓人覺得可怕。他們身上沒有冒出火花，也看不見殺意的黑霧。兩人予人豐饒富足的印象。
「叔叔們是武士嗎？」
他覺得如果不是武士，應該不會佩刀。武士的刀在山裡是沒什麼用處的累贅。

「嗯？武士？有點不對呢。」
「完全不對。你看咱們像是在城裡當差的人嗎？一點都不像吧？」
「一樣是在城裡工作，也是別的城。」
「喔，點到爲止。接下來可是機密。」
少年不懂兩人在賣弄什麼玄虛，但覺得他們應該是浪人。吃飽之後就睏了起來。昨晚他一夜未眠，也累積了許多疲勞。少年正昏昏沉沉地打著盹，有人輕搖他的肩膀。睜眼一看，臉頰有傷的男子的臉就在旁邊。
「熊悟朗，我們要走了。如果你要睡就繼續睡，但如果你不想死在荒郊野外，我們可以帶你一起走。現在就決定。」
少年驚醒過來。他覺得在滾向死亡深淵的坡道途中，抓到了垂下的救命索。
「帶、帶我走！」只能緊抓不放了。
臉頰有傷的男子說：「好，這也是緣分。既然把你撿回去，我們會盡情差遣你，不過不會讓你餓著肚子。」
臉頰有傷的男子叫夜隼。另一個剃月代的叫定吉。
一行人不斷地沿著山路前進。途中有個地方，橡樹上吊著骸骨。
骸骨超過十具以上，底下骨頭散落一地。
熊悟朗用力嚥了口唾沫。
男子們沒有特別驚訝，繼續往前走了一段路，把女童和熊悟朗的眼睛矇了起來。接下來兩人暫時由他們牽著走。視野黑暗，熊悟朗走得磕磕絆絆。或許他們其實是怪物，變身成人，正要把他帶到地獄——這個念頭掠過腦際，熊悟朗卻已無計可施。

接下來熊悟朗好幾次被矇住眼睛，又取下眼布。最後取下矇眼布時，他們正走在陡急的坡道途中。周圍起了一點霧。再前進了一會兒，前方出現一道宏偉的大門。穿過門旁的小通行門，一幢莊麗的建築物出現在眼前，略帶唐風的朱漆柱格外醒目。

就像貴人居住的宮殿。

這樣的深山裡面怎麼會有這樣的地方？熊悟朗瞠目結舌。

走上建築物。膝蓋抖個不停。他看見畫有乘雲天女的金色屏風。有脂粉的香氣。屏風對面出現一群穿著華麗窄袖衣的年輕女子，她們看見熊悟朗和女童，竊竊私語，樂不可支。

臉頰有傷的男子夜隼說：「嚇破膽了嗎？」

「這裡是什麼地方？」

是自己過去生活的鄉村所沒有的世界。

「極樂世界。山中的龍宮。世上有許多俗人不知道的祕密啊。」

熊悟朗被帶去見這裡首領半藤剛毅。他和女童分開了。夜隼和定吉很普通地盤坐，但熊悟朗跪坐著，額頭抵在榻榻米上。因爲夜隼事先交代他這麼做，說如有冒犯，會當場掉腦袋。

紙門打開，首領現身。

「夜隼、定吉，辛苦了。這孩子是？」

「這小子差點被父親殺掉，逃進山裡。我們看他會死在路上，把他撿了回來。看門的小三郎不是死了嗎？想說可以讓他頂替，順便打些雜。」

「這樣。小子，頭抬起來。」

熊悟朗抬頭。

坐在眼前的首領牛藤剛毅是一名冷峻的男子，臉上蓄著黑鬚，頭上綁著髮髻。表情中的嚴峻，顯示出如果必要，再慘無人道的事他都做得出來。熊悟朗感到壓力，但沒有見到黑霧或火花。

牛藤剛毅的身後盤腿坐著一團東西。

金色的人。

不——熊悟朗轉念又想。世上不可能有金色的人。

是擺飾——黃金甲冑——但他不明白爲什麼要放一尊甲冑在榻榻米上。那外形是他生平首見，非常奇妙。如果那是眞正的黃金打造（即使不是也一樣），肯定是價值連城的寶物。原來如此，因爲是寶物，擺出來炫耀——或許不是，但熊悟朗決定這麼想。

他注意到首領剛毅冰冷的眼神，急忙把視線轉回榻榻米上。

剛毅的聲音從頭頂降下：「你知道自己爲什麼會被丟掉嗎？」

房間的空氣一片森冷。

熊悟朗答不出來。被丟掉？我是差點被殺掉，所以逃跑。可是這與「被丟掉」沒差別。

剛毅的聲音帶著不耐煩：「我是這宅子的主人。主人在問話，你連應答都不會嗎？」

「呃，那個……」熊悟朗低著頭，急忙擠出話來。「那個、我……」不回答就完蛋了。爲什麼我會被丟掉？爲什麼？

剛毅冷哼一聲。「因爲你是不需要的人。」

熊悟朗朝上偷瞄一眼，剛毅的眼中浮現侮蔑的神色。剛毅再次說了：

「聽不懂嗎？因爲你是沒用的、多餘的。」

淚水湧上熊悟朗的眼眶。心的深處變得漆黑。沒錯，就是這樣。

「這是當然的。對於沒用的多餘廢物，家裡可沒有讓他吃白飯的餘裕。」剛毅不屑地說。「不久前剛發生大饑荒。你這沒用的多餘廢物，你怎麼會在這裡？你以爲只要待在這裡，食物就會自動送上來嗎？怎麼可能！沒用的廢物，我也不需要。我要的是管用的幫手，不是沒用的廢物。」

沉默籠罩了房間。

臉龐熱得像火燒，淚水滑了下來。

「我、我不是廢物。」

「砰！」一旁的夜隼拍打趴跪的熊悟朗的背。「喏，熊悟朗，快跟老大說你不是廢物。」

首領剛毅擰起眉心，交抱胳臂，做出沉思的表情。

「如果讓我留在這裡，什、什麼事我都願意做。只要是我會做的事，我都肯做。不會的事也會學到會。」

首領停頓了片刻，像在斟酌他的話。

「好。既然是夜隼保舉你，那沒辦法。如果被我發現你沒用，我會當場宰了你。你得日以繼夜，不眠不休，證明你不是個廢物。」

接著是一道沙啞的奇妙聲音：「要努力。」

是首領半藤剛毅說的話嗎？不，是一旁夜隼的話嗎？熊悟朗覺得不像兩人的聲音，但一想到今晚睡覺的地方有了著落，整個心胸便充滿了安心，無暇再去深思更多。

與首領的會面結束後，熊悟朗和夜隼來到庭院。

「今天你就好好休息，明天一早開始上工。晚點我再帶你見阿兼。阿兼管廚房，但包辦大部分的家事，你就聽阿兼差遣吧。首領雖然可怕，但好好工作，包準不會虧待你。還有，人得吃飽睡飽才能工作，所以你不用客氣，好好吃，好好睡。不會有人說話，但如果有人說什麼，你就搬出我的名號，說是夜隼叫你這麼做的。其餘的……對了，這裡有一些規矩，你得遵守。」

「夜隼大人！您回來了！」

石燈籠後方冒出一個女人。女人伸出雙手直奔而來，撲進夜隼的懷裡。

你走吧——夜隼向熊悟朗使眼色。

熊悟朗鬆了一口氣，在庭院的石頭坐下來。

這時一個穿和服的高大男子漫步走進庭院。他的膚色漆黑，嘴唇厚實，頭髮又短又鬈。男子看見熊悟朗，詫異地揚起一邊眉毛。熊悟朗慌忙站起來行禮。

男子身材高大，必須仰望。這個怪人壯碩得非比尋常——他是不是鬼？

「小、小的是今天進來打雜的熊悟朗。請、請多指教。」

膚色漆黑的男子點點頭：「這樣啊。我是黑富士，多指教。」

「啊，是！」

黑富士。眞是人如其名。爲什麼會那麼黑？是抹了什麼嗎？不，問這種問題太失禮了——熊悟朗正這麼想，黑富士便厭煩說：「爲什麼這麼黑？因爲我是異人（註），從大海另一邊來的。」

「啊，是。」

「在我的國家，這膚色是天經地義。不過對於這座島的居民來說，應該很稀奇吧。」

註：日本江戶時代稱外國人爲異人。

「呃，請問您是從天竺……之類的地方？」

「有點不一樣。你說天竺，但你根本不知道天竺什麼樣子吧？我原本乘船要去其他國家，船隻卻在途中遭難，經歷了許多，被這個國家的海盜收留，才會來到這裡。」

「是。」

「你只會說是嗎？」黑富士一把將熊悟朗抬起來，轉起圈子。

熊悟朗嚇得尖叫，這時一名幼童東倒西歪地從庭院前面走了過來。

「嘟喳、嘟喳。」幼兒說著，露出軟呼呼的笑，朝這裡走來。

黑富士放下熊悟朗。

「這位是我們的少主，桃千代大人。你得捨命保護他才行。」

黑富士說桃千代是半藤剛毅兩歲的兒子。

桃千代注意到熊悟朗，也許是看到陌生人，有些警覺地躲到黑富士身後。

「嘟喳、嘟喳。」

一個女人從柱子後面探出頭來，招手說「桃千代大人，這邊這邊」，桃千代便滿臉笑容地往女人那裡去了。

「眞可愛。」

緊張解除，熊悟朗鬆了一口氣。頭暈目眩。這一整天，他到底經歷了多少驚奇？

阿兼是個中年婦人。她見到熊悟朗，露出懷疑他能否信任的表情，但仍俐落地支使他。

這天晚上，大宅裡舉辦了宴會。熊悟朗沒有參加宴會，在阿兼使喚下，幫忙端菜或上灶。屋裡有約十五名魁梧的男子，女人數目約是兩倍，每一個都年輕妖艷。所有女人都緊緊依偎著男人。黑富士、夜隼、定吉都在紙罩燈的火光照耀下，愉快談笑。

熊悟朗用托盤端著小酒壺前往大和室。

「噢，這就是我們新撿來的熊悟朗。」

夜隼把端酒的熊悟朗叫過去，介紹給眾人。女人們嬌喊連連，熊悟朗被硬灌了一杯酒，腳不聽使喚，醉暈過去。

2

隔天早上，天還沒亮，熊悟朗就被阿兼擰了把臉皮醒來。房間裡彌漫著濃濃的酒氣。阿兼交代熊悟朗打掃。用掃帚清理灰塵，收拾杯盤酒瓶……要做的事堆積如山。接著是劈柴，去井邊汲水。日頭逐漸高升。

屋後有塊小農地。熊悟朗覺得總有一天他也會被派去下田工作。他並不討厭工作。若問他喜不喜歡掃茅廁和擦地板，他難以回答，但活動身體，處在「派上用場的狀態」，令他心安。

挑完茅廁的大肥後，阿兼問他：「洗澡了嗎？」

「還沒。」

「嗯，那今天到此爲止吧。你一身髒兮兮的到處走動，會把屋子弄髒。工作做完的話，就去洗個澡，仔細揉一揉手腳。」

阿兼遞給他手巾和新的衣物。

「這裡沒什麼男孩子的衣物，我叫屋裡的女人用舊衣縫了件衣服給你。」

熊悟朗向阿兼行禮。

淚水忽然湧上眼眶，但他背過身去，不讓阿兼看到。他照著阿兼的吩咐，從屋後往樹林裡稍微走上一小段路，有一處溫泉。周圍以岩石圍繞。也擺了水桶。溫泉景致絕美。

從浴槽裡可以瞭望雲海綿延的遠方山脈。另一頭的山谷間，是某處山村。幾道炊煙裊裊升起。露天浴池的水不斷流過。和以前家裡用柴火燒的水不同，不會第一個人泡的時候水是乾淨的，最後一個人泡的水已經髒了，所以像自己這樣的下人，才能被允許剛過中午就來洗澡。

他覺得工作有點累人也無妨。比起在山裡凍死、腐爛消失好上太多了。

洗完澡換上衣服，他見到之前在河邊與夜隼和定吉在一起的女童正坐在岩石上，盯著他。他想起昨晚的宴會時，女童也不怎麼跟人說話，孤孤單單地坐在房間角落。

熊悟朗輕聲說「你好」。女童點點頭。

「喂，昨天在宴會上，夜隼大人向大家介紹『這小子要在這裡工作，請多關照』，你真的打算留在這裡？」

「嗯。」熊悟朗點點頭。

「這裡可是鬼宮殿呢。」

熊悟朗眨了眨眼。鬼宮殿。很久以前聽紙匠的父親說過，山裡有一群鬼住在鬼宮殿裡。說村裡有時會有小孩遇到神隱，就是被鬼宮殿的鬼抓走了。

這麼說來，確實如此。

「原來如此，這裡是鬼宮殿啊。」

女童高聲笑起來：「你果然不知道就傻傻跟來。好了，你要怎麼辦？」

「還能怎麼辦，只能留在這裡繼續工作了。」爲了活下去。

女童大嘆一口氣。

「小姐姐是這裡的誰的孩子嗎？」

「啊？怎麼可能？人家是被這裡的人抓來的。」

「這裡的人……你說夜隼大人和定吉大人嗎？」

「對。就是遇到你那時候。」

「可是你看起來一點都不像被抓的樣子。」

「人家已經認命了，覺得與其逃走，跟著他們比較好。對了，浴池怎麼樣？」

「喔，很棒，景色好美。」

「你最好白天來洗。晚上這裡要用。」

「咦？嗯？要用？」

「女人和男人一起洗澡，濕濕黏黏滑溜溜！」

女童壓低聲音說完後，噗哧一聲笑出來。熊悟朗不懂哪裡好笑，默不作聲。

「小姐姐，你叫什麼名字？」

「人家叫紅葉。嗯，你滿不錯的。加油吧，熊悟朗。」

女童微笑，回屋裡去了。

這個極樂園確實就是鬼宮殿。

熊悟朗日夜在這裡工作，理解到這裡是特殊的山寨，山賊的根據地。

極樂園的女人，包括侍女在內，共有三十人。最小的三歲，是在極樂園出生的孩子。阿兼和一個叫阿幸的中年婦人負責管束這些女人，就類似遊廓裡的遣手婆。除了她們以外，所有女子都相當年輕貌美。

山賊偶爾會在下界抓小女孩回來。被抓來的女孩，來到極樂園後，就在溫暖的溫泉裡洗浴，吃得飽飽的，穿上華美的衣裳。時候一到，就會變成山賊的女人。

熊悟朗用抹布擦走廊時，女人們跨過他的背經過。熊悟朗偷看她們。

有的在鏡前搽脂抹粉；有的在玩雙陸；有的畫圖；有幾個在庭院圍成圈，扔繡毬玩耍。也有人在烤番薯。女人們除了晚上陪男人以外，也各有工作。但與一般的農村婦女比起來，她們有更多的閒情逸致，過著悠閒生活。

一但無法引起男人的興趣，在極樂園的日子就結束了。阿兼和阿幸是少數選擇留在極樂園的女人，多半都會下山，在山賊介紹的風月場所賣春維生。離開極樂園就是自由之身，不管是江戶還是京城，想去哪裡都可以。在極樂園，女人下山稱爲「公主下凡」。有些人住了十年才下山，有人只住一年就下山了。男人們會依本人的意願，以及是否適合極樂園，一同協議決定。

大宅裡有數個房間禁止入內。

熊悟朗進入極樂園幾天，某天打掃時，經過禁止入內的內室前面。

紙門開著。熊悟朗完全沒有犯禁的意思，但裡面並沒有禁止窺看。房間牆上設置了高達天花板的書架，上面堆滿了無數書籍。地板上坐著第一次面見首領時看到的像黃金佛像的東西。

啊，那個時候的寶物收藏在這裡啊。熊悟朗這麼想。難說是佛像還是甲冑的那東西反射著室外照進去的陽光，燦爛生輝。它側面對著熊悟朗，一動不動。熊悟朗被那油光水滑的表面光澤給吸引了。

這到底是什麼玩意兒？

磨擦般「喀嚓」一聲，接著金色的頭一轉，轉向了熊悟朗。沒有人類的五官。眼睛的位置嵌著像透明琉璃的東西，其中閃著藍白光，就像更強一些的螢火蟲光。

「把紙門關上。」

說話了！熊悟朗「噫」地倒吞一口氣，慌忙關上紙門，匆匆離開。來到庭院後，他喘個不停。悸動遲遲沒有平復。他覺得目睹了不該見的東西，彷彿犯了罪。

紅葉在女人中算是新來的下女，經常要打掃各處，被派去跑腿。若是在遊廓裡，就相當於娼妓接客之前的童女「禿」的地位。熊悟朗和紅葉經常在工作閒暇一起聊天。

「熊悟朗是差點被親爹殺掉，才逃到這裡來的吧？」紅葉說。「人家也是。家裡太窮了。我還有哥哥姐姐，但家裡說沒東西給我吃，九歲的時候就賣給了人牙子，結果夜隼大人和定吉大人攻擊了那個人牙子。」

「人死了嗎？」

「斜劈一刀，把人砍死了。本來以爲我會被殺，可是他們對人家很好，說要帶人家去有漂亮的衣服穿、有飯可以吃的地方。人家想，怎麼，原來他們也是人牙子，結果就被帶來這裡了。」

「對小姐姐來說，這裡是個好地方嗎？」

「你覺得呢？」紅葉盯著熊悟朗的眼睛，等他回答。

「嗯，這地方滿不賴的。」

山賊們在外頭或許心狠手辣，但對於自己人，有種就像一家人的親密。最重要的是，這裡衣食無虞。身在富裕的地方，感覺連自己都富足了起來，很愜意。

「紅葉姐姐，我覺得一般的妓樓，或澡堂女，過的日子比這裡更操勞辛苦多了。」

「你要一輩子在這裡打雜嗎？要是官差來了，這裡的人每一個都逃不過死罪。你也是同夥，所以也是死罪。沒錯，你爹本來就要殺死你，這裡的人收留你，或許是你的恩人，但如果有那個必要，這裡的人會毫不猶豫地當場宰了你。」

熊悟朗點點頭。紅葉說得沒錯。他都明白。但至少眼下待在這裡是最好的。

「小姐姐眞聰明。你看起來跟我一樣都是小孩子，卻好像在跟大人說話一樣。」

紅葉噗哧笑出聲，眼睛閃閃發亮。「你說人家聰明？哈，這麼自高自大的，眞不好意思啊。人家生性古怪，常常受人排擠。啊，還有，別叫人家什麼小姐姐，叫我紅葉，好吧？」

「欸，這裡有那個金色的……」熊悟朗改變話題。金色的……呃，金色的……那該怎麼形容才好？鎧甲？人？不知道。

「有那個金色的……人，對吧？」笑容從紅葉的臉上消失了。

「嗯，有時候金色的人會坐在房間裡。」

「剛才他在內室，說話了呢。」

「嗯……那個金色的……人。嗯，那個金色的人應該是很尊貴的人。」

「連紅葉姐姐都不知道？」

「叫人家紅葉就好了啦，咱們年紀又差不多。人家也很好奇，問了一下姐姐們，但她們叫我最好別提，說金色的人是貴不可言，不是我們可以議論的……說他是從月亮來的。怎麼可能嘛，對吧？月亮上面有住人嗎？還說什麼從足利將軍那時候（註一）就在了，還是在太閤殿下的寶庫裡面找到的。這裡的首領不是半藤老大嗎？說他比老大還要偉大，是這裡的神。」

月亮。太閤殿下的寶庫。

「神。」

「人家是不清楚，不過俗話說『不招惹神明，不擔心作祟』，所以就算看到神坐在房間裡，我也會叫自己別亂看。其他姐姐們好像也都這麼做。要是發現什麼，人家再跟你說喔。」

熊悟朗的房間在極樂園入口的大樓門上。

門上的房間有草蓆，有被褥，有紙罩燈，還有書案。原本是小三郎的房間，但聽說他死了。用完飯後，熊悟朗回到自己的房間，鋪開被褥睡了。

之後紅葉常說想要去江戶，想去江戶看相撲和歌舞伎。

「然後去三井越後屋買東西。」

「還有呢？」

「也想去吉原看看呢。」

註一：指室町時代，始於一三三六年足利尊氏創設室町幕府，終於一五七三年足利義昭將軍被織田信長逐出京都。

「女人也能進去吉原裡面逛嗎？」

「聽說特定的日子可以進去。像櫻花季節。雖然半藤老大說極樂園的女人漂亮多了。」

「是喔。」熊悟朗應。「聽說江戶有很多風流男子。」

熊悟朗點點頭。紅葉接著又說：「聽說札差（註）很不錯。如果要結婚，就要挑有錢人。」

「放高利貸的啊？可是……」

札差姑且不論，結婚？紅葉是鬼宮殿的女人，這根本是痴人說夢。

「不用放在心上，熊悟朗。」紅葉仰望天空。「人家說說罷了。把心裡像雲一樣浮現的事，隨口說出來而已。你不用跟我抬槓，左耳進右耳出就行了。其實人家才不想去什麼江戶，也不想看什麼相撲和歌舞伎。不過越後屋倒是想去看看啦。」

「希望總有一天你可以公主下凡呢。」

「是啊。」紅葉有些愉快地說。「對了，人家聽到姐姐們提到金色的人，又知道一些事了。」

那個金色的人好像叫做金色大人，古早以前就在了。從現任首領半藤剛毅的好幾代前就在了，因此應該隨便就有一百多歲，但不確定是不是人。眾人反倒都認為絕對不是人。

因為沒有人看過他去茅廁，也沒有人看過他進食。雖然是男人，卻不想要女人。一旦廝殺起來，身手高強得可怕，不管是首領還是黑富士，都沒有人打得過他。平日喜歡讀書，一旦「入睡」，就像個擺飾，好幾天維持相同姿勢一動不動。但不是死了，一段時間後又會動起來。

3

秋意漸濃。

從浴池及宮殿的舞台瞭望出去的群山，全都染成了紅色和金黃。極樂園的大門內側有茅房。熊悟朗將馬糞都撿進桶子後，被夜隼叫了過去。

「喂，要去山神霜月祭了。」

「那是什麼？」

「祭典，底下的村子的。」

「是，大人慢走。」

「你也要去。」

「我也可以去嗎？」熊悟朗開心極了。他來到這裡已經過了幾個月，大人們在極樂園進進出出，熊悟朗卻是第一次踏出外面。

「對。不過不管村人問你什麼，都不能透露。絕不能讓外人知道極樂園的存在。我們向來對外宣稱我們是行旅的樂師。當然，知道我們身分的人就知道。」

女人們把熊悟朗拉到鏡子前，給他撲粉搽口紅。

「真適合、真漂亮！」女人們笑道。

註：札差是江戶時代負責替武士領取祿米或兌換金錢的商人。除收取手續費以外，亦從事放款，牟得暴利。

她們都打扮得花枝招展。

「姐姐們也要去山神霜月祭嗎？」熊悟朗問。

「當然啦。」

「大夥兒都要去。」

「熊悟朗，你眞幸運，你要坐神轎喔。」

坐神轎？

「對，眞教人驚訝。」另一個女人也笑道。「跟紅葉一起喔。」

「什麼時候動身？」

「祭典是晚上，傍晚前動身。」

熊悟朗走到庭院，金色大人站在那裡。

金色的身體上穿著漆黑的和服。眼睛的部分亮著綠色的燈火。第一次看見膚色漆黑的黑富士時，熊悟朗覺得他就像異形之物，但比不過金色大人。

這個古怪的金色大人也要去祭典嗎？

熊悟朗點頭行禮，經過旁邊，金色的那東西出聲了：「玩個盡興吧。」

一行人近五十人，只留下幾人留守，帶著四匹馬、十台牛車，浩浩蕩蕩地下山了。

女人都坐在牛車牽引的轎子上，男人走在兩旁。在各個關鍵地點，女人和熊悟朗都被謹愼矇上了眼睛。起初聽到時，熊悟朗以爲是玩笑，但靠近村子的時候，熊悟朗和紅葉被拱上了高聳的神轎。視點一下子抬高了。風帶著燒荒的氣味撫過臉頰。

這是否就是貴人眼中的景色？

自己這樣最低微的下人，可以坐在這種地方嗎？熊悟朗惶恐。

神轎裝飾得極盡奢華，插著風車和模仿孔雀羽毛的飾物，吊掛著無數象徵妖魔鬼怪的面具。往旁邊瞥去，和梳妝打扮後的紅葉對上眼了。

「聽說人家跟熊悟朗你，是在扮演神明。喏，你覺得人家怎麼樣？說點什麼啊。」

「我第一次坐這種東西。」

紅葉有些煩躁地說：「人家也是。欸，人家漂亮嗎？」

「咦？啊，嗯，好像花魁一樣。不過我也沒看過花魁就是了。」

神轎隨著么喝聲搖晃著。

領頭的是金色大人。旁邊是一身黑衣，戴著老翁面具的半藤剛毅。後方是穿金戴銀，撐著華傘的女人們。熊悟朗乘坐的神轎跟在後面，由夜隼、定吉、黑富士及其他強壯的山賊們抬起。男人們都戴上鬼、天狗，或是不知名怪物的面具。村人們不斷地聚集到神轎兩側來。是來看熱鬧的。有人膜拜、有人喝采、有人伸手要摸、有人揮灑彩紙。

眾人全都跟在神轎後面。

日落將近，天空的藍愈見深沉。

路旁的銀杏和楓樹染上鮮艷的黃紅色，在夕陽照耀下，就好似整個世界都在燃燒。

忽然，熊悟朗覺得他們是名副其實的山神。一旁的少女，是來自遙遠仙界的公主。在下方抬著神轎、戴著鬼和怪物面具的男人們，也不是戴著面具的人，而是如假包換的妖魔鬼怪。爲了這天打扮得花攢錦簇的女人們則是仙女、天女，或是妖媚的女狐……

平時的日常只是虛假的外貌。現在所有人都露出眞面目，前來參加下界的霜月祭——而我就是這群偉大神魔的王子——熊悟朗亢奮極了。

不久，隊伍來到大馬路。周圍擠滿了來自鄰近山村的人潮。

「好厲害。」

「你要有神的樣子。」紅葉斥責。「太興奮就不像神了。」

望向道路，一群衣衫襤褸的人合掌對著熊悟朗膜拜。

「看到了嗎？」熊悟朗笑著對紅葉細語。

「這樣就沖昏頭，眞不像話。」紅葉嘴上說著，卻也雙頰潮紅，面露微笑。

神轎往神社前進。日落後，道路兩旁呈等間隔燃起了篝火。熊悟朗事前聽說，他們坐神轎只坐到神社。隨著接近神社，熊悟朗嘆起氣來。如果能夠，他想要一直坐下去。

「這些村子的人平常就很信賴極樂園呢。」

熊悟朗只漫應了一聲。不必紅葉故作聰明地說，見到村人這模樣就知道了。

後來熊悟朗才知道了事實。

極樂園（也就是半藤剛毅）在霜月祭時下山的佐和村和宮殿中間的森林深處有一片隱田，加以耕種管理。在藩的法律中，持有隱田是斬梟示的重罪。但沉重的田賦以及藩在飢荒時的無能令鄰近山村皆憤慨不已，所有人都在私底下參與了這片隱田的經營。這些隱田收穫的米和作物，會在霜月祭的時候以山民的供品的形式，透過神社，分配給以佐和村爲中心的鄰近山村。

神轎來到大火堆前方。熊悟朗和紅葉在這裡走下神轎，和男人們一起被帶進帳篷裡。帳篷裡有甜酒和魚乾。熊悟朗拿到沾味噌的烤麻糬。剛烤好的麻糬用竹籤串著，熱呼呼的。大人們七嘴八舌地說話。村裡的孩子們跑過來，敬畏地盯著頂著像歌舞伎演員濃妝的熊悟朗。一對上眼，孩子們便倉皇逃離。

牛藤剛毅走過來。熊悟朗向他行禮。

「老大，辛苦了。」

「坐神轎好玩嗎？」

「好玩。」熊悟朗說，剛毅愉快地笑：

「你已經是我們的一分子了。往後也要努力貢獻。總有一天得到認可，你就能正式入幫了。」

熊悟朗驕傲極了，整個人飄飄然。他強烈希望能得到首領——得到自己所屬的組織更進一步的認可。

「我想坐！」桃千代跑過來，仰望神轎說。

熊悟朗抱起桃千代，撫摸他圓滾滾的頭。兩人已經打成一片了。

「等你七歲就能坐了，小桃。」剛毅苦笑著說。

祭典結束，回到樓門上的房間後，日常的每一天又開始了。冬天也來了。

4

風颳個不停，落葉四處飛舞。

極樂園的庭院和入口冒出一座座掃成一堆的落葉。

女人們圍在火堆旁。熊悟朗經過時也會靠過去取暖。

夜隼走近，將各種練習用的武器丟在熊悟朗前面。竹刀、長棒、木製小刀、木斧、捕棍、叉形棍，甚至還有胡桃，難道是要當石子扔？

「我教你練武。」

熊悟朗嚥了口唾沫。「我嗎？」

「還有別人嗎？噯，別擔心，不會虐待你的。極樂園的男人，可不能是三腳貓。你聽好，我們有時得跟城裡的武士或無賴浪人交手，所以平日就得修習武術。挑一樣武器吧。」

熊悟朗撿起竹刀。棒子對他太長，木製小刀又太短。叉形棍他不知道怎麼使，感覺竹刀最容易，也是他想學的武器。

「在大多數情況，這玩意兒是下策。」夜隼喃喃道。「不，沒關係，拿起來吧。打鬥的訣竅就是占上風。這要看武器和地點。」

夜隼拿起叉形棍，拉開和熊悟朗的距離，與他對峙。

「好，你上吧。只要碰到我就算你贏。一有空隙就殺過來。」

重新與夜隼面對面，熊悟朗的背部竄過一陣冷顫。

夜隼的身高足有七歲的熊悟朗兩倍高。即使赤手空拳，只要夜隼有意思，可以輕易把他活活打死。而這樣一個巨漢拿著武器——雖然是木製的，正眼神凌厲地瞪著他。

但看不見黑霧或火花。

熊悟朗想要衝上去，長柄的叉形棍制住了他。

要用竹刀打到對方，就必須欺近上去，但叉形棍穩穩地對準了他，不讓他縮短距離。夜隼倏地伸出叉形棍，熊悟朗用竹刀格檔，叉子夾住了竹刀。瞬間，夜隼手上的長柄一轉，熊悟朗的竹刀被纏住，整個人跌在地上。

「完全不行。」

「對不起。」熊悟朗喘著氣爬起來。全身大汗淋漓。

「你得更認真、下死勁殺過來，否則根本不算練習。」

熊悟朗試了好幾次，每次竹刀都被扭下來。

就是被叉子卡住，自己才會被捉住。熊悟朗這麼想，試著高舉竹刀，或是將竹刀往後拉，結果門戶大開的胸口或腹部立刻被叉形棍刺中了。

「喏，你又死了。」

「夜隼大人眞是高手。」熊悟朗奉承。

「混帳，你太弱了。我可不是叉形棍的好手。你應該知道，即使體格相同，叉形棍也專剋刀子。」

「叉形棍更有利嗎？」

「沒錯。你不是在跟武士比武，較量劍術高低。有利還是不利，關係到你的小命。武士靠腰上的刀，他們熟悉用刀打鬥。所以你拿刀跟人家拼，是下下之策。」

原來如此，熊悟朗恍然大悟。

「要試試嗎？」

夜隼交換叉形棍和刀子。

熊悟朗試圖用叉形棍制住夜隼的動作，夜隼卻畫圓似地滑到一旁，熊悟朗慌忙追逐對方，但腳步一亂，被一腳踩近的夜隼一把抓住棍柄，搶走叉形棍。接下來試遍全部的武器，但不管任何一樣，都碰不到夜隼。

「我打不贏。」

「廢話。現在的你哪有可能打贏我？你要學習各種武器的長處和短處。」

「夜隼大人人眞好。」

「你說我？」

「只有武家的孩子才能習武，您卻教我這種人。」

夜隼的神情轉爲嚴肅：「因爲老大叫我教你辦事需要的技藝，如此罷了。你想要派上用場吧？」

熊悟朗不安起來，支吾其詞：「我、我派得上用場嗎？」

「天曉得？來看看你該專攻哪樣傢伙吧。」

熊悟朗再次望向地上的武器。

叉形棍、竹刀、木製小刀、斧頭、捕棍、胡桃。

「原本我打算讓你每一樣都試試，讓你練習最適合的一樣，但看來都半斤八兩。」

「你要感謝夜隼大人，熊悟朗。」少女的聲音響起。轉頭一看，紅葉正坐在石頭上看著這裡。

紅葉晃動著雙腳，調侃地說：「居然讓夜隼大人教你練武，熊悟朗眞幸運。」

「去旁邊，別來鬧事。」夜隼厭煩地說。

紅葉拉長語尾，撒嬌地說：「夜隼大人，請您也教教紅葉嘛。」

「吵死了。」

一顆胡桃擊中了夜隼的側臉。夜隼吃驚地瞪著熊悟朗。

「因、因爲您、您說一有空隙就……」熊悟朗不知所措地回應。

隔天，夜隼取了一把長度熊悟朗可以握在手裡、前端尖銳的鐵棒過來。這叫棒手裏劍。夜隼立刻要熊悟朗丟丟看，只見棒手裏劍漂亮地射中了樹幹。

「好好練習。每天早上有空練，沒空也要練。練到武士還來不及拔刀，就可以刺中對方的喉嚨，這樣你就贏定了。」

這天起，熊悟朗開始練習這項武器。他在起居的樓門附近豎起一根包上稻草的木樁，當成攻擊目標。夜隼偶爾會過來監督。他抱著胳膊，目不轉睛地看著熊悟朗以包上稻草的木樁爲目標，投擲武器。

「如果這是對手，刀劍的範圍大概到這裡，長槍的話到這裡，所以絕對要從這個圓周以外的範圍射過去。」

夜隼在地面排上小石子，並要求他邊跑邊射。

「緊急狀況射不中就沒用了。把這個靶當成要打倒你的人。練習的時候，要想像在危急狀況下大膽並確實地射中要害，打倒對方。」

「會遇上危急的狀況是嗎？」

「要想像自己命懸一線的時刻，那可能是明天，也可能是明年。」

熊悟朗照著做。

接下來三年，熊悟朗不斷地練習投擲棒手裏劍。有時他會拿著別的武器，陪山賊們練習武藝。十歲那一年，熊悟朗和幾名極樂園的男人一起查看設在獸徑上的山豬陷阱，在前方發現兔子。他覺得是好機會，同時反射性伸手入懷，射出棒手裏劍。

棒手裏劍深深地刺中兔子的喉嚨與胸口。兔子跳起，往前栽倒。

「幹得好，熊悟朗。」

「努力鍛鍊有了成果呢。」

「雖然你還是個小夥子，但愈來愈像個男子漢了。」

男人們讚揚他。掛在扁擔上的兔子讓他驕傲極了。這天還捕到山豬，熊悟朗一行人意氣風發地回到極樂園。熊悟朗的棒手裏劍本領立刻成爲話題。

首領半藤剛毅把熊悟朗叫去，要他表演。熊悟朗從三間遠的地方朝稻草靶子射出棒手裏劍。一支、兩支、三支。三支手裏劍連續刺中頭部的位置。

半藤剛毅拍手，望向旁邊的夜隼。

「訓練得很好。喏，那個叫什麼去了？不是有那個誰嗎？帶著女人跑掉的傢伙，叫啥去了？那個鐵手甲男。」

「是。」夜隼說。「叫德藏。」

「對，德藏。阿熊的手裏劍射得中嗎？叫他去解決那個鐵手甲男。」

5

氣仙沼德藏。

原本在藩裡任官，也曾在刑場任職，但幾年前遭到免職後在妓樓打雜。今年四十四歲，有個奇妙的習慣，平日就戴著甲冑的手甲生活。兩臂從手肘下方到拳頭處，都被黑亮的鐵手甲所覆蓋。這鐵手甲是特別訂製，拳骨部分隆起，造型詭異。冬天被袖子遮住還好，夏天則完全露出，極爲惹眼，但本人完全不在意。

據本人說，他四處結怨，不知何時會有仇家上門尋仇，這是爲了自保。

氣仙沼德藏三十多歲時，曾遭到三名年輕人持大刀攻擊，在當時的打鬥中失去了一根左指。此後他便戴上鐵手甲生活。

不光是爲了防禦刀劍攻擊而已。鐵手甲一拳揮下去，威力等同於鐵塊。他有時也會擔任妓樓保鏢，在這類場所，能威懾四方是重要資質。雇主也從來沒有挑剔過他的鐵手甲。

德藏經常上賭場。他在賭場是貴客，以「鐵手甲德藏」聞名。有一次他被捲入酒醉的賭徒互毆，輕鬆擊敗以擅長打架聞名的對手，此後身手高強的風評不脛而走。

某天，德藏在賭場輸了一大筆錢。賭場知道他住在哪，又是熟客，因此暫時讓他賒著。就在隔天，德藏帶著他打雜的妓院裡，可以算是姘頭的妓女，就這樣趁夜逃走了。等於是倒了賭場的帳。但德藏因爲平日就戴著鐵手甲的奇特習慣，下落很快就被查出。

風聞許多伊勢神宮進香客的驛站客棧裡，有個戴鐵手甲、似非善類的男子帶著女人投宿。

賭場的兩名無賴，還有妓院雇用的一名男子，三人連袂前往該處驛站，要帶回女人，並追討欠債。賭場派來的兩名討債人與德藏對質後，發展成亂鬥。拔刀的兩人合力圍攻，仍不敵德藏，妓院男子見苗頭不對，害怕起來，急忙帶了女人逃回來。

隔天兩名討債人的屍體被發現了。他們陳屍後巷，屍體面部潰爛、全身布滿怵目驚心的毆打痕跡。女人被帶回妓院，遭到懲罰後，也許是絕望了，一索子吊死了。

熊悟朗和夜隼一起下山。夜隼邊走邊說：

「現在你要去執行你的頭一項任務。」
「我要做什麼?」
「殺人。」
熊悟朗愁眉苦臉起來，夜隼說：「要殺的是個十惡不赦的壞傢伙。這要是認識的人，或許你會下不了手，但對方壞了規矩，又殺了人，是個大壞蛋。我們是替天行道。」
「替天行道?」
「沒錯。只是無人知曉。人生從一開始到最後都是神事。」
熊悟朗不懂夜隼的意思。
穿過樹林地區，來到岩地，熊悟朗和夜隼坐下來吃飯糰。夜隼說：
「我常想，什麼才是對的?對照藩的律法，我們做的事從一到十，全是斬梟示的重罪。但實際上又是如何?德川將軍的施政，或是我們藩的政事是對的嗎?饑荒的時候，是人吃人的慘狀。相對地，卻有人獨占多到吃不完的米糧。饑荒的時候，極樂園怎麼做?牛藤剛毅老大的前任，甚平衛老大和金色大人商議之後，將我們隱田的收成全部分配給山下的村人了。襲擊糧倉搶來的米，也全都無償分配給村人。像山神霜月祭我們下山參加的村里，在上一次的饑荒裡，也沒有一個人挨餓。全都多虧了咱們山神。」
夜隼注視著遙方的山脈，改變話題：
「我兒時的將軍吉綱頒布一條法令，禁止人們殺狗。禁止殺狗無妨，但甚至禁止人民養蟋蟀。」
丟棄幼犬的人，被拖行全市之後斬首。殺雞販賣的人被梟首示眾。
「禁止殺生，了不起的思想。除非家中應有盡有，從來不曾餓過肚子，也不曾缺過什麼，否則根本不會想到要立這種法。綱吉死掉以後，這法令撤回了。那麼，那個時候被處斬的草民算什麼？會讓人忍不住要質疑對吧？我父親本來是武士。他救了被一群野狗攻擊的小女孩，結果被撤職除籍，財產籍沒充公，被迫切腹。就因爲他捧打那些狗、就因爲被打的狗死掉了。我姐的婚事告吹，最後發瘋投河自盡。我成爲流浪之身，但在那時結識了現在的半藤老大來到這裡。」

「這實在是……」

「這也沒有什麼啊，阿熊。你的身世也很坎坷吧？每個人都很坎坷。極樂園就是這樣的人聚居之地。喏，一開始說的，什麼才是對的，這沒有人知道。但若要說什麼是壞的，壞的當然不只是我們而已，幕府、藩，一切都壞的。我們只能依靠自己那一套活下去。你不這麼覺得嗎？熊悟朗。」

熊悟朗點點頭。他打從心底同意。沒道理爲了別人的正義平白喪命。

夜隼拍拍熊悟朗的肩膀：「你是極樂園的孩子。爲了讓極樂園維持下去，有許多非做不可的事。你可千萬別高談闊論什麼善惡啊。要知恩圖報、滅私奉公。是極樂園供你飯吃，份內的工作，就得好好完成。即使是心非所樂的工作也一樣。」

「沒問題，什麼樣的事我都願意做。我這條命，都要拿來報答夜隼大人和半藤老大的恩情。」

「很好。聽到你這麼說，我就放心了。」

「我要殺的人很強嗎？」

「嗯，好像很強。三個人找他，死了兩個。不過他們也不是去要他的命，只是想要他還錢。現在那傢伙似乎住在朋友家，游手好閒過日子。被殺的其中一人父親，是跟極樂園有關的老爺子，他想替兒子報仇，但自己沒那個體力了，所以拜託半藤老大代勞。」

「我和夜隼大人聯手嗎？」

熊悟朗提心吊膽地問，夜隼笑了：
「不，你一個人動手。你不是平日就說，想要盡快獨當一面，受人肯定嗎？」
「獨當一面。」
「以某個意義來說，我算是來監督你的表現的。雖然也不是不能助你一臂之力，但最好你一個人完成。只要完成這次任務，你就能正式加入極樂園，在眞正的意義上成爲我們的弟兄，如果有中意的女人，也可以跟她睡。不過你才十歲，應該還沒想到這麼多吧。」
差不多快下山的時候，夜隼矇住了熊悟朗的眼睛。
「這是最後一次矇眼了。回程我就能告訴你路線了。」

這是座小鎮。
有客棧、雜貨鋪、香菸鋪、油鋪、居酒屋。是鄰近居民前來採買的市集。
就是他——夜隼小聲告訴熊悟朗。一名男子走在路上。眼神陰鬱，臉上布滿鬍碴。兩手袖子之間露出鐵手甲。腰間插著一把刀。他是氣仙沼德藏。
「他那副外表也挺方便的，不怕搞錯人。我只看過這傢伙一兩回，因爲有那副鐵手甲，一眼就認出來了。」
夜隼悄聲自語。
兩人拉開足夠的距離尾隨上去。即將日落前，德藏進入居酒屋。是可以吃飯喝酒的好地方。夜隼和熊悟朗躲在離店家稍遠的巷子裡。
「你在這裡看著。人出來就跟上去。到無人之處，如果看起來毫無防備，就動手收拾他。」

熊悟朗用力嚥了口唾沫。

「如果喝醉了，就是千載難逢的好機會。但如果有人，或離開的時候不只他一個人，就先別動手。萬一搞砸被他跑了，可能就再也抓不到了。」

「是。」

「你好好盯緊。」夜隼準備離開。

「夜隼大人呢？」

「我買個菸，去去就回。那傢伙剛進店裡，暫時不會出來吧。萬一我回來之前那傢伙就出來的話，你就跟上去。」

夜隼走掉了。熊悟朗目不轉睛地盯著店門口。

接下來自己要動手殺人——而且是一對一，對付一個殺過好幾個人的大男人。想到這裡，心跳突突亂起，胃有如千斤重。如果不幹掉德藏，半藤剛毅老大一定會放棄他。認為他沒有用，一刀把他砍死。即使命還在，如果被趕出極樂園，就只能死在山裡了。

夜隼離開去菸鋪沒多久，酒家的門便打開來，氣仙沼德藏現身了。比預期中快上太多。他手裡拎著酒瓶，似乎不打算在店裡吃喝，而是沽酒回家。熊悟朗決定獨自跟上去。德藏的腳步有些沉鬱。

不久，民宅到了盡頭，變成河邊的荒野小路。這是條平緩的下坡路，前方一覽無遺。

熊悟朗盯著一直走在前方的德藏的背影，心裡想了：

是不是沒有比現在更好的機會了？

夜隼不在，但他本來就不打算支援的樣子，而且一個人成事，贏得的讚賞更大。對方疏於防備，周圍又沒有人。如果現在只是跟著，明天必須同樣尾隨。明天或許沒有今天這樣的好機會了。

德藏可能不會外出，也可能下雨。他想早早解決這件事。繼續拖延也沒有好處。

夜隼說屍體丟著不用管。讓人們去傳，氣仙沼德藏壞了規矩，帶女人跑掉，這就是他的下場。只要解決他就行了。

熊悟朗往前奔去。

縮短距離。德藏沒有回頭。背影愈來愈近。

他投出棒手裏劍。

他瞄準後頸，但有些射偏了。一支射中左肩，另一支應該擊中肩胛骨，掉到地上。

「來了嗎？」肩膀都受了傷，聲音卻渾厚嘹亮。

德藏扔下酒瓶，一扭身轉了過來。

熊悟朗倒抽一口氣。

那不是人，是魔物。

全身噴發出墨水般漆黑的雲霧。烏雲之中爆出火花，閃電迸射。

紙匠之村的父親完全是小巫見大巫。那駭人的殺意，讓他就如雷神。

德見到熊悟朗，眼中冒出微微的驚奇，接著大失所望地咂了一下舌頭，咕噥地說：

「我是知道一定會有人找上門來。畢竟幹了就得擔後果，總是會有人來的吧，可是這算什麼？怎麼會是個小毛頭？派個小毛頭來對付我鐵手甲德藏，簡直太不把人放在眼裡了！」

「別小看我，我、我要收拾你！」熊悟朗說。他對身爲極樂園的一員極爲自負，被人以世俗的尺度說他是小毛頭而輕侮，讓他憤憤不平。

「啊啊？」

熊悟朗朝對方的喉嚨射出棒手裏劍，卻輕易被鐵手甲彈開。德藏朝他踏近一步。

「亂扔什麼東西，混帳！我怎麼可能被你這種小鬼收拾？八成是賭場的人派你來的吧？喂，你滾回去告訴你老大，都多大年紀了，少在那裡畏首畏尾，自個兒出面！再說，你也不想小小年紀就被判死罪吧？」

熊悟朗發出呻吟。

德藏嘆了口氣：「那些喪心病狂之徒專救你這種沒爹沒娘的孩子，教你們殺人，可憐，連被利用了都沒發現，喜孜孜誤入歧途。喂，這是我的債務問題。你還來得及回頭，別來蹚這渾水。如果你怕你老大，我可以替你跟官吏說情。人就該走在正道上！」

熊悟朗的心中隱隱動搖。視情況，或許德藏才是對的——不，是非對錯沒有意義。夜隼不是說了？極樂園的孩子就必須知恩圖報、滅私奉公。不管他說什麼，敵我立場都不會改變。動搖的嫩芽登時就枯萎了。

「納命來，德藏！」熊悟朗往前衝去。德藏啐了一口：「講不通啊。」

必須以對方為中心繞圈子移動，絕不能進入對方攻擊範圍。必須從死角射出，否則會被閃開。尤其出手的瞬間不能被看見。這些是夜隼在練習時的叮嚀。

熊悟朗繞到德藏的右邊。

「我發過誓不殺小孩，但事到臨頭，也只好破例了，你說是吧？」

德藏轉身追趕熊悟朗。棒手裏劍射向胴體。但不知道是否射中了。接著射頭。德藏像烏龜一樣縮起脖子，用雙手覆臉。

下一刻響起鐵器對撞聲。被鐵手甲擋住了。緊接著射腳。命中了。熊悟朗看見武器插在腿上。

德藏狂吼起來。

他一直線飛撲上來。熊悟朗往後退，拉開距離。德藏收勢不住，往前栽倒。一定是因爲腿上插著棒手裏劍，失去了身體平衡。德藏護著臉蜷蹲下來。熊悟朗將剩下的棒手裏劍全投向他的背。他要全部射光。

他暫時退開。剩下的武器是分銅鎖，可以輕易擊破薄板。將鐵環嵌進指頭。鐵環連著鎖鏈，前端連著分銅。熊悟朗身形嬌小，比起沉重的武器，分銅鎖使起來更順手。如果對方奄奄一息，也可以用來勒脖子。

德藏站起來了。

「痛死我啦。」他說，總算拔刀了。是短刀。「眞沒辦法，喂。」

熊悟朗在只要踏出兩步就進入對方攻擊範圍的位置戒備著。全身冷汗直淌。棒手裏劍沒能造成致命傷，這是莫大的失算。對方是身手高強的大人，還戴著鐵手甲。

武器也很不利。熊悟朗的分銅鎖長不到一尺，但加上手的長度，德藏的短刀更長。會先被砍到。否則就是德藏用刀或鐵手甲接住分銅鎖，抓住纏住的鎖鏈把他拉過去——接下來就是大人對小孩——大勢已去。

他覺得情勢突然逆轉，被逼到窮途末路。

熊悟朗背對著夕陽。當然，在過去的練習中，他知道背光有利，所以在德藏蹲身的時候占據位置。夕陽射在德藏的臉上，他刺眼地眨著眼睛。

「你滿厲害的。射得很準。練習了很久吧？」

熊悟朗沒有答腔。

草叢傳來蟲鳴聲。

德藏神情沉靜地說：「聊聊吧。以前我也有個跟你一樣大的孩子，得了虎疫死掉了。才十歲。那時候他娘還在。」

反射性地，熊悟朗察覺到危險。不是肉體的危險，而是精神的危險。

他要說的事很危險。不能聽。

「他叫寬一。我的孩子。那時候他還——」

熊悟朗豁出一切往前衝去，放聲怒吼，將分銅甩向對方的臉。

德藏的鼻子血流如注。

接著一擊，再一擊。他繞到倒下的德藏旁邊，不斷用分銅擊打。

有人跑近的腳步聲傳來。

「幹得好，太漂亮了！」

是夜隼的聲音。他應該在別的地方觀看。熊悟朗激烈喘氣，整個人蹲了下去。

夜隼用小刀刺進倒地的德藏背部。抽出刀子後，用德藏的衣服抹去刀上的血。

「你沒受傷吧？沒有人看見，趁現在快走。」

整群歸鴉呱呱啼叫著飛過。

熊悟朗跟著夜隼，走在夕陽西沉的小徑上。

夜隼邊走邊說：「我從菸鋪回來，你已經不見了。我以爲德藏會喝個一杯再出來，但看來他比預料中更快離開了。我擔心追來，沒想到你眞是太令人刮目相看了。我在坡道看到你們時，德藏已經被你打得動彈不得。那傢伙的強悍聲名在外，你竟一個人把他給解決了。」

熊悟朗默默聽著夜隼眉飛色舞地誇讚。

「第一次上陣，手腳通常都會不聽使喚，膽子也大不起來。沒想到你這小子，一個人面對比自己高大兩倍的對手，毫不怯戰，對方甚至連短刀都來不及舉起來，就被你擊敗了。」

見熊悟朗臉色蒼白，滿臉消沉，夜隼頓住了話，問他還好嗎？

「這也難怪。這確實是一次大任務。別放在心上。你不殺他，就是你被殺。那傢伙也殺了兩個人，當然也有命喪他人刀下的覺悟了。你應該引以爲傲。」

回程的山路上，熊悟朗沒有再被矇上眼睛。他學會了進出極樂園的方法。

回到極樂園後，熊悟朗從半藤剛毅那裡領了父子盃，並與其他男人喝了兄弟盃。熊悟朗年紀太小，不能喝酒，用水兌稀了喝。如此一來，他便正式成爲他們的一分子了。每個人都在歡笑。女人們也爲十歲的少年光榮升格而慶祝。

按極樂園的規矩，男人們在外頭做了什麼，絕不能向女人們透露。因爲女人們可能有一天要下山，返回下界的村鎮生活。熊悟朗和夜隼也遵照規矩，什麼也沒說。女人們不知道熊悟朗升格的理由，只是慶祝。金色大人坐在半藤剛毅後面。金色大人沉默不語，紙罩燈的火焰照亮他露出黑色衣物之外、宛如礦物般妖異的身體。

後來很長一段時間，熊悟朗都受到夢魘驚擾。

黃昏的原野。舉起短刀的德藏。不殺他，就會被殺？不，沒這回事。不是別人，當事人的熊悟朗最清楚。德藏只有一開始像怪物般噴出漆黑的霧氣，但當他拔出短刀時，黑霧和火花都消失無蹤了。明明他全身插滿了棒手裏劍，不停流血。他沒有殺意。他眞的想要和熊悟朗說話。德藏不是來不及揮刀。他根本無意揮刀。

所以怎樣？對於殺掉毫無抵抗的人，熊悟朗並沒有後悔。

他想要得到肯定，才動手殺人。

即使重回那一天，他應該也會一樣行動。

因爲這是非完成不可的任務。

兩年過去了。

熊悟朗十二歲的初夏，他正在打掃，紅葉靠過來，這名女童已經十四歲了。她的神情有些陰沉。

「怎麼了？」

「痛死人了，阿熊。」紅葉眉頭深鎖。「人家昨天終於跟男人……」紅葉說到這裡噤了聲，瞄了熊悟朗一眼，撇開了臉。只是這一連串反應，便讓熊悟朗發現是怎麼一回事了。只要住在極樂園，自然就會變得早熟。

兩人在屋後的岩石坐下。

「那，紅葉你梳櫳了？」失去貞操了？

「給出第一次了。」

紅葉的表情很複雜，不知道是在爲失貞嘆息，還是在炫耀。

紅葉握住坐在旁邊的熊悟朗的手。熊悟朗反握回去。胸口深處有股類似痛楚的感覺。不，他早就知道會有這一天。熊悟朗留意不讓那痛楚顯現在表情上。只是遲早會發生的事情發生了罷了，就如同冬天會下雪。要是為這種事煩惱，沒辦法在這裡過下去。
「那，對方是誰？」
「定吉大人。」
「第一次的對象都是決定好的嗎？」
「嗯。把人家抓來的是夜隼大人和定吉大人，所以第一次也是他們之一吧。人家比較喜歡夜隼大人。」
紅葉天眞無邪的口吻，讓熊悟朗發現這對紅葉來說根本不算什麼，他感到輕微的失望。
「熊悟朗你呢？」紅葉以那雙漆黑大眼盯著熊悟朗看。
「我？我怎樣？」
「對象。」
熊悟朗眞的不明白紅葉在說什麼。忽然間，他莫名地感到一陣強烈的煩躁。
紅葉追問不休：「你沒有想要的對象嗎？」
熊悟朗的煩躁轉為憤怒：「不知道你的意思。你到底在說什麼？是在笑我嗎？」
「才不是。你生什麼氣嘛？可以挑喔。你已經領了父子盃和兄弟盃了，半藤老大叫人家差不多該問問阿熊的意思了。因為老大知道人家跟你很好，叫人家問你喜歡裡面哪個女人。」
熊悟朗一陣頭暈目眩，默默起身，逕自離去。紅葉沒有追上來。
熊悟朗到井邊洗臉。
對十二歲的熊悟朗而言，極樂園裡除了年少的女童以外，不管是紅葉還是其他女人，都令他感到可怕。每個人都比熊悟朗年長。他也不想為了女人，惹來長上男人們的反感。就在最近，他在私下對性事愈來愈感到好奇，但「大姐姐們」儘管是性事的對象，卻又讓他不覺得是對象，感受愈來愈複雜。

可以挑喔。

熊悟朗想起這麼說來，以前也聽過一樣的話。是去收拾德藏的時候，夜隼對他說的——你就能正式加入極樂園，在眞正的意義上成爲我們的弟兄，如果有中意的女人，也可以跟她睡。

夜隼是這樣說的嗎？那個時候他沒有認眞當回事。

眞的能挑嗎？那麼，就來想想過去不曾細思過的事吧。

如果要在多達二十名美女當中，挑一個爲自己破處的對象，哪一個才好？

遙遠昔日的女聲在腦中響起：啊、荷伊、啊、荷伊，七歲以前是神子。

絕對不要那種女人。極樂園裡個個都是美女，但姑且不論外貌，難保裡面也有跟那個女人同類的人。他不清楚誰比較好。其實他覺得誰都可以。

但是他害怕。他也覺得不安，對熟悉男人的山上的遊女來說，十二歲的自己的肉體，全身上下是否都是笑話？他並不是想要占據優勢，但也不希望心靈受創。幾天後的晚上，熊悟朗正在樓門上的房間呆呆幻想著和女人的性事，紅葉爬梯子上來了。

「熊悟朗。」

這是第一次有女人踏進自己的房間。

「嗯。人家是第一次來玩，這個房間眞不錯呢。你一個人住在這裡？眞好命。方便嗎？」

「已經是睡覺時間了。」

熊悟朗冷冷地說。自從幾天前發生那件事以後，他就再也沒有和紅葉說過話。當然，他明白紅葉並沒有做錯什麼。

「不想要人家陪睡？」

「老大叫你來的嗎？」熊悟朗瞪著紅葉說。「叫你來給看門小子破、破處是嗎？」

「熊悟朗。」紅葉的表情就像在責備鬧脾氣的小孩。

「我可不記得我有說要紅葉姐姐。」

紅葉不理會熊悟朗，挨近他的鋪蓋。

忽地，紅葉盈盈欲泣地說了：「一點都不難的。」

「什麼？」

「沒有人叫我來。或許你不中意人家，可是人家就是選了你。好嗎？你就別那麼排斥，當有隻貓躺在旁邊就行了。」

紅葉在黑暗中呢語。

你孑然一身。

我六親無靠。

我倆就像在風中悠悠飄過山上的落葉。

這裡的男人都只想玩弄人家的身體，一點情分也沒有。

可是你不會那樣，對吧？就算有點那樣的念頭，也不會成天想著這種事，所以你才會生氣，對吧？其實人家只想要忠貞不二。這是天經地義的事啊。沒錯，那些大人們都會睡人家。因爲人家被帶上山來，就是要給人睡的。如果反抗男人，就會被拋棄，無處可去，變成野狗和烏鴉的盤中飧，對吧？這是沒奈何的事。這世上有太多沒奈何的事了。

喏，算人家求你了，讓人家待在旁邊吧。

在一片漆黑當中，讓人家作一場美夢，相信世上還有可以相信的事物。

人家什麼都不求，不會要你做這做那，就別把它想得太難了。

有一天人家死掉的時候，一點點就好了，希望你可以爲我心痛一下。當然，我也會爲你心痛。

紅葉依偎在熊悟朗身上。黑暗中，熊悟朗感覺到體溫與心跳。

他默不作聲，輕輕地抱住了紅葉的身體。

3 緝凶（一七四二—一七四六）

1

柴本嚴信在藩的奉行所（註一）擔任同心（註二）。

他在就任同心第二年的春天打響名號。與搭檔去鹽鋪問案時，附近的長屋（註三）發生爭執，民眾跑來求救：「請官爺去制止一下吧！」

嚴信與搭檔火速趕到現場。長屋前站著面露狂傲笑容的彪形大漢。肩膀肌肉異樣隆起，手臂粗壯，肌肉虯結，一眼就知道臂力驚人。這若是亂世，或許能成為武者，揚名立萬。男子的雙手手背刺有象徵太陽的刺青。

「這傢伙是……」搭檔發出呻吟。

註一：奉行所為江戶時代的行政及司法機關。
註二：同心為江戶幕府的基層官員，負責庶務、警察事務。
註三：一種長型連棟平房，分為多戶，江戶時代多為下級武士的住處或出租房屋。

一個月前，發生過一起同心遭人持木刀打倒逃逸的事件，據說歹徒是個手背有太陽刺青的巨漢。路上倒著一名男子，滿臉是血，應該是被巨漢摺倒的。

嚴信和搭檔報出同心身分，太陽刺青的惡漢依舊面不改色，反而擺出挑釁的態度。惡漢賊笑著，一把抄起靠放在牆上的木刀，用它拍打另一隻手掌。

「老爺們身手高強嗎？既然是武家子弟，出生入死，也是家常便飯了吧？」要讓我來試試你們的本領嗎？就憑你們兩個，就算眞刀上陣，也不可能逮到我的——惡漢的冷笑如此訴說。「就在不久前，也有個跟你們兩個很像的、弱到不像話的傢伙。我替他鍛練了一下，居然就昏倒了，難不成是你們的夥伴？」

搭檔發出低吼，手伸向刀柄，嚴信制止他。

他向惡漢點點頭，從腰帶間解下大小刀，遞給搭檔拿著。

惡漢露出嘲笑：「怎麼，不拔刀嗎？那只是拿來唬人的玩意兒嗎？」

嚴信伸手入懷，掏出細繩，猛地撲上前。

他的動作迅疾得可怕。惡漢的木刀被彈開，下一秒，嚴信已經鑽進惡漢的胸懷。他倏地起身站直，惡漢整個人猛然被掀起倒地。惡漢在地上扭動，因爲雙腳被細繩捆住。

勝負在開始的瞬間就分曉了。

神乎其技的擒拿。

看熱鬧的民眾爆出歡呼。

嚴信飛快綁起四處翻滾的惡漢雙手。

「你想掙扎就盡量掙扎，但是再掙扎，就把你用拖的拖到牢房去，聽到了沒？」

嚴信大氣都不喘一下，聲線冰冷鎮定。

看熱鬧的愈來愈多了。兩名惡漢的同夥分開人群擠進來。兩人都和第一個傢伙一樣，外貌粗獷凶悍。居然敢搞我兄弟——一人伸手要抓嚴信，嚴信輕巧一閃，下一秒鐘，伸手的男子已被擊倒在地。他被摔飛出去。

另一個表情緊繃，拔出刀來。被摔出去的男子也急忙爬起來。

搭檔正欲拔刀，嚴信再次制止：「交給在下。」

「可是，眞的行嗎？」搭檔問道。

嚴信緊盯著惡漢的同夥。

「如果眞刀廝殺，就算事後發現根本不值得下手，也覆水難收了。」

太陽刺青男子在地上蠕動著。

嚴信和兩名惡漢同夥短暫地扭打片刻。首先一人手中刀被擊飛，接著另一人被拋出，一眨眼，兩人最後都被綁成一串，就像耍魔術。

這次的歡呼比第一次更熱烈。

嚴信和搭檔分開民眾，將被繩之以法的三名惡漢拖到奉行所。

奉行所有個可怕的高手——這樣的名聲流傳開來。

此後嚴信持續活躍。不管再怎麼慘烈的情勢，只要嚴信出面，兩三下就能平息紛爭。對方不是束手就擒，就是畏懼而逃之夭夭。只要他出動捉人，就會出現大批民眾，搶著要看他那出神入化的技巧。

但對於這些愛戴，本人事不關己，總是板著一張臉，不曾露出笑容。

嚴信的擒拿術是在江戶學的。

擒拿術與在太平盛世逐漸名存實亡的劍術完全不同，是徹底講求實戰的格鬥術。首先學習捕棍、叉棍、刺棒等技術。這些訓練不是為了分出勝負，首重如何迅速化解「拘捕」現場。嚴信習武的道場，有位師範教授獨特的技術，是將柔術與大陸傳來的格鬥術及擒拿術結合的擒拿柔術。嚴信在那裡目睹年近老齡的矮個頭師範，與體形碩大的年輕門生扭打，一眨眼便將門生綁住的場面。

他拜入門下。

面對比自己更強大的對手，不殺傷對方，又能使對方喪失戰鬥能力。這正是他想窮究鑽研的武術。道場中有許多令人嘆為觀止的妙技，令人訝異繩索居然能成為如此強大的武器。

撲向對方的腳，迅速綁起雙腳使其跌倒的技法。以繩索擋下對方揮來的拳頭，順勢捆住的技法。利用繩索將對方拋飛出去的技法。這不是一朝一夕就能學成。嚴信每天前往道場練習，空閒時就沒完沒了地拿人偶練習綁縛，練到雙手不假思索動作。

不是打倒敵人，再綁起來，而是以繩索為武器，打倒敵人。

洞察呼吸，從姿勢預測對手下一步動作。看透打破力量平衡的要害。嚴信將習得的術理更進一步調整。它原本就不像劍術那樣廣為人知，因此沒有人能預測嚴信的動作。

2

柴本嚴信下班後回到住處，一個人獨處。他經常前往道場擔任特別師範，也會在自家庭院為部下舉辦「擒拿術精進會」。也因為與力（註）的安排，嚴信住的老房子就在道場後面，是藩分派的官舍。
他並未和父母同住，也沒有成家。直到幾個月前，家中還雇有一名下人，但他出門辦雜務的時候，在城下被馬一踹，不幸喪命。他覺得原本就安靜的家變得更靜了。
和室有一尊木像。是嚴信自己雕的。
是尊形象柔和的菩薩像，低眉垂眼，嘴唇泛著微笑。每天入夜以後，嚴信就會坐在這尊菩薩像前想事情，偶爾會對祂說話。菩薩像是與成人男子尺寸相當的坐像，因此遠遠看去，像與人交談。

這是個夏夜。蟲聲唧唧。
嚴信注視著木像。
這尊木像曾經開口說話。他回想起當時，撫摸木像的面頰。
這時，庭院傳來踩過砂礫的聲響。嚴信悄悄抓起繩索起身。如果是賊人入侵，最好遠離紙罩燈。待在燈光旁形同告訴對方目標在這裡。嚴信沒有持燈，躡手躡腳走出面對庭院的簷廊。
他吃了一驚。
庭院裡有一團裹著黑布的東西，旁邊有一名黑衣人單膝跪坐。
賊人。
黑衣賊人的臉反射著月光，閃閃發亮。不像人的臉。是戴了面具嗎？
「誰？」

註：與力爲江戶時代的官職之一，爲同心的上司。

「在下有事相求。」

黑衣賊人開口了。聲音非常古怪。

「我在問你是誰。」

「我來自月亮。」

嚴信嚥了口唾沫。

「敢在那裡胡言亂語，小心我把你綁起來！」

「是嗎？」

「什麼是嗎？你知道我是誰，還膽敢擅闖此地？旁邊的東西是什麼？」

賊人發出「嗶」一道像鳥叫的聲音，依然坐著說：

「尊駕爲奉行所同心，柴本嚴信。除暴安良，維護法治，沒錯吧？」

嚴信凝視賊人。

「這裡有個姑娘就交給擅長擒拿之術、廣受人民愛戴的尊駕。至於所求何事，問姑娘即知。」

嚴信走下庭院，望向賊人旁邊一團黑色物體。是用被子裹起來的女人。女人仰躺，蓬頭亂髮。

「人還活著嗎？」

「活著。她睡著了。她需要食物、睡覺的地方，需要照顧。」

說話方式很古怪。沒有抑揚頓挫，一下子簡慢，一下子禮貌。最奇妙的是面具透出綠色光點。

他想不出那光怎麼來的。

「她不該來這裡。她應該去找大夫，或是去別的地方。」

「不成。」

「呃，什麼不成……」

「我是在拜託你。如果你拒絕妥善處置，我會殺了你。」

居然恐嚇起他來了？嚴信的太陽穴青筋爆凸。

「放肆！我不知道你是何方神聖，但太可疑了。擅闖他人住處，還威脅殺人，該當何罪？我非把你綁起來不可！」

「這樣。那你試試吧。」

黑衣面具人站了起來。

看上去沒有佩帶刀劍。不過或許藏在某處，小心爲上。嚴信迅速伸手，正要用繩子繞住賊人的手，瞬間世界卻上下顛倒。

嚴信栽倒在庭院砂礫上。他在倒地的同時分散衝擊力道，但震驚得腦袋空白。

他被拋出去了。

什麼時候？怎麼做的？

他慌忙爬起來。黑衣男子站在一開始的位置。嚴信低吼。黑衣底下露出金色的光澤。仔細一看，手和臉全都覆蓋著像金色鋼鐵之物。似乎穿戴了甲冑。

這傢伙是怎麼回事？

繩索斷了。這樣太短，已經不能用了。能瞬間切斷繩索，表示他身上藏了刀嗎？好久沒像這樣落敗。雖然勝負未定，但如果賊人有意取他性命，他倒地的時候就能給他致命一刀。但賊人沒有這麼做，他才能毫髮無傷——自己確實敗北了。

「行了嗎？柴本嚴信，拜託你了。」

「開什麼玩笑！」

嚴信撲了上去。論摔跤，他大有心得。即使沒有繩索，他也是藩內無人能及的柔術高手。但他抓住黑衣，勾住對方的腳，賊人的身體卻比看上去更沉重，不動如山。

賊人的頭「嘰——」地轉向嚴信。

令人喪膽的面具。

眼鼻模糊不清，琉璃片底下像眼睛的綠光閃閃發亮。口鼻處看不到用來呼吸的開口。嚴信實在不認爲自己在與穿著鎧甲的武者扭打。對方甚至連呼吸聲都沒有，也感覺不到應該在鎧甲底下的肺和肌肉活動。甚至沒有汗味。

沒有人的氣息。

世上眞有這種東西嗎？

不——這——

眞的是面具嗎？

武者的體內發出難以形容的沉悶嗡嗡聲。

嚴信感覺到危險，跳了開去。然而武者一瞬間便緊跟上來。

嚴信再次飛向空中，摔倒在砂礫上。自己的意識變得模糊。

他經常夢見可怕的夜叉。

黑暗中飄浮著一張猙獰女鬼的臉。這是夜叉。他使盡渾身解數想打倒夜叉，然而超自然的力量讓他的動作變得如蛞蝓般遲滯，絲毫不管用，是這樣的惡夢。

就在他即將被夜叉殺掉的前一刻，他終於醒來。

在短暫的意識混濁中，他聽見夜叉高聲大笑。

那傢伙是不是從他平時的惡夢裡跑出來的夜叉？

泥土的氣味鑽進鼻腔。睜開一看，武者正俯視著他。

「姑娘交給你了。姑娘所說的惡行，你可得好好斟酌。」

後衣襟被一把抓住，整個人被抬到半空中，輕而易舉地扔進屋子裡。他滾過榻榻米，撞破紙門。撞到牆壁停下來。好半晌，嚴信背靠在牆上，茫然出神。

打不過。

絕對贏不了的存在——惡夢中的夜叉，再次與這名賊人重疊。自己應該強壯的肌肉變得軟弱、應該迅疾的動作變得遲緩，感覺對方龐大得無法想像。一陣痛苦席捲，就好似過去的修行全遭到否定。但身爲以武藝揚名之人，他不能夜裡被人侵入家宅，卻落荒而逃。

他終於調整好呼吸，走下庭院，賊人卻不見蹤影。

只留下裹著被子的女人。

嚴信把女人從簷廊拖進屋內，讓她在被褥躺下。女人和被子之間，有一把收在鞘裡的刀。

嚴信取出那把刀，目不轉睛。

3

天亮以後，女子醒了。她是還很年輕的姑娘。

「這裡是？」姑娘在晨曦明亮的房間裡東張西望。

她的目光停留在坐在枕邊的嚴信身上。嚴信清了清喉嚨：

「這裡是柴本嚴信的屋子。你沒受傷吧？」

「是，沒有。」

「你是誰？」

「是。呃，我是武川來的，我叫做遙香。」

姑娘起身，一臉怔愣。她的視線對著破洞倒地的紙門。是昨晚嚴信撞破的。

「金色大人呢？」

「那個奇怪的傢伙叫金色大人嗎？」

「嗯……」姑娘一片茫然。

「你等等，我端茶過來。」

嚴信端茶過來，叫她用濕手巾抹抹臉，順便端來早飯。

「謝謝，我真不知道該如何答謝才好。」

「用不著謝。」

「我想問，」姑娘說。「呃……柴田大人……是吧？請問，我怎麼會在這裡？」

嚴信抱起胳臂，眼中滲透出嚴峻：「你說什麼？」

「對不起，我仔細想了一下，卻想不起來。」

「那個叫金色大人的昨晚把你帶來這裡，叫我照顧你。」

姑娘瞪大了雙眼問：「真的嗎？」嚴信說：「真的。」

「柴本大人是武士？」

「嗯，在奉行所做同心。」

遙香喃喃：「同心大人……」

「我一頭霧水。你交代一下昨天以前發生了什麼事。」

接下來，嚴信聽了姑娘的陳述。遙香說她本來住在武川的醫師祖野新道家，似乎是紅豆村的流民之女，被醫師收養。祖野新道沒有告訴她眞實身世，把她當成親女兒養大，某天她發現眞相，痛苦得待不下去，便離家出走。她在山中的祠堂遇見那個金色大人。

金色大人似乎受到當地人的崇敬，被視爲聆聽苦惱的神明。

金色大人原本像佛像一樣坐在祠堂裡，但姑娘現身，祂便開口說話。兩人聊了許多。姑娘的心情漸漸平靜下來，決定下山。金色大人說要送她到路上。走著走著，金色大人揹起她。也因爲實在太累了，姑娘睡著了。

醒來的時候，她人已經在這間屋子裡了。

大致上是這麼個經緯。

嚴信想了。這是多麼不自然又漏洞百出的謊言啊。發現自己是流民之女就會離家出走嗎？一般不是應該感謝養父的養育之恩，更加孝順嗎？

「我聽過祖野新道這名字。」

是個聲譽極佳的名醫。

「他是個値得尊敬的人，總是將病患視爲優先，待我也眞的很好。」

「他是個好養父嗎？」

無血緣關係的父女，又有無論如何都不願爲外人道的內情，嚴信首先想到常見的扭曲愛情。

「他是個再好不過的父親。」

嚴信身爲同心的直覺，告訴他遙香有所隱瞞。簡而言之，她不想透露與離家出走的動機直接相關的部分。他刻意不追問，提出下一個問題：「你說你在深山裡遇到奇怪的人，這我懂了。但接下來怎麼會跑到這裡來？我不認識那個怪人，你我也素不相識。」

「確實，我也不明白爲什麼我會在這裡。」姑娘縮起身子。「啊，難道……」

「什麼？」

「沒事。」

「別拘束，有什麼話就直說。」

「柴本大人在奉行所任職對吧？我向金色大人傾訴時，提到想要報仇的事。聽說我被撿到時，周圍都是流民的屍體。抱著我的像是母親的女人也已經死了。我對金色大人說，我好恨殺了他們的壞人，既然我都已經離家出走了，我想要爲自己的同胞報仇，如果您是神，請告訴我凶手的名字。我想……因爲柴本大人是同心……」女子困惑地看著嚴信。「金色大人把我帶我這裡，是不是因爲祂知道柴本大人的聲名，想把您介紹給我，要我求助於您？」

「這是我的職責範圍。」那個賊人說過「姑娘所說的惡行，你可得好好斟酌」。

「一定是這樣的。可是這樣的話，只要說一聲，我會自己拜訪奉行所啊！金色大人三更半夜突然把我留在柴本大人家的院子裡是嗎？眞是太失禮了。」

嚴信抱起胳膊：「就算如此，他請託的方法太亂來了。我第一次遇到那種人。那是人嗎？」

遙香側了側頭：「我不認爲金色大人是普通人。應該是山神。」

嚴信想一笑置之，但又記起全身金色的鋼鐵異形如羅刹般的強大。

「山神會拜託我事情嗎？」

「因爲是山神，所以不懂人世間的規矩吧？不過這實在太亂來，給您添了莫大的麻煩。」

嚴信以手覆額，閉上眼睛。

「好吧。那我來找。」

「找什麼？」

「找出那個殺害武川流民的凶手。」

遙香退到後方，額頭抵在榻榻米上：「小女子感激不盡。」

「謝就不必了。說要找，也不一定查得出什麼端倪。好了，吃飯吧。」

遙香開始用飯。快吃完的時候嚴信說：「吃飽了就出發。」

「是！」遙香站起來。「要、要去哪裡？」

「我得先去奉行所當差，然後再帶你回家。」

眼前姑娘說的話可能全是胡扯。就算只能信一半也好，爲了證實她的說詞，得先從能查證的部分開始調查。

中午過後，兩人抵達了武川的祖野新道家。一見到遙香，家中的女人便飛奔而出。

「初枝阿姨。」遙香說。

「你跑去哪裡了！」

名叫初枝的女人緊緊地抱住遙香，就像抱住年幼的孩子。遙香喃喃地說對不起。

「你就是我們家的孩子啊！」

「是。」

她非常擔心離家出走的遙香。嚴信目不轉睛地觀察兩人，想要看出可疑的蛛絲馬跡。

遙香向女人介紹嚴信，說是奉行所的同心。

「難道遙香闖了什麼禍……」初枝臉色大變。

「不，她託我找人。」嚴信面無表情地說。

初枝立刻請他入內，端出茶水招待。

看起來很老實的剃髮醫師祖野新道也現身，不停低頭賠罪，說女兒添麻煩了。

「到底是什麼情況，會驚動柴本大人？」

嚴信從遙香三更半夜被金色大人帶來的地方開始說明，但他們一副半信半疑。注意著他們的表情，嚴信自己也覺得像在胡說八道。

「我也是雲裡霧裡。總之，你們見過全身穿著金色鎧甲的人嗎？」

「沒有。」祖野新道和初枝對望。

接著嚴信詢問據說撿到遙香的初枝當時的狀況。清晨的河岸邊，倒著許多貌似流民的人。有個女人抱著當時年幼的遙香。遙香身上帶的，就是當時遺落在現場的刀子。

「都是十四年前的事了。」

「那麼刀子先寄放在我這裡，行嗎？」

他們說當然好，並行禮說「請大人多多費心了」。

「柴本大人要怎麼調查？」遙香問。

「刀。」嚴信撫摸遙香交給他的刀子。「這應該會是線索。我會四處問問。但事情已經過了十四年，或許很困難。這麼說來，當時這件事有報官嗎？」

「有的。」初枝說。「但是官差說，應該是河太郎撿到刀子，醉後起爭執互砍，就此結案。這樣說或許冒犯，但官府似乎不怎麼認眞調查。」

嚴信點點頭。

「還有沒有其他可以當線索的？」

「那個……」遙香怯怯開口，又一臉陰沉地改口說：「還是算了。」

「什麼事？線索愈多愈好。就算你覺得沒什麼，還是說來聽聽。」

「很久以前，我遇到一個不知名的男人，對我說殺死我父母的，是一名劍術高手。」

「爲什麼不早說！」嚴信驚訝地說。「只要問那傢伙，不是馬上就水落石出了嗎？他是誰？」

「告訴我這件事的人我完全陌生，連他住在哪裡都不知道。而且是老早以前了。」

「老早以前是幾年前？你說遇到，是在哪裡遇到的？」

「五年以前。我是在武川的街上遇到他的。或許只是惡毒的玩笑，那人丟下這話就走了，後來沒有再見過他。」

遙香說得支支吾吾，嚴信再次察覺她有所隱瞞。

怎麼可能會有陌生人突然現身，說出那麼重要的事就走掉？

「那人長什麼樣子？是什麼身分？身材如何？」

「像浪人，沒有剃月代，腰間插著刀。感覺有點邋遢。身材中等。啊，可是因爲已經很多年了，我記得不是很清楚。」

嚴信沒有繼續追究。

「我來查查看。你可別再離家出走了。」

當然，遙香就此再次回到祖野新道家。

夜半時分，嚴信坐到木像前。紙罩燈的光朦朧地照亮菩薩像。他把遙香交給他的刀子放在膝上。拔刀出鞘，刀身有些許鏽斑，看得出長年來未曾保養。刃紋處有凹痕。初枝和祖野新道沒有可疑或演戲的樣子。遙香說的身世應該是真的。

「遙香……」他把刀放到一旁，細語這個名字。

遙香是個美麗的姑娘。嚴信嘆了一口氣。但她有可疑之處，她確實撒了謊。除掉那謊言的部分，她有一種手心裡捧大養出來的純粹，以及誠實的人品和高潔。

一閉上眼睛，遙香的臉便浮現眼前。

嚴信都二十八了，卻尚未成親。許多女子愛慕他，他卻不曾被任何女人所吸引，對於仰慕他的人，一旦感到厭煩，他總是冷漠疏遠。也有數不清的婚事上門，但他都一一躲掉了。

菩薩像的嘴唇浮現嘲笑。

嚴信噴出鼻息，撲向菩薩，將其捆綁起來。

4

隔天開始，嚴信向奉行所的資深前輩和獄卒打聽。

在奉行所，年長的同心頭苦笑著說：

「柴本啊，這不是常有的事嗎？那麼多年前的河太郎命案，現在又查它做什麼？」

「因緣際會結識的人，拜託我務必查個水落石出。」
「凶手有眉目嗎？」
「完全沒有。我正在查。」
「但這完全是舊惡了吧？」
聽到同心頭的話，嚴信點點頭。
根據藩的法令，犯罪經過十二個月，除了叛亂及縱火等特別的重罪，一般犯罪都會被歸爲「舊惡」，不再進行實質調查。這次的事，已經時隔十四年。縱然問到某些證詞，八成無法查證，加之被害人是無名無姓的流民，即便揪出凶手，也可以確定無從問罪。
嚴信當然明白，但仍繼續查案。
「確實如此，但我這人一旦答應的事，就會全力以赴。希望能從調查中看出些什麼。」
「我知道你向來的工作表現，而且你也不是菜鳥了，我不想囉唆什麼，但我認爲這應該不算同心的職責本分吧。」
「我明白。我會在餘暇時間處理。」
打聽之後，成果不盡人意，每個人都隱約記得當時河邊住著流民，但說發生屠殺案以後，剩下的人就離開河邊了。至於是誰殺的、其他人又去了哪裡，沒有人知道。嚴信派部下去劍術道場問案，自己帶著遙香寄交的刀子，向販賣甲冑刀劍的商家打聽。
有沒有人認得遙香交給他的刀子？還有一點，有人知道金色的鋼鐵武者嗎？
「你經手過奇妙的鎧甲嗎？」
商家一副不解的模樣：「大人說奇妙，是怎麼個奇妙法？」

「我不知道是不是南蠻來的，從手指頭到整個脖子，甚至是臉，包覆全身各處，表面滑溜溜，沒有接縫——和我們日本的甲冑形狀完全不同，你看過這樣的東西嗎？」

「沒看過，也沒聽說過吶。」商人側著頭說。「是什麼顏色？」

「金色。」

「哈哈，金色啊？那一定很顯眼。要是賣過這種東西，我不可能忘記。」

刀子和鎧甲一樣，得不到任何線索。是尋常可見的寬文新刀。

幾天後，嚴信的部下到奉行所來回報。城下有兩家劍術道場，隨時都有五十至近百名門生。

「我兩邊都去了，直接問了門生，但每個人都說不知道。」

「你問過師範和代理師範嗎？那是十四年的事，新進門的不可能會知道。要問以前就在道場的舊人。」

「是，都問過了。大里流的道場那邊，我和代理師範掘柄慶佐枝門談過了。掘柄說『這麼說來，是出過那種事』，然後說『我完全不清楚，但你可以問問田村駿平』。」

「這田村駿平是什麼人？」

「田村以前在那家道場習劍，掘柄說他們只知道習劍，但田村不一樣，人面極廣。總之是當時的門生裡面消息最靈通的一個，要打聽事情的話，問田村準沒錯吧。」

「原來如此。那你問過田村了嗎？」

「沒有。掘柄說田村超過十年沒來道場露面了，最後聽到他的消息，好像是在藩的西郊近海的鳴江村，入贅釀造醬油的大商家什麼的。我明天過去看看嗎？」

「不，我去一趟好了。」

男人和女人在茶鋪子吃烤糯米糰子。

嚴信眼前坐著遙香。

是他去祖野大夫家邀她出門的。他拿辦案經過當話題。

「目前只查到這麼多。」

遙香行禮說「真的太感謝大人了」。

「這是我的份內工作，是天經地義的事。」

「柴本大人喜歡吃甜的嗎？」

「嗯。」嚴信將烤糰子塞進口裡。「甜的東西讓人舒坦。」

「我在各處聽到柴本大人的傳聞，說您是藩內第一的辣手名同心，什麼暴徒遇上您，兩三下就會被五花大綁。沒想到大人這麼有名。」

「那都是誇大其詞。抓人是我的工作，技巧熟練也是理所當然，就和漁夫擅長抓魚一樣。但我還是敗給了那個金色的賊人。」

「那時候真是失禮。如今回想，金色大人很神祕，就像出現在夢裡的人，但祂帶我結識了柴本大人這樣的名同心，對我來說仍然是大恩人。」

嚴信目不轉睛地看遙香，然後別開目光。一隻蜜蜂誤闖進來，又飛了出去。

「不過，到底是什麼人會那樣對流民大開殺戒呢？」

「不懂。若單純只看『平時佩刀的人』，那就是武家之人，但刀只是工具，因此不管是農民、商人，還是遊民，任何人都有可能有。如果下手的是居無定所的外來者，已經不在藩內的話，就束手無策了。不管怎麼樣，我覺得這不是出於宿怨，而是殺人取樂。你遇到的那個人，對你說凶手是『劍術高手』對吧？」

「對，沒錯。」

「我認爲劍術高手不會做這種事。眞正的高手，就算在河邊砍殺流民，也只會玷污自己的名聲，被說他欺凌弱小。那不可能是正常人的行徑。但劍術道場這條線，我想追查到最後。下一步我想查查田村駿平這個人。不過即使見到他，也不能保證他知道什麼，或許是白跑一趟。」

「和柴本大人說話，我就覺得好心安，眞不可思議。」

「那就好。搜查、追捕、懲治，是我們的工作。遙香姑娘，你就放心幫忙家業吧。」

農民與商人無權知道奉行所做爲審判依據的法律，因此嚴信認爲遙香應該不知道「舊惡不罰」這件事。他不打算告訴她，即使她從別人那裡聽說，也只打算解釋說「只是有許多這樣的前例，並非一概如此」。事實上，常有挖掘舊案，深入追查，結果揭發現在的犯罪，將重罪人繩之以法的案例。

「如果被我揪出凶犯，我絕不寬貸。」

遙香注視著嚴信的臉，漲紅了臉低下頭：「說這種話，或許柴本大人會動怒，但儘管是我自己要求的，卻……怎麼說，想要報仇雪恨的復仇心一天比一天淡了。」

「唔。」

「因爲對我以外的人而言，那都是十幾年以前的陳年往事，而且事不關已……死去的又是流民，然而見到有人爲這件事如此義憤塡膺，我總覺得得到救贖了。」

「你要得到幸福。死去的人應該都希望倖存下來的人能幸福。說到這件事，這麼說來……」嚴信一副完全順水推舟的態度。「你正値妙齡，應該有許多人上門提親？」

「不不不不。」遙香驚慌地說。「我這種人……眞是，我哪裡談得上什麼結婚？我光是能倖存在世上，就已經夠幸福了。」

「絕沒這回事。祖野家的人，還有你過世的爹娘，一定都希望女兒有好姻緣。」

說到這裡，嚴信發現遙香淚眼盈眶，慌了手腳。

「啊，我這是多管閒事了，抱歉。」

「哪裡，沒有的事。對不起、對不起。」遙香連聲道歉，淚珠成串滾落。「大人請別道歉。我眞的對大人感激不盡。」

嚴信在心中想了。

每次和你說話，我的心臟就會被刮傷，疼得不得了——那個賊人竟叫我照顧這姑娘。什麼叫照顧？如果沒有新消息可以報告，和遙香的關係自然斷了。那名賊人的事姑且不論，但自己眞的能接受和遙香漸行漸遠嗎？

這天強風呼嘯。

嚴信前往鳴江村。風中帶著潮香。沿海的林子樹稍搖晃。屋子裡出來應門的，是個應有四十來歲的中年婦人，聽到嚴信說從奉行所來，臉色變了。

「歡迎大人，辛苦大人老遠跑這一趟。」

婦人深深行禮寒暄。這裡是田村駿平入贅的人家。

「我這趟過來，是要向田村請教一些事情。田村駿平在嗎？」

婦人蹙起眉頭：「田村？哦，田村。田村駿平……啊，啊，是是是，都忘了我那小婿舊姓田村了。可是實在抱歉，他已經不在了。」

「不在？」

「不過，都七年前了吧。太不幸了。」

「出了什麼事？」

「大人不知道？」

嚴信點點頭。

「他啊，不小心誤食毒菇，甚至來不及救治，一眨眼就斷氣了。人剛從後山回來，馬上就嘔吐倒下……」

「什麼？」

「一下就死了。」

「太遺憾了。他生前是個怎樣的人？」

「他是武川的武家出身，說現在已經不是武士的時代了，把劍扔了。他是個樣樣通、樣樣行的人，死了可惜。」

道場的代理師範掘柄一定不知道田村已死的事。

鳴江村和武川兩地相隔頗遠，若非天大的事，否則不會傳到另一地。

穿過林間小徑，來到海邊。嚴信走在無人的海路返家。

層層疊疊的烏雲底下，大浪隆起又崩落，噴濺出滾滾水花。

天空浮著下弦月。

嚴信坐在自家房間裡。面對菩薩像，喝著茶。

菩薩像和之前一樣，依然被繩索捆綁著。

這下能查的線索全部查過了。沒有人知道河太郎是誰殺的。

「眞是太好了吶。」菩薩像開口了。

嚴信嚇了一大跳。仔細一看，菩薩應該低著眼皮的雙眼瞪得老大，應該浮現高雅微笑的嘴唇，現在成了下賤的咧嘴大笑形狀。

呵呵呵。

菩薩像笑了。

呵呵呵，呵呵呵。

「我只在老早以前說過一次話，最近你也以爲那時候的事只是一場夢罷了，對吧？你覺得木像不可能說話，對吧？你那是什麼表情？老子說眞是太好了，你笑啊！」

菩薩像的臉化成了猙獰的女鬼。

「人就是你殺的！河太郎就是你殺的！你對那姑娘說，那不是正常人做得出來的行徑？一點都沒錯，眞眞一點都沒錯！那不是正常人會做的事！你啊，仔仔細細地回頭想一想啊，畢竟從頭到尾，沒一樣是正常人做得出來的行徑嘛！」

女鬼憤憤地盯著纏繞在自己身上的繩索。

嚴信挪動臀部後退，喃喃道：「我不知道你在說什麼，住口！」

「你眞是卑劣，眞是太噁心了，居然一臉道貌岸然，四處問案。你不是在查『是誰幹的』，而是在查『誰知道是誰幹的』。沒有人知道是吧？任誰都沒法再查到更多了是吧？掘柄說出田村的名字時，眞教人冷汗直淌吶，但那個田村也已經死了嘛！這下只要你閉嘴，任誰從哪裡怎麼查，都不可能露出馬腳，這下你眞是放一百個心啦！」

魔像喀噠搖晃。嚴信忍不住大吼：「是小重幹的！」

「那小重是誰？」

嚴信想要站起來，身體卻使不上力。

不是我。是小重。全是小重幹的。那小重——

木像目眥盡裂，齜牙咧嘴。背後不是神聖的背光，射出讓人聯想到地獄的紅光，原本只有兩條的手臂化成上百條，像海葵般自繩索隙縫間扭動伸出。

千手女鬼。

不可能有這種事。不可能，這一定是夢。

魔像眼珠咕嚕亂轉。

「你這人渾身上下全是謊言。你雕的這尊木像，就是箇中翹楚。這是啥？我是啥？供養？難道死掉的人在冥世裡看到木像，會因爲你雕了木像就原諒你？做這種東西，死人就會回來嗎？呵呵呵，你這人眞是不矇蔽自己就活不下去呢。」

呵呵呵，呵呵呵。

四周圍的黑暗漸濃。

5

當時嚴信十四歲，是武川劍術道場的門生，每天和幾十名門生一起用竹刀訓練，切磋劍術。道場裡有個小幡新三郎，比嚴信大兩歲。小幡新三郎的劍術比嚴信高明許多。在道場以竹刀練習的時候，嚴信從來沒有贏過。

新三郎對嚴信關照有加，因此嚴信對新三郎既尊敬又嚮往。

某天，新三郎結束練習後說：「小重，我有話跟你說。」

小重是嚴信的幼名。

嚴信聽從新三郎的話，一起從道場回家。兩人回家的路到半途是一樣的。

「小重，你何時元服（註）？」

「是，家父說明年或是後年。」

「我們總有一天也會踏上仕途，發揮在道場磨練的武藝，造福社會。」

「是。」

周圍沒有別人。向晚的餘暉照亮田埂。

新三郎忽然說：「假設一個幹過野盜、砍殺過十人的武者，對上只揮過竹刀的門生，如果雙方臂力相當，你不認爲野盜會比較強嗎？」

註：元服爲日本古時男子成人禮，年歲不一定，爲十一至十七歲之間。

「呃，是。」嚴信納悶新三郎究竟要說什麼。

「就是說，」新三郎接著說下去。「我只是覺得，往後以眞刀廝殺的時候，或許我們意外地一下子就會喪命了。」

「怎麼可能？新三郎兄這麼高強。」

「道場練武不是實戰。必須以實戰磨鍊本事才行。」

但就算這麼說，除非有極特殊的理由，否則道場禁止用眞刀比武。現在是太平之世，很少有機會以眞刀磨鍊武藝。新三郎露出狂傲的笑，把臉湊近嚴信的耳邊細語：

「要不要去砍河太郎？」

嚴信皺起眉頭：「什麼？」

「說得更明白點，是去砍臭溝爺。臭溝爺砍死了也無所謂。我想要脫胎換骨。」

河太郎是不久前在河邊落戶的流民。臭溝爺是河太郎裡的其中一人。

臭溝爺理了顆光頭，包著頭巾，手上總是拿著根圓木棒。他人高馬大，下巴看起來很強健。雖然叫臭溝爺，但並沒有多老。從橋上經常可以見到他在河邊烤魚，以及和夥伴下棋的模樣。附近小孩跑來捉弄河太郎，這個臭溝爺就會凶神惡煞地跳出來，揮舞棒子把他們打跑。臭溝爺對小孩子們來說是非常可怕的人物。

臭溝爺和他的夥伴有許多不好的傳聞，說他們會擅闖農地和民宅偷東西。

「我弟弟說他和朋友到河邊逗河太郎玩，結果被臭溝爺抓住，拿棒子痛打了一頓。幸好傷勢不嚴重，但他把武家子弟當成什麼了？連田賦都不繳的傢伙——那群可惡的河太郎，到底要讓他們氣焰囂張到何時？我是這個意思。」

新道憤憤不平。

「據我聽到的消息，官員很快就會行動，在今年把河太郎全部趕走。視情況應該會死上幾個人吧。但我想在那之前，至少要把打傷我弟弟的臭溝爺親手收拾掉。」

他們決定在後天的滿月之夜動手。

小幡新三郎和小重——後來的柴本嚴信，再加上年紀相仿的道場夥伴田村駿平，三名少年在神社集合，準備前往討伐河太郎。三人都是在夜半溜出家裡。針對這次行動，三人做出一些決定，發誓絕對遵守。

在河邊絕對不能叫彼此的名字，以免曝露身分。

臭溝爺由新三郎下手，其他兩人不許動臭溝爺。這是發起人新三郎的強烈要求。

今晚的事絕不能向任何人透露。

不能丟下夥伴一個人離開。

萬一事跡敗露，遭到審問，必須堅稱是一人所爲，絕不供出另外兩人的名字。

三人都眞心認爲只要有用眞刀殺人的經驗，就能變得更強，也認爲殺掉河邊的流民，是在爲民除害。事後嚴信後悔萬分。當時的自己，卻覺得新三郎的每一句話都是對的。

三人脫下衣物，疊好藏在神社的簷廊下。換上黑衣，戴上烏帽子（註）。烏帽子是爲了避免被看出他們是尚未元服的孩子。三人走在滿月照亮的夜路上。遠處傳來狼嗥聲。河邊有幾處火堆在燃燒。火燄周圍零星坐了幾個人，但大部分可能都在小屋裡，沒什麼人影。

註：烏帽子爲日本古時成年男子所戴的黑色高筒禮帽。

嚴信的腳步停住了。

都到這裡了，他才發現自己強烈地想要回頭，但他覺得如果臨陣脫逃，往後將萬劫不復。

看到了，看到了，是河太郎——田村喃喃，新三郎發出輕笑。

火堆前坐著一名男子。男子接近老齡，他發現三人走近，「咦」地睜大眼睛。三更半夜的，突然冒出三名腰間佩刀、頭戴烏帽子的男子，這是理所當然的反應。

「喂，叫臭溝爺出來。」新三郎聲音微顫。

男子對背後一字排開的簡陋小屋呼喊：喂，出來一下！流民鬧哄哄地跑了出來。流民目睹三人，竊竊私語起來。他們是什麼人？噓！他們有刀。說要找臭溝爺。臭溝爺是誰啊？啊，是不是次郎伯？喂，次郎伯，有人找你。

新三郎「唰」地拔刀出鞘。嚴信和田村駿平跟著拔刀。

流民全靜下來了。

臭溝爺搖搖晃晃地現身了。他的手上沒有平時那根棒子。

「這、這、這是做什麼？」

臭溝爺顯然嚇壞了。

「喂，你已經做好送命的覺悟了吧？」新三郎大聲威嚇。

嚴信站在朋友身後，心想新三郎完全沒有解釋，臭溝爺一定一頭霧水，納悶爲何他非死不可。

「呃，這到底是……」

「閉嘴！」新三郎怒吼。「也不想想自己是什麼身分，膽敢以下犯上！我、我們是來宰了你的！」

周圍的流民一陣嘩然，又靜了下來。

臭溝爺驚駭得當場跪地，額頭整個貼在地上：「求大爺高抬貴手，求大爺饒命！」

完全是哭聲了。

在那裡的不是白天氣勢洶洶地揮舞棍棒的無賴，而是悲慘無力的中年男子。

嚴信有種一拳揮個空的感覺，和旁邊的田村面面相覷。怎麼辦？他都這樣說了，就放他一馬嗎？嚴信看到田村駿平的刀尖無力地垂了下來。然而接著望去，新三郎的刀尖反而高舉起來。

咦？他要砍人嗎？嚴信有些著急。他覺得已經夠了，應該見好就收，但他想起新三郎的目的本來就不是要對方賠罪或是投降，而是「眞刀殺人」。

新三郎對著下跪的臭溝爺擺出架勢。周圍的人都遠遠地圍觀著，驚恐顫抖不已。

臭小子！

罵聲不知道從哪裡冒出來，一顆梅子擊中新三郎的臉。

新三郎東張西望。

「誰！是誰扔的！」

黑暗沒有回應。

「滾出來！否則我把這裡的每一個人都連坐宰掉！」

新三郎大吼。梅子再次擊中他那張臉。

原來是個如假包換的大膿包嗎？你的臉我記住了。是武士的小孩嗎？是瞞著父母，想要砍人看看是嗎？你這種敗類，沒有領俸祿活下去的資格。

嘲笑聲四起。

嚴信目睹理性從新三郎的臉上消失。被他鄙視的人在同儕面前大剌剌侮辱——這對新三郎這種自尊心過剩的少年來說肯定無法忍受。新三郎發出怪叫，朝梅子射來的黑暗直衝而去。群聚的流民倉皇逃竄。

嚴信瞪著新三郎跑去的方向，茫然佇立。黑暗中咒罵、慘叫聲此起彼落，是新三郎砍人了嗎？冷不防，背後挨了一記飛踢。嚴信往前栽倒，但勉強穩住身子，手中的刀子慌亂地往旁邊一掃。

刀子劃過半空。

「是誰！」他喊，但不可能有人回應。他左右張望，發現臭溝爺就站在附近。被火堆照亮的臉宛如死人。臭溝爺朝嚴信踏出一步。他的手中握著石頭。

嚴信退後一步。要砍了他嗎？

事前的約定掠過腦海。

臭溝爺由新三郎下手。

嚴信朝新三郎消失的黑暗大叫：「喂！新三郎大哥！臭溝爺、臭溝爺來了！你回來啊！新三郎大哥，他在這裡！快來幹掉臭溝爺！」

話一出口，他立刻驚覺糟糕。

絕對不能叫彼此的名字。他忘了這件事。但無暇爲了失誤而驚慌失措。臭溝爺將手中的石頭扔向他。石子擊中嚴信的肩膀，他再次失去平衡，頭上的烏帽子也掉了。

「都宰了！把他們都宰了！」

不遠處的黑暗中，新三郎喊叫著。不，那是新三郎嗎？還是流民在吼叫？叫著：別讓這幾個小鬼跑了，把他們都宰了。聽不出來，到底是誰的聲音？無法分辨。「咻」的一聲，有東西在耳邊呼嘯而過，接著是石頭「叩」地砸在地面的聲音。和臭溝爺不同的方向，有流民在朝他丟石頭。得離開火堆，否則會成爲靶子。萬一被擊中腦袋，那可不是鬧著玩的。

「小重、駿平！過來！把這傢伙宰了！」

新三郎也在大喊。但看不出他在哪裡。

兩腳一絆，撲跌在地。

嚴信慌忙爬起來。接下來的事，他不復記憶。

天色漸亮時，嚴信一個人走在前往神社的路上。他不知道其餘兩人怎麼了。黑衣變得破破爛爛。刀子不知道掉在哪兒了。全身關節陣陣發痛。

他走進神社換了衣服。黑衣丟在森林裡。其他兩人的衣物還在原地，疊得整整齊齊。他們應該還在河邊，或是回這裡的路上，但嚴信不想等了。這等於違背說好的「不能丟下夥伴一個人離開」，但事到如今都無所謂了。搞不好就算等上老半天，他們兩個也不會回來。得盡早回家。

回家以後，嚴信發了好幾天的燒，臥床不起。

母親見他全身上下都是傷，問他怎麼回事，但他掩飾說和同伴練劍練得太認眞。

6

約莫十天過去，嚴信的燒總算退了。接下來又過了二十天左右，他在劍術道場露面。

熟悉的道場就像截然不同的建築物。

他在門生裡面看到田村駿平，卻不見新三郎的蹤影。

田村駿平看也不看嚴信。嚴信也和他保持距離。他有點好奇後來怎麼了，但更強烈地不願再想起當晚。發出吆喝，揮動竹刀。在道場只佩戴護手，身體和面部不戴護具。嚴信像平常一樣練習，一個念頭油然升起——我厭惡起刀來了。

揮舞刀劍，再也無法讓他感覺到過去的歡喜。

休息時間一到，每個人都到道場外面的樹蔭下納涼。有人提起河邊的河太郎屠殺案。

「居然砍殺無家可歸的可憐流民，簡直喪心病狂。」前輩門生說。「教人作嘔。」

「聽說屍體裡面也有女人，太慘了。」

「就是因爲有這種愚蠢之徒，劍道——還有士道才會遭人誤解。」

「希望快點逮到凶犯，斬首示眾。」

「哼。要是想砍人，怎麼不衝著咱們來？那樣咱們就能讓他知什麼叫飛蛾撲火、自尋死路。」

「就是太弱了，不敢啦。弱者只會找比自己更弱的人下手。」

一名門生不經意地轉向嚴信，尋求同意。嚴信緩緩地擰起眉頭，點頭說：

「雖然不知道是哪個泯滅天良的傢伙幹的，但真的太殘忍了。」

嚴信離開道場，用井水洗臉。他感到一股五臟六腑全翻攪過來般的痛苦。

休息結束後，開始練習比試。

嚴信前面站著舉起竹刀的門生。他叫掘柄，在前年加入道場，比嚴信年幼一歲。

兩人面對面行禮，擺出架勢。

掘柄本來就生了張娃娃臉，今天看起來更是童稚。嚴信內心痛苦不堪。

——你一定不知道吧。你一定沒有想過，在眞實的狀況中，站在平坦的地面，只專注正前方的對手動作，進行打鬥的機會到底有多少？不管累積再多練習，即便揮刀達到神速，你以爲閃得過黑暗中飛來的石頭嗎？你也完全無法想像隨時都有可能被殺的恐懼吧？即使能夠想像，想像和親身經歷，也是天淵之別。

掘柄的竹刀激烈地打在嚴信的護手上。

竹刀從嚴信的手中落下。嚴信茫然若失，師範朝他怒吼。

兩人分開，再次面對面。

——混帳傢伙，把我瞧扁了！

嚴信傾全力使出一擊，卻被新進的掘柄輕鬆閃開，迅速擊中身體。他跪地，痛苦掙扎。

棄刀吧！就在這瞬間，他決定了。

嚴信一個人走在從道場回家的歸途上，瞥見一群烏鴉飛回森林。

淚水不意間奪眶而出。

我到底想要成爲什麼呢？

嚴信離開道場一個月以後，聽到新三郎遇襲的消息。

他在城下町偶遇道場的朋友，是朋友告訴他的。

新三郎好像在拜訪親戚回家的夜路上，被人攻擊了。新三郎渾身是血地回到家，家人驚慌迎上去，連忙找來大夫，包紮治療，但聽說他全部的手指和腳趾都被砍掉。新三郎還有意識，說天色太黑，看不出是誰幹的。

雖然設法止血包紮，保住一命，但入夜後，新三郎每晚都狂叫不休。由於一根指頭都不剩，無法拿餐具，必須有人餵食。而且腳趾全沒了，行走困難，動輒摔倒。他關在房間裡不出來了。一個月後，新三郎自殺。他趁家人不注意時，將刀子插在庭院老櫻樹的樹洞裡，身子往刀身倒去。

嚴信嚇得心膽俱裂。

新三郎會遇襲，是因爲那天晚上他喊了新三郎的名字嗎？當然，他無從查證是否眞是如此，但那殘忍的手法讓人感覺是懲罰，是要讓他再也無法握刀，並延長他的痛苦。

當時有人喊他的名字嗎？

新三郎應該喊了他——但就算沒有喊他的名字，只要稍微折磨、威脅一下新三郎，他應該會招出同夥的名字。我也會被殺——再不然就是全部指頭被砍掉嗎？想到這裡，嚴信嚇得一條命去了半條。

但刺客沒有找上嚴信。

嚴信元服後，藉口修行，逃到江戶去了。

7

剛開始在江戶學習擒拿柔術的時候，某天擒拿柔術的師範將門生叫到自家去，說要一起慶祝端午。嚴信也受邀，在練習結束後和門生一同前往師範家。師範家圍繞著繡毬花籬笆。

穿過大門，嚴信大爲訝異。院子裡有幾十個孩子四處奔跑，玩彈珠，或丟繡毬。也有許多大人。女人們哄著嬰兒，忙著烹煮。有町人坐在簷廊抽著菸管，也有露出刺青貌似江湖弟兄的人在搗麻糬。

「這究竟是怎麼了？好多人啊。」

同爲門生，以前在嚴信骨折時迅速爲他接骨、交情不錯的年輕人告訴他：

「這些孩子不是叫來的，而是這裡的孩子。是師父撿回來的。他們都是因爲疫病或饑荒而失去父母，或是流民的孩子。師父供他們吃飯，甚至讓他們進寺子屋讀書，眞正是個佛祖般的大善人。不瞞你說，我也是像這樣被養大的流民之子。」

流民之子。

他說這裡的町人和武士都贊同師父思想，一有機會便帶食物過來，或是幫忙帶孩子，無償協助。

「可是有這麼多人進進出出，師父家不是門戶洞開了嗎？」

「是門戶洞開沒錯啊。我就住在這兒，但經常看到不認識的人。不過截至目前，沒發生過竊案。或許是因爲也沒什麼值錢的東西好偷吧。」

一顆繡毬飛了過來。嚴信輕輕撿起那顆球。

年約五歲的可愛男孩跑了過來。嚴信把球遞給男孩。

「謝謝您，武士大人。」

「健太郎，這邊！」夥伴喊著男孩的名字。

健太郎，太郎，流民，河太郎。

驀地，新三郎興奮的聲音在腦中響起——要不要去砍河太郎？

「那是我弟。」

年輕人說，但嚴信沒有應聲，按住了額頭。

他覺得腳底下搖晃起來。不，這場地震只發生在他的內在。他覺得不舒服極了。

師父笑咪咪地走過來：「啊，嚴信。你年紀也近，幫忙看一下孩子吧。」說到這裡，師範擔心地說：「咦？怎麼啦？你在生氣嗎？」

嚴信從師範家一路直奔回家。

他怒不可遏。

不，這是憤怒嗎？他從來沒有經歷過這種情緒。腦袋空白，吼叫從丹田滾滾湧出。他的心熊熊燃燒著。這一定是怒不可遏。我不能原諒、不能原諒、不能原諒，絕對不原諒！

屠殺河太郎那晚的記憶幾乎消失空白，但他應該砍了河太郎。他只記得自己在黑暗中揮刀。

那天的事，都是小重幹的。他絕對不原諒小重。

嚴信回到家鄉，在藩裡任官，將他耗費全副心力習得的擒拿術奉獻在工作上。

從第一次緝捕凶犯，他就覺得自己死而無憾。

因爲死而無憾，因此他不怕死。腳不會畏縮，能深入敵陣。

他本來就不怕亮刀的凶手。

雖然理所當然，但手持眞刀的凶手並不是想要一較劍術高下，也不是想要殺他。

他們十之八九都只是在虛張聲勢，以確保退路。嚴信不讓對方有思考的時間。他只要看到架勢，就知道死角在哪裡。下一瞬間，他已經鑽進死角，搶在對方反應前將繩索套上。敵人發現發生什麼事的瞬間會如何抵抗，他也都瞭如指掌。

但儘管覺得死而無憾，他也不是想要送死。從清早到下班後的夜晚，他瘋狂鍛鍊。他鍛鍊全身每一寸肌肉，拋出繩索。每天和幾十人扭打訓練。他要變得更快、更強、更臨機應變。練習與實戰、練習與實戰，如此的反覆積累讓嚴信的擒拿術登峰造極。
成爲同心之後過了幾年，嚴信已成爲無人能出其右、非比尋常的擒拿術高手。
他總是扶弱抑強，嫉惡如仇。
一次，他向人要了塊木頭，雕起菩薩像。
他雕刻著，想要當永遠的鑒戒。他雕好一尊丟掉，雕好了一尊又丟掉，總算雕出滿意的菩薩像後，當晚菩薩像的臉突然化成猙獰的女鬼，狂笑起來。
長長的舌頭甩來甩去。
呵呵、呵呵呵。
你這是在做什麼呀？狗屎拚命想要證明自己不是狗屎，眞是有意思。就算抹上味噌灑上芝麻，再怎麼粉飾太平，也只是讓自己變成更噁心的狗屎。
呵呵呵、呵呵呵呵呵。
你總不會以爲這樣就可以算了吧？神佛最想看到的，是你吐血翻滾，號哭痛苦的模樣。喏，那個叫誰去啦？死掉那個。新、新，對了，喏，就像那個新三郎一樣！
呵呵呵、呵呵呵呵呵。
我們不會放過任何人。就算你是將軍也一樣。你就洗好脖子等死吧。
嚴信緊咬下唇，對菩薩像說：好。我等。
接下來五年，菩薩像沒再開口。
雀鳥啼叫聲把他吵醒了。

嚴信在房間起身。全身各處緊繃。菩薩像變回了原本的木像。逃不過惡夢嗎？嚴信沉鬱地站起來。他冷靜得連自己都感到驚訝。如果是單純的惡夢也就罷了。但惡夢如今開始侵蝕現實。

遙香把刀子交給他時，他有股不可思議的感覺，甚至可說是深受銘感。那無疑是那天他遺落的刀子，卻毫無印象。他打算見到田村的話，先隱瞞他就是小重的事實，跟他談談。時隔十四年，他不認爲對方能認出他的臉。但他打算不著痕跡地探問田村是否知道某些他不知道的事。最後就算揭露他的眞實身分也無所謂。倘若田村堅稱不知情，那也無妨。

但他萬萬沒想到田村駿平死了。

新三郎死了，田村也死了。

那天晚上的屠殺者，剩自己一人。

金色武者會把流民的女兒帶到自己這裡來，是否並非因爲他是「名同心」，而是因爲他是「應該負責的人」？或者金色武者另有用心，是在對他做出「試煉」？

不懂。不懂。嚴信混亂到快要發瘋。

嚴信把菩薩像拖出庭院，用斧頭劈爛，澆上油，放火燒了。

煙霧冉冉升上陰天。

嚴信望著逐漸化爲木炭的木像，再次慢慢釐清思緒。

8

嚴信和遙香走在小徑上。森林的樹木染上淡淡的紅。很快地，兩人來到一座小丘。

「天氣漸涼了。」嚴信說。

「眞的。」

兩人在倒木坐下。

「您總是佩著刀，感覺很重呢。」

「沒錯。」

「不久前，我也拜託我爹讓我去劍術道場，結果挨罵了。」

「什麼？你到道場要做什麼？」

「當然——」遙香說。「是爲了習劍。」

這太荒唐了。嚴信忍不住笑了。遙香也跟著笑。

「你可以學擒拿術。」嚴信說。「你是女人，總不能隨身佩刀。但繩索的話，就能時時帶著走。有許多技法可以在夜晚遇到惡徒攻擊的時候護身。把他們綁起來報官，官差會感謝你。」

「有時候看到繩索，我會好奇被柴本大人綁起來是什麼感覺。」遙香說到這裡又微笑補充：「這可是玩笑話。」

嚴信端詳遙香的臉。

第一次見到她的那早，嚴信便有意無意觀察她的臉。他想看清楚她是「知情作戲」，還是「眞的一無所悉」。但愈是與她交談，嚴信就愈是糊塗。遙香看起來毫不知情。近乎完美地不知情。但之所以完美地不知情，不正證明那是裝出來的嗎？一旦這麼想，他便忍不住覺得遙香正在縝密地觀察著他。

遙香忽然嬌羞地驚慌起來：

「啊，我實在是太口無遮攔了。請大人表情別那麼嚴肅。剛才那話眞的只是玩笑。」

「嗯。」嚴信點點頭。「正在追查的那起案子，終於有結果了。」

遙香仰望嚴信的臉。她的瞳眸微微顫抖。

「是田村駿平。」

「是大人說過，劍術道場的代理師範請您打聽的田村駿平？」

「沒錯。我循線到田村駿平入贅的人家拜訪。家人提到類似的事。田村入贅的人家常有親戚的孩子來玩，田村會在庭院教那些孩子劍術。雖然他的本領夠不夠格教人是個疑問，但反正只是教教小孩子。聽說他常對孩子們提起當年勇，其中有一件是『從前我消滅了住在河邊作惡多端的河太郎。』」

「河太郎作惡多端嗎？」

「不知道。那些人是可憐又飢餓的流民，不能說他們完全沒有做過小偷小盜的事，但田村對孩子們這麼說，不是因爲河太郎眞的做過壞事，而是如果他殺死的不是惡人，就太不像樣了。他似乎是說，河太郎找碴，他面對數十名河太郎，一個人擊倒了那些攻擊他的河太郎。田村毫無疑問就是凶手。當時田村住在離武川河邊不遠的地方。可能是在劍術道場身手太弱，遭到欺侮，才會轉而將憤恨發洩在流民身上。劍術道場的代理師範和田村是同期門生，或許他其實知情，所以才會叫我去找田村打聽。」

「那，大人也見到田村了嗎？」

嚴信一字一句地說：「田村駿平已經死了。」

遙香瞪大了雙眼。

嚴信點點頭：「他死了。似乎誤食毒菇身亡了。」

完全照著計畫走。嚴信這麼認爲。實話當中，僅摻雜些許謊言。

田村駿平殺害河太郎是事實。他誤食毒菇身亡也是事實。但田村對小孩子炫耀當年勇則是他編造的。我是騙子嗎？沒錯。又不是這一兩天的事。從那天晚上直到今天，他一直都是騙子。

「凶手已經找到，案子結束了。也不能報仇了。」

遙香仰頭望天，長長嘆一口氣。眼中流下一行淚水。她恍惚好半晌。

「我該怎麼答謝大人才好？真抱歉，我只有這些……」

遙香怯怯地從懷裡取出一包東西。應該是一些錢。嚴信把那包東西推還。

「我不能收。」

片刻間，重覆著女人塞過去，男人推回來的動作。

「爲什麼？」

「收賄是禁止的。再說，我也不想要。」

「這怎麼行？大人爲我如此勞心勞力，只是口頭道謝，我實在過意不去。那麼，什麼樣的禮大人才肯收？」

「如果遙香姑娘願意……」嚴信從遙香身上別開了目光。「請繼續和在下見面。我心繫於你。」

遙香愣住。一段奇妙的沉默，她臉紅了。

嚴信直盯著她的臉，覺得輪到他來檢驗她了。

遙香有些沙啞地說「我很樂意」。

當年年底，兩人結爲夫婦。

漫長的雲雨結束。

嚴信爲虛脫的女人蓋上被子。

格子門另一頭是綿綿細雨。他在火盆裡點上火。遙香有個奇妙的習慣，她盡量不用手碰嚴信。尤其溫存期間更是如此。他問爲什麼，遙香說就是不能碰。

他得知了莫名不自然的「路過的男人告訴她凶手是劍術高手」是怎麼一回事。再三盤問，遙香坦承那是受鄰里排斥的浪人阿龜。嚴信調查後，發現阿龜的本名叫藤澤松信，但沒有人叫他這個名字，每個人都叫他阿龜。並且還查到這藤澤松信是田村的外甥。應該是以前田村對外甥透露過什麼。而這阿龜不久前過世了，身上毫髮無傷，像猝死。遙香說不願意說出阿龜的名字，是因爲她知道已經無法從阿龜身上問出什麼了。

古怪的是，牽涉此事的人全死光了。

即使像這樣和遙香同床共枕，嚴信仍感覺她對自己有所隱瞞。

無論那是什麼，他都不想再深究。

比起祕密，他必須保護遙香。小重的罪，唯有爲她犧牲奉獻才能贖清。把自己的全部獻給她吧！當然，嚴信並非純粹在內疚驅使下而走到這一步。他對遙香的情意是千真萬確。

嚴信注視著雨絲沉思起來。

問題是金色武者。

他是什麼人？怎麼也想不透。

他覺得——那不是人。

他說他是從月亮來的？

來自這個世界以外嗎？

4 啓程於朝霧之人（一五四七—一六〇七）

1

有時我會作這樣的夢。在夢裡，我拿著一把閃耀的刀。每一揮動，刀子便發出閃光。
我的前方有幾名男子。每個人都在懇求我。但我聽不見他們的聲音。
我在想，這把刀有多鋒利？
其中一人逼近了我。
刀子斜劈，利光一閃，一個人首級落地。
又一人逼近我，我隨即將刀子水平一揮，欲阻止我的另一人雙手落地。
殺，或不殺？這時的我，腦中只有這兩個選項。
倘若不殺，就不動手。即便會令自身喪命，也要貫徹決定。
倘若要殺，就毅然動手。無論對手是誰，皆手下無情。
踏近，刺出，轉身欲逃的一人倒地。一個、再一個。
不消多時，除了我以外，再無人站立。
我環顧遍地屍首。無盡的悲哀，令我想要消失不見。

身體愈來愈沉重，我蹲了下去。然後陷入一片漆黑。

再次睜眼的時候，我躺在地上，望著藍天，女人撫摸著我。

周圍紅花怒放。

我問女人：我是在作夢嗎？

女人搖搖頭說：

忘了吧。我原諒你。你完全不必感到痛苦。在你沉睡的期間，你斬殺的人都化成了花朵。

果然是我把他們……

你只是被使役。這是無可奈何的事。這次換我使役你了。

我直盯著女人的臉看，要看出洞來。

她就是我。我就是她。

我這麼想，伸出手去，女子的身影倏地淡去，消失不見了。

周圍空無一人，讓這我害怕得不得了——然後我從夢中醒來了。

我從來沒有向任何人提起這個夢。

我的名字是燕。我懂事以來就在幽禪家工作。

幽禪家的土地位在遠離人居的僻地，但極爲遼闊。除了我們居住的大宅，還有倉庫和下人的宿舍。庭院廣闊，有三座池塘，處處有小河流經。院裡種著桃樹、蜜柑樹和柿子樹，也有農田。田裡種著薯類、瓜類、蔥和小麥。土地以外有墓地。石造建築物裡安置著石棺。

土地由城牆圍繞起來，周圍是深邃的森林。

幽禪家有代代恪守的嚴格家規，稱爲「律法」。律法還包括命運、宿命、幽禪家的義務等意義，對家人來說是很重要的存在。

幽禪家是極爲特殊的家族。

根據一族傳說，幽禪家的祖先乘坐飛船到此。但天船爆炸，船上的天人被留在這裡。當時的天人的子孫，就是現在的幽禪家。這些傳說不是爲了賦予權威而編造的神話。實際上留下許多天人的遺產，我們稱之爲「天器」。在幽禪家，自幼就會教導只有幽禪家的人才聽得懂的特殊語言，並閱讀以這種語言書寫的書籍。

年滿十五歲，族人就會由熟悉外界的人帶出森林，至少在外界生活三年，累積知識與經驗。待時機成熟後再回到城牆裡，此後除非有重大理由，否則不再與外界牽扯。

御影大人是我的主人，也是幽禪家的當家。御影大人性情恬淡，喜好閱讀和賞玩動植物。主人有兩個孩子，一個是淘氣活潑的男孩仙眞，另一個是文靜謹愼的女孩千代。

我是兩個孩子的母親。

御影大人有個弟弟，虎轟大人。虎轟大人與性情悠閒的御影大人兩相對照，武藝高強，極爲可靠。以前在外界曾經闖下響叮噹的名號。他每天射箭、練劍，有時會到森林狩獵，捕來鳥兔。

幽禪家有一群侍從，稱爲侍眾，男女共十幾名。家事、織布、農活、釀酒、陪虎轟大人鍛鍊武藝、看門等等，侍眾辛勤工作著。但他們很少踏進幽禪家的大宅，都在侍眾的宿舍起居。緊急時刻，他們便化身士兵。學習武器等戰事教練，主要由虎轟大人負責。每個人都極爲可靠勤奮，而且隨和。

御影大人、虎轟大人、仙眞、千代。

幽禪家一族總是一同用膳，但我從來沒有加入其中。

我的食物是陽光，不識食物滋味。用膳期間，我就站在紙門外，沐浴在窗外射進來的陽光裡。

我也是幽禪家的人，身體卻和御影大人、虎轟大人、仙眞還有千代不同。

爲什麼？我好幾次感到疑惑。四人擁有的肉體能感覺到許許多多的事。

千代說，「針刺到會刺刺的，繡毬滾過去有凹凹凸凸的感覺，風吹過去就涼涼的」。

味道似乎有「酸」、「甜」、「苦」、「辣」。還有「濃」、「淡」。

我的皮膚很硬，不適合用來感覺。

四季的變遷、吹過皮膚的微風，雖然都能隱約感覺，但沒有他們敏感。

特別是千代說的「痛」，我不是很懂。

入夜後，我會在庭園裡守夜。截至目前，還沒有出現過侵入者。

晚上守夜，晴朗的白天就在陽光下攝取陽光入眠。入睡期間，我的心便像植物一樣一點一滴成長。飄散在心中無數的思想片段、睡前見聞到的種種瑣屑，都會與原本便具備的知識串連，逐一整理。醒來的時候，我覺得自己比先前更聰明。

仙眞很早就不喊我「娘」了。

他像御影大人和虎轟大人那樣，直呼我「燕」。

「仙眞，怎麼這麼叫親娘，太無禮了。」

「燕，你不是我娘。」仙眞童稚的眼睛瞪住了我。

「我不是你娘是什麼?」
「你是會動的鎧甲。」
「那只是外表。」
「你一看就不是我娘。不管是看書上寫的,還是看侍眾的家人,都是這樣。」
「仙眞,別人家或許是這樣,但我們家不同。」
「哪裡不同?」
「幽禪家是天孫的家系。」所以和其他家族不同。
仙眞笑起來:「在天孫的家系裡是鎧甲生小孩嗎?燕,如果你生小孩,應該會生出小鎧甲來。」
「仙眞,別把你知道的事情當成了全世界。」
妹妹千代就不像仙眞,對我這個娘是滿滿的孺慕之情。
「娘就是娘,就算長得不一樣,娘就是娘。娘只是因爲一些原因,才會是這副模樣。」
這話眞教人窩心。
千代纏著我說:「娘,娘的身體和我們不一樣,可是裡面是人對吧?」
「那當然了。」
「哥哥說,我們有眞的親娘,現在自稱我們的娘的,是沒有心的妖物。」
「怎麼可能?仙眞這孩子眞傷腦筋。放心吧,不管長什麼模樣,娘就是娘。如果沒有心,娘怎麼能像這樣跟你說話呢?」
千代爬上我的膝蓋,撫摸我的臉:「娘從小就是這個樣子嗎?」
千代問,但我完全無法回想自己的「小時候」。

「不記得了。」

我教仙眞和千代認字。在幽禪家，母親有許多職責。我告訴他們，知識才是幽禪家許許多多的寶物中最偉大的一樣。仙眞在紙上寫著字，問我：「我們現在學的，是跟外面世界不同的文字對吧？這豈不是沒意義嗎？」

「意義可大了。學會這些，就可以讀懂用祖先的文字寫成的書籍。這些知識是幽禪家的人才有的寶貴之物。」

「就是啊，哥，別囉唆了，好好念書。」千代板起臉說。

我也告訴他們有關律法的事。

天船爆炸後，我們經過數個世代，在這塊土地紮根。有朝一日，天船會來迎接我們。在這之前，我們必須從外人手中確實守護天民的文字、知識以及天器等種種事物。我們活著，就是爲了這個目的。如果無法守護好祖先傳下來的知識，將觸怒天民，再也無法回歸天上。

「我不回去也無所謂。」

「仙眞。」我靜靜規勸。「我們的性命，都是暫時向天民借來的。若是違背與天民的約定，不知道會有什麼後果。」

那是一段和平的歲月。

御影大人在書籍圍繞中，沉浸在思索中度過每日。書籍數量龐大，幾乎都是祖先製作的天民傳下來的書籍抄本，但其中有原本。原本的紙張非常奇異，完全不像這世界的東西，以並非墨字的特殊技法（所有的文字大小齊一）寫成。有些地方貼有圖畫，精緻得駭人，就彷彿將世界直接剪下來，封入紙張。

某日，我正呆呆地在陽光中假寐，仙眞跑來：「燕，你活著是爲什麼？」

「是爲了保護仙眞和千代，把你們教育成傑出的大人。」

「我不用燕保護也沒關係。」

仙眞滿院子跳來跳去，和侍眾們玩相撲。

千代沉迷於學字與讀書，愈來愈常見到她一臉嚴肅讀書。

一個無月的秋夜，御影大人提議：「如何？今天來祈禱一下吧。」

祈求天人沒有遺忘我們，前來迎接並護佑我們。我們全都在庭石坐下，專注地眺望星星。望著散落在漆黑夜空中的無數星辰光輝，我們不知不覺間靜默無語。

「好像要被吸進去一樣。」虎轟大人說。

「總覺得愈看愈不安。」千代說。

傳承了天人知識的幽禪家，知道星光來自於遙遙無盡的遠方。

也知道我們所在的這片大地是其中一顆星星。

一想到天空的浩瀚無盡，我也恐懼起來。

2

仙眞十五歲，千代十二歲的時候，幽禪家收到今川家的書信。

御影大人苦著一張臉瞪著信，喃喃道：「事到如今，怎麼又……」

我們生活的森林，對照外界的地圖，位在今川家的領土。

今川在當時支配駿河、遠江及三河這三國，是勢力相當強盛的大名（註一）家族。但今川家與我們締結互不侵犯條約，因此他們不會侵入我們的森林，我們亦不必繳交田賦等等。

與今川家簽定條約的，是御影大人的曾祖父月影大人。當然，俗界的大名不可能輕易答應這種條件，當時立刻發展成戰事。

幽禪家擁有能從極遠距離殺傷目標的天器。自天界傳來的武具名叫「緋雷矢」，外形是細長的筒狀。雖然形似種子島槍（註二），但各方面的性能都是種子島槍望塵莫及，使用的時候也不必隨身帶著火種。只要發射，不管是戴著頭盔，還是身穿鎧甲，都不堪一擊。子彈就像化成針的閃電，能直線飛越無法想像的遙遠距離。

只要有意思，也能輕易從城下町的房屋屋頂，射穿在城堡天守閣（註三）露面的城主。

根據幽禪家的紀錄——《天人家記》，當時與今川家的戰事是一場奇襲，自高台用緋雷矢狙擊率兵而至的敵將。今川家派出二百名軍勢，行軍期間，自軍將領突然腦袋破裂，下一秒副將的頭跟著開花，群龍無首的一群人頓時陷入恐懼，敗逃而歸。經此事，他們認為「住在禁忌森林深處的一族擁有不必現身即讓我軍將領腦袋破裂的力量，最好敬而遠之」，對幽禪家忌憚三分，同意了幽禪家的互不侵犯條約。

這次的書信是第十一代今川家當家義元所寫，內容是：「値此亂世，欲廣招天下能人異士，汝等擁有自吾祖輩起即敬畏萬分的神仙之力，望能襄助一臂之力。吾虛位以待。」

御影大人沒有回覆這封信。

相反地，他與虎轟大人討論，展開訓練，防備今川家的侵攻。長年未曾動用的天武具緋雷矢等等自倉庫搬出，仔細清理。

御影大人無視書信後的隔年。

今川家的騎兵侵入森林，朝大宅而來。騎兵要求在森林中守城門的侍眾開門。侍眾拒絕，騎兵撂下話：「轉告你們主君，明天前務必開門，倘若不從，將視爲叛亂，格殺勿論。」

虎轟大人從隱密設置於森林中的望樓——在高大的杉樹加上踏台而成——觀望，發現敵兵約有一百多名，在森林入口布陣。相較於包括侍眾在內連二十名都不到的我們，五倍的兵力的確很多，但也反映他們的畏懼。我們立刻回應。律法規定必須擊退一切外敵和侵入者。在這種時候，有律法爲依據非常方便，可以不必猶豫。

我的身體宛如鋼鐵，但在鋼鐵之軀外更穿上了武者鎧甲，成了難以形容的古怪形姿。侍眾亦分別擐甲披袍，持槍執弓。面對這樣的狀況，仙眞異常興奮，吵著要拿天武具應戰，難以勸阻。

仙眞已經十六歲，是不折不扣的大人。自從收到今川家的書信，我們便教導仙眞和千代如何使用緋雷矢和其他天器。

作戰策略很快便擬定妥當。

註一：在戰國時代，大名指支配諸國（地方），擁有家臣的武將。

註二：指室町時代末期傳入日本的火繩槍。一五四三年葡萄牙船漂流至種子島，帶來兩把火繩槍，當地領主命人仿製。

註三：天守閣是日本戰國時代以後的城堡建築物象徵，具有瞭望、指揮功能。

首先，最重要的防衛據點城門，由我和一名侍眾前往，進行防禦。虎轟大人隻身帶著緋雷矢，從城門以外的祕密地下道出去外面。然後從遠方以緋雷矢擊斃森林外今川陣營裡的指揮官。

御影大人和仙眞及其餘的侍眾分駐在大宅所在的土地各處，徹底防守，擊退翻越城牆侵入的敵兵。千代無法上戰場，因此躲在墓地地區的隱密洞穴裡避難。這個作戰策略，成敗全繫於虎轟大人的狙擊能否成功。我們料定只要將領倒下，其餘的士兵自然潰散。

就定位前，千代叫住了我。

「娘，祝您武運昌隆。」千代很害怕，一臉欲泣。

「沒事的。」我說。「對手遠不及我們。不過千代，你的任務是確實躲好。就算是幽禪家以外的人找你，你也絕對不能現身。」

接下來，我在門前嚴陣以待。

這天午後，數名騎兵再次前來。他們見到我，嚇了一大跳。

「已經準備好要開門了吧？」

「這道門永遠不可能爲你們打開。」

我在門前揮舞十字槍，擊向騎士的頭。開戰了。

一名騎士折回去呼叫援軍。不一會兒，敵兵陸續現身。

緋雷矢等天武具無法用於城門守衛戰。它們是祕傳寶器，必須盡量避免被人看見。我以盾擋下敵人射出的箭，毫不留情用十字槍擊倒欺近的敵兵。路只有一條，只要處理出現在前方的敵兵便遊刃有餘。和我一起守城門的侍眾，是名叫雄作的中年男子，擅長弓箭，我請他從門上射箭掩護我。

地上陳屍約十人左右時，敵兵暫時徹退。

「不愧是燕夫人，眞是太高強了！」雄作在門上喊道。

「雄作。你比我更脆弱，小心別死了。」

雄作哈哈大笑：「多謝夫人關心。沒關係的，我這種人，早就做好隨時送命的準備了。但是能親眼目睹燕夫人如鬼神般的英姿，我的魂魄都激動得顫抖了。」

「客套話就不必了。」

「能像這樣與燕夫人一同作戰，是我無比的榮幸。其實咱們侍眾都有個疑問，但實在是太惶恐了，不敢問出口，我可以趁這個機會請教嗎？」

「什麼事？」

雄作搔了搔頭，說：「燕夫人的身體……爲何會發出那樣神聖的光采？」

「我也不清楚，應該是天人的祝福吧。」

「就好像穿著月光凝聚而成的鎧甲。燕夫人……和過世的瑠璃夫人有關係嗎？」

「瑠璃夫人？那是誰？」我不知道他在說什麼。

「小的覺得兩位夫人的聲音很像。對不起，咱們下人不該多嘴，是小的冒犯了。」

雖然不清楚他在說什麼，但我不以爲意。重要的是，敵兵再次來襲了。

我高舉起槍。

日暮時分，敵兵散去。我要雄作返回大宅，自己徹夜守門到天亮。我的眼睛在黑暗中也能看得一清二楚，因此不需要火把。耳朵也很靈敏，只要是半徑二町（註）內的聲響，登時就能聽出位

註：町爲日本傳統長度單位，二町約二一八・二公尺。

置。因此即使有敵兵摸黑靠近，也能立刻應付。

隔天早上，雄作仍然沒有回來。我不能離開崗位，一個人擊斃現身的敵兵。

其中也有人報上名號，要求單槍匹馬對決。

「尊駕單打獨鬥，竟能撐到現在，必定是知名武人。請務必歸降我軍，一同打天下。殞落於此，不是你的天命。」

那人說著如此莫名其妙的話，直殺而來，我完全不予應答，也毫不留情。

殞落於此，當然不是我的天命，而是你的天命。

正午以後，敵軍消失。路上的敵兵屍體增加爲二十具左右。

夕陽啣山時，揹著緋雷矢的虎轟大人從前方出現了。

「燕，辛苦了。順利事成了。」虎轟大人一臉倦容。「雖然不是很確定，但幹掉疑似敵軍將帥的傢伙了。在森林外布陣的傢伙都撤走了，應該沒錯。這裡沒問題了，一起回去吧。」

虎轟大人太可靠了。虎轟大人說他繞到敵陣後方，爬上杉樹，以緋雷矢狙殺了穿著武者鎧甲、貌似指揮官的男人。我們勝利了。

回到大宅，庭院倒著好幾名敵兵。

我在大門周圍交戰的時候，大宅這裡也一樣，御影大人、仙眞以及侍眾們奮力抵禦侵入者。從敵兵的數量，可以看出發生過一場激烈的交戰。我急忙奔入屋中，看見御影大人和千代。兩人都平安無事。御影大人的表情陰沉，千代劇烈抽泣。

我立刻就明白理由了。

仙眞身上蓋著布，躺在屋裡，成了一具遺體。

今川軍分頭進擊，主隊攻打正門，另有一小隊人馬登上山崖及城牆，潛入城內。儘管最後將侵入者全數討伐，我方損傷卻極爲慘重。虎轟大人報告完敵兵撤退的消息後，御影大人面無表情地喃喃道：「辛苦了。」

我爲了兒子的死而慟哭。

我的身體不會流淚，但思考停止，強烈的失落令我渾身發抖。

所謂保衛戰，即使得勝亦毫無戰果。只留下了失去無可取代的寶貝仙眞的空虛。我去侍眾宿舍查看，他們奮勇作戰，一半都英勇捐軀。先前在大門上支援我的雄作，在回到大宅後被今川兵所傷，躺著接受治療。

「燕夫人，眞對不起。那群畜牲發瘋般攻打進來。他們破壞部分城牆，搭梯子爬上來。」

隔天上午，仙眞被葬在一族的墓地裡。他的遺體被安放在石棺。

御影大人念誦上天傳來的經文。是以只有幽禪家的人才懂的文字記述。御影大人誦經到一半，喉嚨突然哽住，嗚咽起來。

千代、我、虎轟大人，還有倖存的男女侍眾也都一樣，只能默默沉浸在難以承受之痛中。

這天午後，我們也爲捨命奮戰的侍眾舉行葬禮。御影大人哀悼他們的死，同樣誦讀上天傳來的經文，擔任僧侶之職，接著發下充足的川資給餘下的侍眾，讓他們離開。

「今川軍往後不知道會如何行動。你們自歷代祖先以來的奉獻，天民永誌不忘。因爲有你們，才有幽禪家。請你們離開此地，到別處好好活下去吧。」

我感到有些不解。正因爲不知道今川軍往後將如何行動，我認爲更需要侍眾來防衛此地，然而爲何將他們解散？

事後恍然大悟：啊，此時御影大人已經決定好往後一切了。

3

數日後，我被叫到御影大人的房間。

這是個安靜的夜晚。我們兩人在房間裡相對而坐。

「敵人或許還會再來。侍眾已經讓他們解職離開了，我是不是繼續戒備比較好？」

御影大人搖搖頭，陰沉悲痛說：「無論如何，我們都只有滅亡一途。」

「不會的。虎轟大人大顯身手，將敵軍擊退了不是嗎？」

「下次他們再來，還能防得了嗎？應該沒辦法。今川有上萬兵力，這次我們只是擊退了小部隊。虎轟能打倒將領，是因爲他們在森林入口布陣。應該是太不把我們放在眼裡了。但是下一回，一定毫無勝算。」

如果敵軍學到教訓，爲了防備緋雷矢，讓我們看不出大本營在哪裡，或許就難以防衛了。

「或許是時候了。燕，今晚我有許多話想告訴你。」

「請大人儘管說。」

御影大人的眼中散發冷光：「仙眞他，不是你的兒子。」

我啞口無言，整個人僵住。我不懂御影大人這話究竟是何用意？

「很玄妙。」御影大人細細地打量著我。「對吧？你說起話來，和人沒有兩樣。燕，你是人嗎？你眞心認爲你是他們兩個的母親嗎？」

「我是人。我知道自己的身體質地和活生生的人不同，也知道外表看起來不同，但我還是愛著那雙孩子，愛著這大宅的一切。」

「這樣啊。」

「御影大人一定是累了。」

「最近，我開始覺得響才是對的。雖然一切已經太遲。」

「響是誰？」

侍眾裡也沒有叫這個名字的人。

御影大人以欲泣的表情看著我：「算了。」

「請告訴我。」

御影大人嘆了一口氣。接著斷斷續續地道出令人驚駭的事實：

「燕，距今十年前，這宅子裡有許多身手高強的男人，也有許多女人。但現在都不在了，剩下孩子和我們。我告訴你爲什麼變得如此。京城發生山名與細川的戰亂（註）之後，這個國家陷入戰禍，幽禪家中開始有人提出奇怪的主張，那個人就是響，我們的堂兄弟。響說，我們應該利用天器，潛入今川的領地，奪取城池，成爲大名，取代他們行善政，在全國打響名號。」

註：指應仁之亂，自室町時代的應仁元年（一四六七）開始，延續十一年的內亂。起因爲大名細川勝元及山名持豐的對立，加上將軍足利義政的繼承問題。京都因此荒廢，開啓戰國時代。

我無比驚訝。宅子在過去居然有比現在更多的人，這令我吃驚，接著那個叫響的人的想法也讓我大受衝擊。

「你不記得了嗎？」

「不記得。」

御影大人接著說：「響說，身處亂世，這是千載難逢的好機會。還說只要使用天器，甚至能奪下全國。這個想法有著不可思議的魅力。響的派閥將幽禪家一分爲二。當然，對照律法，這是絕對不允許的事。律法說幽禪家的職責是守護來自天上的武器、防具、炸藥和智慧，直到天民歸來的那天。確實，拋棄這種死氣沉沉、躲躲藏藏的日子，炫耀威力無窮的武器，揚名天下，當然更吸引人多了。」

御影大人把背靠到牆上。

「我和虎轟，還有千代的母親，是支持繼續隱居，也就是遵守律法的一派。我們只有在保護這座森林裡的宅子時，才會動用上天賜予的武具。用在私欲的戰爭上，是違反律法的。倒不如說，你想想看，就算奪得領土，又能如何？如果往這個方向前進，我們的武器到底會殺死幾千人？得到領土，太平日子就來了嗎？卻也不是，毋寧相反。到時候必須應付諸國的侵略，施行內政。或許我們手裡是有具備神力的武具，但並非我們自身擁有神力。我們對世事一竅不通，不管是外交還是內政，肯定都會是一場糊塗。會在某天被家臣下毒，或是在睡夢中被抹脖子，被奪走一切，萬事休矣。當然，上代當家也想要遵守律法，對響的說法全不理會。響一怒之下，竟殺了上代當家。這實在是無可奈何。我遵從律法，肅清了想發動戰爭的一黨。也就是響，還有贊同他的想法的人。奉我的命令，將他們一網打盡的人，就是你。」

我？

「就是你，燕。你不記得了嗎？」

「不記得。」

我毫無記憶。然而我不認爲御影大人在撒謊。墓場中紀錄死者的石板，某個年代確實死了特別多的人……這麼說來，大柱上的刀痕、牆上的血跡。這麼說來——我逐漸想了起來。

「沒關係。是我把你的記憶歸爲空白的。」

心逐漸變得冰冷。我知道御影大人可以操縱我的記憶。

我眞的完全不復記憶嗎？

那場極盡哀傷的夢。

一揮刀，首級隨著閃光掉落——那場我毫無印象的屠殺場面。

思緒在冰冷到極點的地方不停兜圈子，找不到出口。

「然後，千代的父親名叫響。」

「響。是我殺了千代的父親？不，這不可能。千代、千代的父親不是御影大人嗎？」

「你這麼以爲？是我教你這麼想的呢。我再說一次，千代的父親是剛才提到的主戰派的響，他的妻子叫瑠璃。」

「瑠璃……」

我想起雄作的話。

——燕夫人……和過世的瑠璃夫人有關係嗎？

「瑠璃是千代的生母。瑠璃和丈夫響不同，不支持開戰，而是追隨隱居派。她和響的感情並不睦，而且帶著兩名年幼的孩子，實在無法贊同發動戰爭的論調吧。不過她並未積極表示意見，也可以說是旁觀。丈夫死後，她堅強扶養仙眞和千代，但某天她生了病。你猜後來怎麼了？」

我不解地側頭。

「爲了在自己死後，讓千代不會感到寂寞，瑠璃利用死前的時間，把她的人格灌入你當中。當然是在我的同意下。」

「灌入人格？」

御影大人憐憫地望著我。

「你不是人。你是聽從幽禪家主君命令行動的工具。」

「不，我是人。」

「你很聰明，卻完全不明白自己的事。」御影大人無力地笑。「就和緋雷矢一樣，你也是以超脫塵世道理的上天妙技所製造出來的天器之一。當然，我不會說你沒有心。你有瑠璃灌輸給你的心吧。你以前的聲音是男人，但現在就跟瑠璃一模一樣。你的聲音、舉手投足、思考方式，都是模仿瑠璃形成的。」

御影再說了一次：瑠璃把她灌進你的體內了。

接著他以手覆額，出神片刻，疲憊不堪說：

「這事就罷了。現在要說的不是這些，而是『閉幕』。」

「閉幕」這兩個字在我的心中奔騰。

「至今爲止，我們貫徹了歷代祖先的教誨。已經足夠。不管再怎麼祈禱，天民都沒有來迎接。仙眞都死了，天人亦撒手不顧。我要開始準備閉幕了。」

我的動作完全停止。御影大人喊了我好幾聲，發現我不會回話，咂了一下舌頭。

「三天後進行。千代那裡……你好好向她說明。」

閉幕是律法中所規定的我們的終結。如果天民遲遲未來，家族難以維繫、無法繼續保管天器時，就將天武具、書籍、屋舍等一切銷毀，如果有侍眾，就全數解雇，接下來幽禪家的當家自盡，其下的幽禪家的人也全數自戕，隱密地將一切葬送在黑暗中。閉幕的時期，只有幽禪家的主君能決定。

我在房間裡靜靜地待好一會兒，虎轟大人進來了。

「大人聽說了嗎？」

虎轟大人側頭問：「聽說什麼？」

「御影大人提到閉幕。」

虎轟大人亦是徹底遵奉律法的幽禪家男子。仙眞的死以及侍眾解散，應該都讓他有所預感了吧。虎轟大人表情緊繃，喃喃道：「知道了。」

打開紙門一看，千代坐起來了。紙罩燈的火光朦朧地照亮房間。

可憐的千代，全身都在哆嗦。我說出御影大人指示要進行閉幕的事。

「娘，我們都會死嗎？」

我不太願意用「死」這個字眼，但點了點頭。

「是的。我們要去仙眞等我們的地方，所以不會寂寞的。」

「什麼時候？」

「大人說三天後。」

「我們會怎麼死？」

「這由御影大人決定，或許是服毒，或是使用緋雷矢。」

「我不想死。」千代明確地說。「我們都打退今川軍了，這太沒道理了。」

「我們或許打贏眼前這一仗，但御影大人認爲，我們抵擋不了下一場侵攻。我也這麼認爲。萬一天孫的武具和書籍被俗界的人奪走，我們就無顏面對代代守護律法的祖先了。」

千代的眼中噙滿了淚。我靜靜摸索說服之詞：

「人不管活得再久，有朝一日還是非死不可。縱然現在倖存，但下次這裡遭到攻打時，就會被奪走一切，在恥辱中痛苦死去。正確的生，唯有透過正確的死才能完滿。我們幽禪家的人，人生只存在律法中。」

「律法是古早以前的人擅自決定的事不是嗎?娘，我還不想死。」

我懷著撕心裂肺的痛說：「不行的。」

「爲什麼不行？」

「因爲……因爲……因爲律法這麼規定。」

「改掉就行了。律法可以改變吧？」

我準備不管要耗上多久，都必須讓千代理解閉幕。「能夠修改律法的，只有幽禪家的當家。既然當家御影大人都宣布了，已經無從挽回了。」

「虎轟大人可以撤回閉幕嗎？」

「只有當家才能撤回。而且虎轟大人認爲御影大人的宣布是正確決斷。千代，能夠確實判斷大局的人，都明白現在就是時候，要急流勇退了。」

千代淚眼汪汪地坐在被子上看著我。

「娘。」
「千代，眞的對不起。我並不是你的親娘。我不是假冒你的親娘，而是眞心以爲我是。剛才御影大人告訴我這件事，我也驚訝極了。御影大人說，我只是一個傀儡，你的親娘瑠璃夫人把她的心灌注到我的體內。」
千代呆呆張大嘴巴。
「然後——我的身體原則上一定會服從主君和律法。這就是我的眞理。儘管悲哀，但我並沒有過去以爲的那麼自由。」
千代撫摸著我的身體，喃喃道：
「娘，我都知道的。眞可憐。可是娘就是娘。喏，燕，你變成眞的人好嗎？」
片刻的沉寂。
變成人。若是能夠，那該有多美好？
千代伸了個懶腰，露出認命的笑——她是接受了一切嗎？接下來的聲氣極爲平靜：
「我懂了。我也是幽禪家的女兒。既然決定閉幕，那也是沒辦法的事。說了那麼多任性的話，對不起。請告訴御影大人和虎轟大人，說千代已經立下覺悟，願意慷慨赴死。」
不愧是幽禪家的女兒，我心想。
「燕，那不會痛吧？」
「應該毫無痛苦。你不用害怕。」我靜靜說。
這天晚上，我一個人獨處後，整理今天龐大的資訊之後，試著「變成人」。
何謂人？當然，身體不可能改變，但心應該有辦法改變。

將靈魂灌輸給我的瑠璃夫人，是個怎樣的人？

我遙想連長相都不知道的瑠璃夫人。

不，或許我見過她。

在紅花綻放的原野中，女人撫摸我的身體的夢。夢中的女人應該就是瑠璃夫人。

我是個愚蠢的傀儡，如果被命令「殺掉千代」，即使多少可能會有些躊躇，但還是會因爲「接到命令」，就下手殺害她。但這如果是眞正的瑠璃夫人，應該絕不會這麼做。

讓思考迴路從「律法」和「主君的命令」等束縛解放開來，質疑設定，自由發想。建立自我意識，將自我意識放在行動的優先順位前面。這是接近不可能的困難工程。我在阻擋思考迴路各處的牆壁打洞，從設定重新來過。然而我挫敗了。我疲憊萬分，只能將一切恢復到原初的狀態。

雖說很快就將要滅亡，但以傀儡之身死去，讓我有些遺憾。

4

隔天早上。我們正安靜用早餐，城門忽然傳來爆炸聲。

虎轟大人一驚，望向我。侍眾都不在了，情況不妙。

我們認爲今川軍再次攻打過來了。

「太快了。」御影大人表情苦悶地呢喃。

「那些傢伙眞是學不到教訓。燕，交給你了。」

虎轟大人行動了。雖然我們已經決定在第三天處理好一切，自戕而亡，但絲毫不打算在今天死於今川軍的刀下。反倒是爲了完美地畫上句點，無論如何都必須活到閉幕才行。

御影大人下令：「千代，你躲起來。」

千代害怕地點點頭離開了。

我立刻前往城門。從大門到宅子只有一條路。我要盡可能打倒來自大門的入侵者。虎轟大人和御影大人查看城牆，進行防衛。目前我們只能採取這樣的緊急防衛對策。我跑在路上，發現沒有半個敵兵，感到詭異。這是某種陷阱嗎？

部分城門被炸掉了。門上開了個大洞，洞緣燒得焦黑。剛才的爆炸聲應是來自這裡。

我叉開兩腿站在門前，豎耳聆聽敵兵的動靜。然而只聽見樹梢在風中規則晃動的聲響。大宅那裡傳來緋雷矢的聲音。

我不應該在這裡。我隨即返身趕回大宅。

千代跑到簷廊。在這樣的危險時刻，她怎麼會跑到簷廊這種引人注目的地方？今川軍隨時都有可能現身。也許是聽到後天就要閉幕，自暴自棄起來了。但毫不鬆懈地活到最後一刻，才是幽禪家的女兒。死於閉幕，和成爲今川軍的刀下亡魂，是天差地遠。

我走近想要警告她，千代卻對著我說：「燕，如果御影大人和虎轟大人都沒有回來，幽禪家的主君會是誰？」

千代兩眼發直。她沒再有喊我娘，已經決定直呼我的名字。

我有些不悅地說：「別管那些了，你在簷廊做什麼？你現在應該躲起來。」

「會是誰？告訴我。」

「御影大人和虎轟大人會回來的。」

「是嗎？」

千代露出大膽的笑。那雙眼睛熠熠生輝，彷彿被妖魔附身。

「你在說——」說到一半，我總算醒悟。

啊，原來如此。

今川家根本沒有攻打進來。我們太小看千代了。

外門已無人看守，千代設法在天亮前裝設炸藥。天器當中也有定時爆炸的武器，我們教會她如何使用。爲了把我和其他人分開，千代設下圈套。然後裝出完全是爲了自衛的樣子，拿到緋雷矢，從背後下手殺了御影大人和虎轟大人。

「不過，用不著問也知道。因爲就只剩下我一個人了。我就是主君。」

千代霍地從簷廊站起，對著如木頭人般木立的我宣言：

「燕，我現在下令。第一道命令，我要撤回閉幕，這樣你也不用死了。這是幽禪家新任當家的命令，你會聽從吧？」

一股奇妙的顫慄竄過我的心胸。

發生了我無從理解的事——就好像我心中開啓了全然未知、全新的思考迴路。我想起坐在桌前，專心致志地聆聽律法授課的千代。想起她全神貫注讀書的模樣。她並非一朝一夕豹變。她一定是從許久以前，就一直在尋思該如何逃離律法的束縛。

「是。」我回應。主君下令，我不得不從。「謹遵君命，千代大人。」

這一瞬間，千代變成了千代大人。

「第二道命令，我要去睡了。我整晚沒睡，睏極了。我休息的期間，不許吵醒我，如果有什麼萬一，要保護我。」

「遵命，千代大人。」

「醒來以後，再來設想下一步。」

虎轟大人倒在大宅後院。御影大人也倒在稍遠處。如同我猜測的，兩人的胸口被緋雷矢射穿。傷口從背後貫穿胸口。但兩人的眼皮都闔了起來，雙手交疊在胸前。當然，今川兵不可能對敵人如此敬重。

千代大人一直睡到傍晚。

這段期間，我將兩人葬在墓地。因爲我認爲千代大人也如此希望。

千代大人醒來後，我逐一報告——

我發現御影大人和虎轟大人的屍體，予以安葬。沒有敵兵現身。飯菜備好了。

千代大人眉頭不皺一下，聽完報告後，靜靜地說：

「我也是幽禪家的女兒。我要遵循上代當家的意思，執行閉幕一半的項目。」

「是。」

千代大人只留下大人自身、我、身邊物品，以及當前能帶走的東西，其餘全數銷毀。記載了據說能改變社會法則的龐大知識的書籍，以及長年住慣的房屋都放火燒了，至於只要有效運用，能贏得任何戰事的天界武具，僅留下護身之物，其餘全拋入山中裂谷。

5

我們踏上了旅程。

戴上草笠，扮成行腳的僧侶。

途中賣掉馬匹，購入牛車，放上行李箱籠，在街道上前進。

我們從幽禪家帶走了財物，節省著花用。雖然扮成行腳僧侶，但擁有金色面容的我似乎仍極爲醒目，因此我用頭巾覆住了臉。如果有人問起，便說「被火燒傷，容貌醜陋之故」。

離開今川的領地時，我們聽到今川的大軍遭到尾張的織田信長以少數兵力奇襲，當家今川義元遇害的消息。但這些對我們而言，都已經無關緊要了。

對於不熟悉行旅的我倆，一切新奇萬分，也犯了數不清的過錯。但千代大人從來不曾訴苦。不僅如此，她有時會無緣無故笑。像是看見停在野花上的蝴蝶、看見眼前罩霧的高山威容、或是在屋簷下望著煙雨，她會一臉滿足地笑。

我完全不懂哪裡好笑，但她的笑容很美。

某天，千代大人一時興起地問我：「燕，你能變成男人嗎？」

「大人是指聲音嗎？」

「對。比起兩個女人，一個是男人，比較不容易遭人覬覦。」

「上代當家說，以前我的聲音是男的。」

聲音能變換嗎？我實際一試，沒想到輕易成功。我將聲音從女人的嗓音變成渾厚的男聲。

「這樣如何？」

儘管是自己下的令，但千代大人一聽到我渾厚的聲音，便噗哧一聲笑了出來。

「燕，你眞的眞的太神祕了。」

此後，我的聲音變成了男聲。

若是將千代大人與我在旅途上的回憶逐一紀錄下來，便是一部壯闊的故事。這些故事是我珍貴的寶物，卻不是値得特別爲外人道的內容。千代大人經歷了許多的邂逅與離別以及戰事，有了同志，打造出現在的組織——鬼宮殿的基礎，並留下了三個孩子。

六十二歲的千代大人在病榻上支開閒雜人等，只把我一個人叫到身邊。

「燕，我的閉幕就快到了。請你好好輔佐我的三個兒子吧。交給你了。」

我坐在枕邊。千代大人目不轉睛、憐愛地看著我，最後輕輕地、極輕地喚了聲「娘」，閉上眼睛，嚥下最後一口氣。

關原大戰（註）亦已告終，時代邁入德川治世。

註：關原之戰爲一六〇〇年，德川家康率領的東軍，與石田三成等人組成的西軍決戰於關原的爭天下之戰。此役奠定了德川氏的霸權。

5

狐影越冬（一七二三－一七二八）

1

傳說鬼宮殿所在的附近山區，住著妖魔「冠冬」。

冠冬會在冬季現身。它的模樣，每個人看到的都不同。

有時是親近的家人或戀人，或是佩刀的野武士，有時是動物或妖怪。

據說冠冬的眞面目是狐狸。

——某天，森林裡冒出一隻手揮動著說：過來，過來。如果呆呆跟過去，那就完了。

這是阿兼告訴紅葉的。阿兼是負責教育女人的中年婦人，如果在妓樓，就是被稱爲「遣手婆」的職務，也掌管廚房。這是紅葉尚未梳櫳前的事。和紅葉年紀相近的少女們圍在阿兼周圍，聽她講古。房間角落只點了一盞紙罩燈，照亮陰暗的房間。

——如果跟上去會怎麼樣？

紅葉在燈光下問。大姐姐們坐在圈子外聆聽，打趣地望著害怕的少女們。

——會被冠冬一口吞掉，侵占身體。

——侵占身體？

身體被侵占會怎麼樣？

阿兼「哼」了一聲，露出肅穆的神情。

——會做出莫名其妙的事情來。像是突然拿刀亂砍，或是從懸崖跳下去。被冠冬附身的人會發瘋。

——這是眞的。聽說在村里，也有人被冠冬附身，殺了自己的妻兒。眞的有很多這種事。到了冬天，冠冬就會來到山門前。在冬天，人常會發瘋。冠冬有時會闖進咱們園裡，附在人身上。

——是眞的喔。

一個大姐姐含笑對著少女們說。

——女人只要在這裡待得夠久，就會不只一兩次看到姐妹們被狐神附神。

2

熊悟朗十二歲的時候，和十四歲的紅葉睡了。他在這時候破處了。

紅葉想要讓熊悟朗成爲她特別的人。也就是她的愛人。

今天她像平常一樣，爬上山門的梯子，發現園裡的前輩靜江姐正偎在熊悟朗身上。

她作出假惺惺的驚訝模樣：咦，紅葉怎麼來了？

——哎呀，紅葉，不好意思啊，我正在給小熊揉肩搥背呢。

熊悟朗傻呵呵笑著。

不能在這時候動怒。靜江姐比紅葉大三歲，不敬重長上的言行，會害紅葉與所有的大姐姐爲敵。殘忍的懲罰是理所當然，甚至難保不會被殺。

紅葉露出完全不在意的笑容。

——姐姐好。沒想到靜江姐這樣的身分，會搭理這樣一個看門小子。

——什麼話？小熊可是園裡的男人裡面，最年輕可愛的一個。而且他已經領了老大的父子盃，是不折不扣的男子漢了。好了，凡事都有個先來後到，我要和小熊熊好好享樂子，你退下吧。

紅葉瞥了熊悟朗一眼，他依然傻呵呵地露出害臊的笑。

——好的。請姐姐盡興。

紅葉下梯子去了。靜江姐是夜隼屬意的女人。紅葉認爲夜隼是極樂園裡最風流倜儻的一個。被那樣的男人相中還不夠，怎麼連看門小子都不放過？看看靜江姐那嘴臉，簡直像在說：「紅葉，見識到我的魅力了嗎？看你的男人被我迷得神魂顛倒的。」

殺意湧上心頭，但紅葉無可奈何。

隔天，紅葉坐在鏡台前，靜江姐站在後頭。靜江姐閒閒地開口：

——紅葉，你是跟小熊差不多時候一起被抓來的？哈，難怪。這麼說來我就覺得是這麼回事。

紅葉不懂有什麼好「難怪」的。

紅葉恨不得當場站起來抓住靜江姐，給她一頓亂拳，看她會有什麼表情，但她故意裝傻說：

——是，但我跟那小子一點都沒什麼。只是他身分低微，跟他說話不必顧忌罷了。

——但他也漸漸懂女色了，你是想趁著他還沒往上爬，經驗不多，籠絡他的心是吧？

紅葉忍不住咬住下唇。靜江姐冷哼一聲，彷彿在說她全看透了。

——你才剛梳櫳，心眼就這麼多。在這園子裡，規矩可多了。除了男人定下的規矩，還有女人自己的祕密規矩。就是在這裡，沒有誰是誰的人這回事。一旦搞起這套，只會到處引發多餘爭端。就算是兩情相悅，一旦有了束縛，男人也會控制不住自己。總之，搞這種事，只會給大夥添麻煩。

紅葉看著鏡子，若無其事地梳頭髮。她不覺得自己在束縛熊悟朗，但不希望熊悟朗積極和她以外的女人同衾。她曾經把這話說出口。但……這有什麼不對？他不就是個看門的小子罷了嗎？

——你一定覺得這是壞心眼的大姐姐在存心刁難，對吧？

——不，怎麼會呢？

——現在的你可能不懂，但這絕對不是蓄意找碴。在這裡，男人就是鬼大人，邪惡的鬼大人。我們女人的職責，就是討好、安撫這些鬼大人，讓他們心頭暢暢快快，讓園子裡平平安安。不把它當成工作，誰受得了呢？要是有哪個女人昏了頭，搞起花花世界那套，吵著誰是自己的男人，就會第一個被冠冬附身，兩三下就發瘋了。

房間裡很安靜。外面傳來快樂地玩繡毬的女孩們的嬌喊。

我是挨罵了嗎？

靜江姐嘆了口氣，說「我只是擔心你」。

——大概每隔兩年，就會有女人拿刀亂砍，喊著要自殺要殺人的，莫名其妙送命，給大夥平添麻煩。這些女人絕大多數都是些專情種子。你也是，喏，去年你也看到阿藺的下場了吧？

紅葉一下子心灰意冷了。

——總之，我要說的就是這些。

靜江姐對消沉的紅葉說道，離開房間。

十八歲的阿繭姐並非美若天仙，卻相當討喜。然而從夏季開始，她便毫無來由地整個人陰沉起來。她變得話少，到冬天，便開始向人說冠冬要來了，她很害怕。對於不再像過去那樣可愛的阿繭姐，男人們興趣缺缺，似乎也有人提出應該快點讓她下山。

等到雪融後的隔年春天，就讓她公主下凡吧。事情這麼說定了。如果順利，現在阿繭姐應該已經下了山，在江戶或某處的風月場還是客棧，過得好好的——然而事情沒有這麼順遂。

阿繭姐吵著說她不想下山，想要永遠待在這裡，老了就在這裡煮飯。別的時候，又說她等不到明年，現在就想離開。其他時候，又發了瘋似地吵說她的心上人沒有回來極樂園。她說的心上人，是老早就已經死掉的男人。新年過去，陰曆一月的夜半，阿繭姐突然全身赤裸地在大宅裡跑來跑去。天這麼冷，她到底在做什麼？每個人都嚇呆了，但都以爲她八成是醉了，置之不理。

隔天早上，阿繭姐被發現凍死在院子裡。

紅葉想起阿繭姐的屍首。

她全裸躺在雪地裡。

雙眼圓睜，表情沒有痛苦，沒有感情。

雪白的肌膚一絲不掛。冬季柔和的晨曦照亮她的遺體。

眾人圍著阿繭姐，口中發出蒸氣。一個人說：是被冠冬附身了。

3

接下來好一段時間，紅葉都沒有找熊悟朗。因爲女人們一個接著一個前往山門。熊悟朗似乎每晚都和不同的女人睡，紅葉也被許多男人摟抱。

極樂園的生活一派安樂，但男人們一點都不溫柔。他們粗魯、自我中心。對他們來說，女人是隨時都能從山下抓來替代品的「東西」。若是惹他們不高興，就會遭到破口大罵，甚至是挨拳頭。靜江斥責紅葉的那年，兩個人被冠冬附身死去了。

一個在乳房刻上心上人的名字，以短刀刎頸，一個逃出山門，路倒途中，被發現死在山裡。簡而言之，靜江姐的意思是：想要在這裡活下去，就要夠堅強——事後紅葉這麼想。

後來靜江姐怎麼了？

靜江姐有了身。

這是極樂園的常事，不知道父親是誰，但懷孕仍是值得慶祝的喜事。極樂園裡另有育兒的院子，嬰兒會在那裡養大。接下來有時是母親下山時一起帶走，或是送到村落給人收養。

靜江姐懷孕以後，便不再侍奉男人，開始在別院過起悠哉的日子。紅葉曾經去陪她下棋一次。靜江姐說半藤老大已經答應她，嬰兒會在極樂園裡養到三歲，然後和她一起下山。

——噯，雖然不知道父親是誰，但我覺得與其在這附近長大，倒不如走得遠遠的。雖然也不知道走了能怎樣，不過往後的事，也只能時候到了再做打算。

臨月在夏末。

房間裡有當產婆的阿兼、靜江姐，以及和靜江姐要好的京香姐來幫忙阿兼。園裡的女人都屏著氣聚在隔壁的大和室。紅葉也和其他女人一起守在隔壁房。慣例上，生產時男人們不能靠近。

靜江姐很堅強。

她在隔壁房間流著淚，發出呻吟，在一旁的阿兼和京香姐鼓勵下，拚了老命。紅葉一直覺得靜江姐很傲慢，令人不快，而且有點可怕，唯獨這時，她拚命爲她祈禱。

山神大人、金色大人，請保佑她和嬰兒平安活下來。

她的祈禱白費了。靜江姐在憾恨中，和肚子裡的孩子一起死掉了。

紅葉第一次見到冠冬，是靜江姐死去那年的冬末。

傍晚時分，紅葉在積雪的園內走動，忽然見到靜江姐站在前方。當時靜江姐早已被埋在後山的墓塚裡，不可能在這裡。靜江姐穿著深藍色和服，頭髮梳成高島田髮髻，穿著竹皮拖鞋的腳飄浮在雪上。紅葉無法靠近。

靜江姐對紅葉射出炯炯目光，鮮紅的嘴唇浮現扭曲的笑。

紅葉膝頭發顫。

冠冬是狐狸的化身。

紅葉不知道該如何是好，只是雙手合十，閉上眼睛。待她再次睜眼，已經沒有人影。

4

紅葉輕撫睡在火盆旁邊的熊悟朗的背。

兩人在山門塔樓上的房間裡。屋外狂風大作。熊悟朗的身上有無數道傷疤。每次他下山回來，傷疤就會多上幾道。紅葉不會問他在外頭做些什麼。不用問也知道。

——這是刀傷。這也是，這也是。

紅葉輕撫熊悟朗的傷疤。

熊悟朗現在已經能夠自由下山了，但紅葉不行。只要一個人走出山門，光是這樣就會受罰。

女人能夠下山，就只有秋天的祭典——山神霜月祭的時候，或是公主下凡，極樂園不再需要她們的時候。若是深受信賴的年長女人，也是有機會在男人們陪伴下下山，但紅葉不可能。

紅葉側耳聆聽風聲。其中隱約摻雜著狐狸的叫聲。她悄悄地從山門塔樓上俯望道路。

山染上紅色，化上了秋妝。

接近向晚的時刻，道路前方站著一個人。

是穿紅衣的女人。臉看不眞切。是誰？

無臉的女人向她招手。

過來，過來，不要逃，過來。

雖然離得遠遠的，但對方顯然發現她在看。

那是靜江姐？還是阿藹姐？還是其他的誰？

紅葉凝目細看。

女人所在的地方，只有樹葉褪盡的樹木在風中搖擺。

那是冠冬。是妖狐。

我又看見冬季的妖魔了。

如果順從冠冬的引誘，悄悄走出山門，會發生什麼事？

她不知道前往山下村里的路。因爲山神霜月祭的時候會被矇上眼睛。絕對會死在山裡。

雖然不知道這裡是極樂園還是地獄園，但是在這裡發瘋，反而是很順理成章的事，不是嗎？

山另一頭有什麼？有水田、有農地、有村落。有江戶。有京城。有大海。園裡的女人說，到哪裡都一樣，男人長得不一樣罷了。她們怎麼知道？明明什麼地方都沒去過。明明哪裡都去不了。

然後，入冬了。

紅葉在黎明前的幽暗走下了山門。四下是一片雪景，一片死寂。

吐出來的呼吸是白的。紅葉前進一段路後挖開積雪。蓑衣、雪鞋、繩索、木板、魚乾、肉乾，一樣接著一樣冒出來。她剛開始下雪的時候就逐步準備了。每次去熊悟朗那裡，她便悄悄溜下山門，在雪地裡埋東西。她平日便眺望山林。有人居住的村落，一定會有幾束炊煙濛濛升上天空。她已經把地形和炊煙的位置烙印在腦中了。

在霜月祭下去的村落與極樂園有關，最好避開。

快、快。穿上蓑衣，拎起包袱。

仰望山門上的塔樓。

——熊悟朗，多保重。

她走在路旁，避免留下腳印。走了一段路，她將木板放到雪地上，坐了上去。木板往前滑行。途中她翻倒了幾次，但只要抓到訣竅，前進速度飛快。景色以驚人的速度變換著。未到正午，她已經前進了再也無法折返的距離。

這天中午過後，先是阿兼發現紅葉人不見了。眾人慌忙搜索，但園內完全找不到人影。此時原本停歇的雪又下起來，搜索暫時打住。如果魯莽地找得太遠，連找人的人都會遇難。紅葉什麼也沒帶——最後看到紅葉的女人作證說。眾人望著厚重的烏雲，魚貫回到大宅裡。

那姑娘也被冠冬附身了，有人說。

5

暴風雪將門板吹得格格價響。

這天，紅豆村的善彥在山中茅屋生火取暖。

他正從三座山頭外的親戚家村落返回家鄉。由於風雪漸強，他躲到山中的茅屋避難。這小屋平日無人，只有天氣不好的時候，採山菜或翻山越嶺的旅人會來過夜。最近的村落是佐和村，但也有三里之遠。善彥平日便經常上山狩獵，這不是他第一次在這座茅屋過夜。

善彥的腳邊躺著阿多古。是從小養大的山犬。忠實聽話，不會咬人。

善彥添著柴火，屋子裡漸漸溫暖。他用茅屋裡的鐵鍋煮水，啃著魚乾，將小麥揉成的丸子和味噌丟進鍋中，拿了肉乾給阿多古。善彥正呆呆瞪著火燄，阿多古突然抬頭，瞪著門低吼起來。

敲門聲響起。善彥提心吊膽開門，外面站著身披蓑衣的陌生女子。善彥急忙讓她進屋。

蓑衣底下的衣裳相當華美，桃紅底色上布滿黃色與藍色的刺繡。這年頭不會有人穿著這種衣裳住在山村。最蹊蹺的是，這附近並沒有人家。簡直就像雪神的女兒。

女子全身猛烈哆嗦，善彥讓她烤火。

「可、可以嗎？」

「什麼？」

「烤火……」

女子見到阿古多，「噫」地倒抽一口氣。

「放心，是我養的山犬。當然可以烤火了。你到底是從哪裡來的？」

「不知道。」女子說。

善彥問她名字，女子說「美雪」。

「美雪。」

太可憐了。善彥想。女人當然不可能是雪神的女兒。一定是娼妓。八成是從某處的妓樓逃出來的。除此之外別無可能。這附近沒有風月場，但一旦迷途，幾天就可以走得極遠。若是回去，只會慘遭私刑，甚至可能被殺。若棄之不顧，則是路死荒野。

善彥將姑娘帶回家鄉。

6

善彥讓美雪暫時住在自家別院。

問她任何問題，美雪都說她沒有記憶。善彥抱起胳臂說了：

「唔，據我猜測，美雪姑娘應該是哪裡的娼妓吧。」

從紅豆村下去武川後有溫泉旅館，那裡可以買到娼妓。她們會彈三味弦，跳舞娛客。客人都是武家，善彥沒去過。他列了幾處這類店名，問她有沒有印象。

美雪搖頭。

「你穿的不是莊稼人的衣服，舉止也不像武家姑娘。」

「那，或許我眞的是娼妓。」美雪悲傷地微笑。「可是，可能不是。」

「你不願意想起來嗎？」

「我不知道。」

「如果你逃出來，有想去的地方，我可以帶你去，但如果你也不清楚，最好先等到春天。冬天要是在旅途倒下，就只有凍死一途。」

阿多古挨近。牠將潮濕的黑鼻子湊近美雪的手，慢慢鑽進她的腿間。

「哎呀，討厭！」

「阿多古，怎麼可以把頭鑽進姑娘的胯下！」

善彥撿了個娼妓的消息在村子裡傳了開來。

善彥努力避免她受人欺侮。

在紅豆村，女人是很重要的勞動力，因此只要不是好逸惡勞，都會受到歡迎。美雪處在農家婦女之間，織布、作工藝、準備牛馬飼料、曬柿乾、做味噌、醃漬食品。

善彥向女人們打聽美雪的情況，她們說不管叫美雪做什麼，她都像小孩一樣無知，但工作認眞，教她的事，很快就學會且熟練。到了春天，華麗的衣裳拿到城下町的布匹店賣掉了。那似乎是江戶也只有少部分風流人士才會穿的布料，賣了個好價錢。

春天的暴風雨晃動門板的夜晚。

「這樣的夜晚，好像怪物在外頭跳舞。」美雪在地爐邊做著針線活。

「我倒是想會會怪物。」善彥坐在簷廊，喝著茶低聲應道。
「這麼說來，今天我被村裡的孩子嘲笑了。他們說：你是怪物，是披著人皮混進來的狐狸。」
「他們覺得美雪姑娘是個大美人，想要引起你的注意，才故意鬧你。」
美雪悶不吭聲。
善彥抱起胳臂：「來聊聊我爹吧。我爹是伊賀的非人（註）。他的工作是追捕逃脫關所的脫藩者，將他們斬首。但有一天他跟同儕起衝突。我爹逃離後脫了藩，居然自稱起武士來了。」
這是父親告訴他的壯闊冒險奇譚，從來沒向別人透露。
「他搶了死罪的浪人的衣物和刀子，裝作尋找仕官機會的浪人。刀子他使慣了。接下來他和一個賣鯨油的行旅商人意氣投合，偷了他的人生經歷，改為喬扮成行旅商人。不，也不是喬扮，他眞的去漁村批油進來，四處兜售，還說他眞的上過捕鯨船。鯨魚……聽說鯨魚眞的很驚人，比十頭牛還要重呢。我爹說，鯨魚才是眞正的怪物。他還跟劇團一起巡迴各地，也曾經靠著製傘糊口。後來他行腳各國賣鯨油，兼賣藥，搞不懂到底是在做什麼……」
看看美雪，她正直勾勾地盯著他，那眼神扎得人幾乎發疼。善彥清了清喉嚨：
「然後，最後他在這村子落腳了。跟村裡的姑娘結了婚，成了村裡的女婿。那就是我娘。聽說起初我娘的家裡強烈反對，說他是不知道哪來的野小子，但後來大夥漸漸欣賞起我爹來。」
善彥撇頭避開美雪的注視。
「我爹變身成各式各樣的人，他才像個妖怪。」

註：非人為江戶時代最底層的身分階級，僅能從事乞討、遊藝和行刑。

善彥想起一邊喝酒，一邊道出波瀾萬丈人生的父親醉紅的臉，苦笑起來。

「我沒告訴過任何人，不知爲何覺得可以對你說。我是妖怪的孩子，很清楚怪物的心情。」

美雪開口，卻又閉口了。

「我說的這些，你可別說出去。我爹在這兒，是來自江戶的商人。」

美雪將目光從善彥身上移到鍋子。

「你爹和你娘呢？」

「幾年前被洪水沖走了。兩個人一起。」

7

村郊有座小祠堂。

祠堂周圍有幾棵櫻樹，淡粉紅色的花瓣間，綠繡眼忙碌地穿梭跳躍。

善彥和美雪一起將山菜並排在祠堂屋簷下。菇類、土當歸、蕨菜。這天善彥說要去後山採山菜，美雪強烈地要求她也要去。天氣晴朗。兩人採了許多山菜。阿多古盡情四處奔跑。

祠堂前立了塊靶子，善彥帶來弓箭，和美雪輪流射靶。是悠閒的春季午後的遊戲。

弓是京城的工匠製作的折疊弓。美雪一開始連弓怎麼拿都不知道，但善彥教她，她學得很快。

善彥撫摸著銀杏樹上熊的爪痕，對美雪說：

「這座祠堂和我爹娘有段淵源。」

我娘是村中的獵人後裔，起初並不相信我爹這個外人。她只覺得村裡來了個好玩的傢伙。某天，村子裡出現灰色的大熊。是推倒柵欄腐爛的部分侵入進來的。而且不只一頭，而是三頭。這在這裡是常見的事，有時野獸會侵襲村子。我娘帶著弓箭飛奔而出。她的射箭本領很不賴，奮勇追趕在村子裡作亂的一頭灰熊。

然而那頭熊格外碩大，而且動作靈敏。我娘射出去的箭只擦過背部和前肢，未能命中。熊惡狠狠地瞪住我娘，齜牙咧嘴地直衝而來。情勢不妙，只能暫時撤退。我娘逃進了那棵銀杏樹前面的祠堂裡。但熊窮追不捨，衝上來撞擊祠堂的門板。其他村人被另外兩頭熊追趕，亂成一團，不是關上遮雨窗板，躲在屋內，就是抱頭鼠竄，因此無人能來搭救。我娘的手中有弓，但在逃走的途中遺落了箭，只剩下一支。

如果熊撞破門板闖入，只能射出最後一支箭。而這支箭也無法阻止的話，就是死期到了。

這時，我爹現身了。

撞門的聲音停了。我娘納悶是怎麼回事，從門縫偷看外面，竟看見我爹整個人抱在灰熊的背上。我爹口中喃喃念著經。灰熊安靜下來，沒多久便虛脫倒地。

我娘沒有放過這個良機。她衝出祠堂，將最後一支箭射入灰熊的眉心。

據說，此後我娘對我爹完全改觀了。

「眞是段佳話。」

「他們都過世了，但他們的事跡流傳下來。哪天我死了，美雪姑娘還活著，請把這件事傳誦下去吧，讓世人知道曾經有過這樣一對男女。」

「灰熊怎麼會安靜下來呢？是你爹念佛，以佛法調伏了惡獸嗎？」

「這是……」善彥欲言又止，壓低了聲音。「據我爹說，他們家代代被一種叫『死念』的東西附身，具有特別力量——只要動念，即使是身體龐大的野獸也能赤手空拳殺害。我爹說，就是用那死念讓對方的魂魄溺斃。因爲是不祥之力，因此難得動用。我爹念佛是爲了激發那股力量。」

「咦，太奇妙了。」

「我爹說，可能是祖先過去做了某些受詛咒之事。也許是在戰國亂世殺生過多。」

「是這樣嗎？如果殺人會被詛咒，那麼武士應該全都被詛咒了。」

「確實如此。」善彥笑了。「如果不是人的詛咒，或許是觸怒不該招惹的神靈。因爲不管山上還海中，都有許多人的智慧無法想像之物。我們一族裡面，有時會有人擁有這樣的力量。」

美雪定定地望著善彥。那麼，善哥也有這樣的力量？

「我嗎？我沒有。我爹不知爲何，好像看得出來，欣慰地說『你跟我不一樣，沒有死念纏身』。好像是如果有死念，就不容易有孩子。我好像是我爹第十個孩子，其餘的九個，不是死產，就是生下來沒多久就死了。但九個母親都不一樣，我爹實在很好女色——不過他在這紅豆村落腳，沒有再拈花惹草了。也許是怕老婆，也有可能是因爲總算有了我這個孩子。」

接著善彥陷入消沉，說：「好了，別說了。」

8

入夏後，兩人多次到河邊游泳。美雪不會游泳，善彥教她怎麼游。美雪總是揹著弓箭，跟著善彥走在河邊。去河邊不需要弓箭，但美雪愛上了它們，不管前往何處，都隨身帶著走。問她理由，她說帶著弓箭讓她安心。

「再說，不知道何時發生什麼事。」美雪說。「搞不好灰熊的怨念想要為害善哥。這是為了預防萬一，免得到時候後悔。」

沿著村郊的河溯河而上，接連遇到許多翡翠色的水潭。

這天，兩人走過兩側斷崖嵬峨聳立的溪谷，探頭看水潭。每一處水潭都可以看到上百隻的魚。善彥入水撒網，撈起魚獲。雖然撈到了五十隻，但善彥覺得太多了，放回了一半。

「咱們來做魚乾吧。」

阿多古也用狗爬式在水潭裡游著。

美雪脫到只剩下白襦袢（註）後，躺在被陽光曬熱的大岩石上。

「善哥。」美雪出聲。

「什麼事？雪姑娘。」

「善哥本來有家室吧？」

「嗯。」善彥沒有對美雪說過，但村裡的人都知道。應該是聽人說的。

善彥原本有家庭。但妻子懷了善彥的孩子，六個月的時候忽然在院子裡昏倒，就這樣斷氣了。

那在三年前。

生產時母子命危，雙雙喪命是常有的事，但孕婦猝死並不常見，尤其是向來健康無虞的女

註：襦袢是和服底下的襯衣。

人——村裡的人都同情不已，但善彥心裡當然有底。是死念。他自己沒有，這股力量卻超越世代，附身在肚子裡的嬰兒身上了。

「善哥不打算再娶嗎？」

「問這個做什麼？」

「村裡的姑娘有時候會說。」

回想起當時的痛，善彥實在不想再有家室。

況且，如果原因是死念，追根究柢，兩人會死，不就是他害的嗎？如果從一開始就不娶妻，根本就不會發生這種事。一旦這麼想，善彥便覺得自己犯下了不可挽回的過錯，直到今天都活在無盡的悔恨。或許不是死念。如果另有原因……但他不想拿新的母子的性命來試。

再說，這些事與這名姑娘無關。

善彥極力裝出開朗的模樣：「怎麼說，沒這個念頭。那實在太難熬了。我已經打定主意。現在沒有需要扛起的重擔，其實輕鬆得很。別管我了，雪姑娘在村子裡沒有中意的年輕人嗎？」

「我來的時候一副娼妓穿扮，來歷不明，沒有人會眞心想娶我的。而且每個人都認爲我已經是善哥的女人了。」

「沒這回事。我會告訴大夥我跟雪姑娘不是那種關係，你放心。喏，你住在別院，這正證明了我們並未同床共眠啊。」

「就算別人把我當成善哥的女人，我也覺得很開心。」

「呃，這，我當然也……咦？不……」

美雪的白襦袢貼在皮膚上。身上處處閃爍著水滴。

「反正善哥一定是嫌我娼妓出身，不乾淨。」

美雪不悅地說，在岩石上一翻身，「噗咚」一聲跳進水潭裡了。

夏季黎明，蟬子尚未開始鳴叫，善彥人已經醒了。他聽見腳步聲。朝庭院望去，美雪正拿著弓箭走過。這麼一大清早的，她要做什麼？善彥有些心虛，但還是跟上去。美雪一路走到村郊，爬上他們曾經去過的祠堂石階，立好箭靶，專心一意地開始練起弓來。眼梢飛揚，全身緊繃。看起來像是憤怒。或是巫女面對神祕怪物的毅然氣息。

美雪驚覺，轉頭看善彥。

「啊，嚇我一跳，原來是善哥。天剛亮，把你吵醒了，對不起。不小心醒得太早了。」

「你眞的很喜歡弓箭。」

「我一想到善哥的令堂僅憑一支箭打倒巨大的灰熊，一定是因爲毫不懈怠的長期練習，實在不敢偷懶。」

季節遞嬗，再次入冬。屋後堆滿了柴薪。曬著柿乾。候鳥飛來了。

「雪女的季節到了。」某個靜夜，善彥在火盆邊烤火，調侃地對美雪說。

美雪正一如往常地做針線活，聞言微笑，卻又繃緊表情說：「善哥，你知道鬼宮殿嗎？」

鬼宮殿。善彥皺起眉毛。他聽說過幾次傳聞。

據傳深山裡有處如桃花源般的地方，住著一群人，躲過官府所有的田畝測量，靠隱田生活。據傳江戶以及藩內各處，或是翻山越嶺後的鄰藩，也住著來自那裡的人，他們隱瞞出身，楊弓場（註一）、賭場、風月場、客棧，或是漁夫、遊藝界、修驗者（註二），都與那裡有關，即使是無法報官的糾紛，只要請托與鬼有關之人，山鬼便會神出鬼沒地現身，解決問題。

據傳鬼會回歸山里，因此無人知曉是誰下的手，亦無從緝捕。

據傳鬼在山中進行獨特的鍛鍊，比常人更高強數倍。

「鬼宮殿啊？」善彥呢喃，有些驚訝。

「善哥知道？」

「不，只聽說過名號。不過鬼宮殿什麼的，只是把古早以前的遠方傳說說得好像發生在現在、發生在這個藩裡，或者原本是草雙紙本（註三）裡頭編出來的故事罷了。」

但內容不是完全無法置信。父親的故鄉伊賀，也是類似的場所。伊賀位在深山，那裡的人熟習獨特的武藝，不會在檯面上活躍（註四）。

「是呢。」

「鬼宮殿怎麼了嗎？」

「昨天我夢到我身在那裡。那只是個夢，但我夢見我侍奉那些鬼。」

「頭上生角的鬼嗎？」

善彥目不轉睛地看美雪。美雪神情婉約，思緒捉摸不定。

片刻之後，美雪說了：「是頭上生角的鬼。在夢裡，鬼說如果把鬼宮殿的事說出去，就會殺了我。還說會把和我有關的每一個人都殺了。我害怕極了。」

一陣冷風吹過善彥的胸中。不，不對，那不是夢，這姑娘一定是——

他思考第一次遇到美雪時的地理位置。那間小屋、那周圍的山區——鬼宮殿是在？離那間小屋最近的村落應該是佐和村，但佐和村與紅豆村幾乎沒有交流，因此他對佐和村不清楚。總不可能佐和村就是鬼宮殿。

「那裡——鬼的宮殿在哪裡？」

美雪微笑：「善哥，你怎麼當眞了？我說的是夢境啊。世上不可能有那種地方。再說，如果夢裡的鬼眞的出現了，我會反過來除掉他們。用善哥教我的弓箭射死他們。區區惡鬼，我不會讓他們害死任何人。」

9

紅葉離開三年後的秋天。

定吉前往極樂園十里外的市場。

熊悟朗一起下山，但在途中分道揚鑣，熊悟朗到村長那裡收債了。這時，熊悟朗已經不是看守山門的小子了。他的身高超越定吉，有了幾名手下，負責管理河邊的一處風月場。他在極樂園有了自己專屬的房間。

註一：楊弓場是收費的射小弓遊戲場，負責招呼客人撿箭的女人也兼賣淫。

註二：修驗道的修行者。

註三：草雙紙是江户時代流行的附插圖的大眾娛樂讀物。

註四：指伊賀忍者。

定吉漫步前行。他去馬市看了馬，買了梳子給極樂園的女人當禮物。

市場很熱鬧。是在大寺院和神社前面舉辦的秋市。家家戶戶都來做入冬前的採買。

極樂園這種深山宮殿，更必須趁著秋天大肆囤積，以備過冬。

街道旁邊的市場，有一區販售紅豆等農產品。定吉信步走近，忽然停下腳步。有個女人包著頭巾，一臉歡快地和一起的農民談天。女人前面的竹籠裡，裝著堆積如山要賣的紅豆。

「啊，歡迎光臨！」女人說著，轉向定吉，下一秒迅速地轉開了目光。

定吉注視女人。是紅葉。

將九歲的紅葉帶進極樂園的，就是定吉。看見人牙子身邊的女童，他向同道的夜隼提議把她搶回去。從她的相貌，保證將來會是個美人胚子，而且交談三言兩語，發現頗爲聰慧，讓定吉很中意。橫豎都要淪爲下等娼妓的話，就算帶進山裡，於她也毫無損失。梳櫳她的也是定吉。定吉想忘也忘不了紅葉。冬季的某一天，紅葉突然消失時，定吉落寞極了。他一直相信紅葉是被冠冬附身了，沒想到竟在這種地方撞見她。

「不好意思。」

「是什麼事呢？」女人別著目光問。

「給我一些紅豆。」

「是，請問要多少？」女人依然若無其事地側著臉。

「抱歉，你……」

定吉正要問是否在哪裡見過，女人退後一步，以袖掩面。

「啊！眼睛進沙了！」

應該是同村的，包著頭巾且圓臉圓眉的女人說：「喂，阿雪，你怎麼啦？」

她現在叫阿雪？

「沒事，眼裡進了點沙。阿仙姐，幫我招呼一下客人，我洗洗眼。」

肖似紅葉的女人離開攤子走掉了。

「是，老爺要買紅豆嗎？要多少？」

「給我一袋。長得真美。」

「哎呀，老爺嘴巴真甜。」

「啊，不好意思，我喜歡的是剛才走掉的那個。她從以前就在你們村子嗎？」

圓眉女子臉上的笑容消失了。

「咦，大姐生氣啦？大姐長得也不錯啊，不過還是告訴我那姑娘的事吧。」

「我不知道，阿雪是幾年前突然來到我們村子的。」圓臉女子意興闌珊。

定吉臉上掛著笑，一手拎著紅豆，往紅葉離去的方向走。

「小雪啊？」

按規矩，只要發現逃脫的女人，就必須當場處斬，但這規矩是用來恐嚇女人的，實際上要如何處置，全憑發現的人發落。定吉不打算殺掉紅葉。發現她順利逃脫，在村子裡活下來，他只是純粹開心並覺得有趣。

「繼紅葉之後是白雪嗎？真是風雅。」

如果身在此處的不是定吉，而是熊悟朗，就絕對不會輕忽大意。

熊悟朗一定能看出紅葉儘管表現得有些傻愣，卻散發出均勻且近乎美麗的殺意黑霧，也很清楚跟著這樣的對象走，意味著什麼後果。但是在這裡的是定吉。定吉什麼都沒在想。

遠離市場喧囂的森林裡有一汪泉水。泉水不斷地從竹管流入洗手缽裡。

泉水旁邊的枝椏上掛著衣帶。沒看見紅葉。周圍沒有半個人。

「去茅廁了嗎？」

定吉不經意地伸手要取衣帶，背部忽然一陣灼熱。肚腹莫名緊繃。

背部中箭了。他花了一點時間才認清這個事實。摸背的手上沾滿了黏稠的血。

紅豆袋掉到地上。定吉翻轉身體。緊接著側腹部也中了一箭。

持弓的紅葉身影在視野邊角一晃而過，一眨眼便消失在樹後。

「喂！」定吉喊道。「喂！」

眞有一手。定吉心想。他四下張望，但紅葉已經不見。膝頭發顫。他不想倒在濕濘的泥地上，按著肚子往前走，找到一塊乾爽的地方，仰躺在樹木之間。

定吉不是平白殺了那麼多人的。插在身子前後的兩支箭，以及汩汩流出的鮮血，讓他明白自己很快就要死了。但即使明白這一點，他也想不到剩餘的時間該做什麼。手下也不在附近。

朝上仰望，樹木在高處形成帳幕，紅色與黃色的葉子紛紛飄落。更高處是藍色的天空。

颯颯，沙沙，風吹動著地面的落葉。

意識意外清楚。定吉決定在死前交互想起自己所殺的人，以及睡過的女人。但是還沒回想到一半，喉嚨便猛烈地渴了起來，殺死的人和睡過的女人摻混在一塊兒，視野一下子變得漆黑。

圓眉的阿仙厭煩地對著回來的美雪說：「你可眞受歡迎啊。剛才的男人向我打聽你的事呢。你眞應該待在這裡的。那人稱讚眞美，還以爲是在說我，原來是在說你。」

「討厭啦。」美雪拍了拍阿仙的肩。「阿仙姐，你就別逗人家了。不過我眼睛進沙，沒能瞧仔細，眞是可惜，那人長得怎樣？」

「咦，怎麼，你對他有意思？那人的衣物很時髦，人看起來有點好色，有點壞壞的。可惜有點上了年紀。」

「不過，人家有善哥就知足了，阿仙姐不是也有老公了嗎？」

「咦，這話太掃興了吧？總之，如果他再經過，我再告訴你。」

兩人開心地笑了。

剛才的男人再也不會回來了。

6

流轉的一年（一七三一）

1

五月　四日　紅豆村

美雪和剛滿一歲的眞子一起走在山澗旁。

到處都能見到蜂斗菜和紫萁。新綠耀眼。

眞子拉扯美雪帶著的洗衣籠，或是抓起小石頭往嘴裡塞，爬到搖搖晃晃的倒木上，興奮歡鬧。

殺掉定吉的隔年，美雪懷了眞子。連對善彥，她都沒有說出殺死定吉的事。她一輩子都不打算告訴任何人。比起對定吉的怨恨，她更是由於自己和善彥的安全受到威脅的恐懼而拿起了弓。不管回想再多次，她都認爲當時只能這麼做。

從寺院神社的門前市回到村子，好一段日子，她都覺得彷彿在靜靜等待地獄使者上門，將她擄至陰暗森林深處的洞穴。反正遲早都得死。可能被鬼宮殿派來的人殺死，或因爲其他原因而死。既然如此，就算懷了善彥的孩子，因爲那什麼死念而死，又算得了什麼呢？

或許她是自暴自棄了。然而她懷孕且順利生產。丈夫不斷擔憂的死念，沒有出現徵兆。她生下了一個健康的女寶寶。

懷了眞子一年後，美雪變了。她不再練弓。一方面因爲她忙著照顧嬰兒，沒那個工夫，同時因爲她害怕起這些會讓人聯想到死亡之物的刀子或尖銳物品。

眞子搖搖晃晃地跑了過來。

「娘！娘！」眞子喊著母親。她還只會喊娘，說「飯飯」和「睡睡」而已。

美雪伸手要抱孩子，這時一陣巨響，大地震動。美雪抱起眞子。她抱著眞子，直奔視野良好的山丘，發現數里之遙的箕輪山噴出煙霧來。

有爆炸聲。和冒出煙霧的山不同的另一座山，表面一眨眼便發生土石流，揚起漫天煙塵，滑下山坡。幾十棵樹木連根刨起並滑落。

——太可怕了。

美雪整個人嚇呆了。

那座山下應該有幾戶人家。山崩的聲響綿延不斷。眞子不安地望著美雪。忽然間，也許是感受到母親的不安，眞子的嘴角撇了下來，眼眶一濕，哇哇大哭起來。

噴煙遮天蔽日，四下一片陰暗。一大群鳥兒飛過天空。

從來沒有看過這樣的事。

善哥！美雪抱著眞子，拚命往前跑。

2

同日・極樂園

熊悟朗正坐在宅子簷廊，和女人嬉戲。他拿扇子要戳女人的乳房，女人躲開。他再戳了一下，女人又一扭身躲開。

「熊悟朗。」轉頭望去，半藤政嗣站在那裡。「熊悟朗，陪我練武。」

「少主，又要練嗎？這陣子每天都練呢。」

半藤政嗣年方十六，是個精悍的年輕人。他是極樂園的首領半藤剛毅的兒子。

熊悟朗剛來到極樂園時，政嗣還是幼兒，幼名桃千代。他在兩年前元服，有了政嗣這個名字。極樂園的首領是世襲制，政嗣有一天將成爲正統的繼承人。

「拜託。」

熊悟朗向女人使眼色，滿臉不願地起身。

「前天練，昨天也練，今天又要練，眞是風雨無阻。」

政嗣會熱心練武，是有原因的。

每年一次，極樂園會舉辦武藝會。眾人聚集在大宅中庭，在首領半藤剛毅面前，約二十名男子以弓箭、相撲，或是竹刀、長槍，一較高下。

「這裡不需要武藝不精的傢伙。」政嗣自幼就聽著父親這樣的口頭禪長大。

因爲有武藝會，每個人的斤兩都曝露在大家面前。儘管臂力和武藝並不代表全部的能力，但不能說完全不影響地位。政嗣第一次參加武藝會，是十四歲的時候。當時他剛元服。從桃千代改爲政嗣這個成人的名字以後，他磨拳擦掌，要在父親剛毅面前一展身手，然而不管是相撲還是射箭，本事都遠遠不如人。

剛毅沒有安慰政嗣，也沒有怒斥他的三腳貓身手，只是以索然無味的眼神看著比武過程。

十五歲時的武藝會也一樣，結果令人汗顏。在相撲中被黑富士拋得遠遠的，射箭比賽時則是因爲太急，完全射偏了。十五歲的武藝會結束後，父親唯一對他說的話是：「你這樣下去，就算立於眾人之上，也沒有人會服你。」

十六歲時的武藝會還是一樣。

政嗣以竹刀比試，卻兩三下就被熊悟朗擊倒了。

父親一聲不吭。

「喝呀——！」

政嗣隨著氣勢十足的吆喝聲刺出竹刀，卻被熊悟朗輕而易舉閃開。今年的武藝會幾天前剛結束，熊悟朗想，政嗣一定是對在比試中敗給自己極不甘心。少主的腦中已經在想著明年的武藝會了嗎？對熊悟朗來說，他完全不是對手。

除了經驗和技術的差距，熊悟朗還有分辨殺意的能力，包括練武時的殺氣。

從架式就可以看出刀法，而且反映心思的黑霧與火花，讓政嗣的殺氣變得歷然可見。熊悟朗不可能躲不開。只要讓對方揮空，乘隙順勢一擊。熊悟朗的竹刀「啪」地一聲打在政嗣的胴體上。他沒有使多少勁。

政嗣跪下單膝，迅速後退。這要是實戰，他已經死了。

「熊悟朗，你這妙技是向誰學的？」

「少主。」這種程度就叫做妙技？熊悟朗內心苦笑。「我是觀察夜隼大人的動作，偷學起來的。夜隼大人原本是武家子弟，精通武術，我拜他爲師。」

熊悟朗放下刀尖。

政嗣的身體瞬時噴出黑霧。他自以爲有機可乘，猛地拉近距離，從下段刺上來，熊悟朗一個閃身，踹開他的手腕。政嗣的竹刀飛上空中。下一秒，熊悟朗的竹刀抵在政嗣的脖子上。

政嗣的眼中滲出淚水。「我輸了。」

熊悟朗察覺他一定很不甘心。

「我說，少主。」熊悟朗忍不住同情地說。「少主每一天都有進步。」

「眞的嗎？」

「眞的。這是夜隼大人傳授的心法，總之要先動腦，看清楚情勢是否有利，不擇手段求勝，如果打不贏，就立刻逃，務必要倖存下來，是這樣的兵法。唔，我這人不學無術，不清楚詳情，不過聽說宮本武藏（註）也說過一樣的話。」

宮本武藏的部分是熊悟朗隨便加上去的，他不清楚事實如何。

註：宮本武藏（一五八四—一六四五）爲江户初期的劍豪，創二天一流派。

以前，首領牛藤剛毅曾經趁著政嗣不在的時候，召集所有人。

——在武藝會和政嗣交手的人，或是與他練武的人，請你們面對小犬時，務必不能手下留情。要讓他認清楚自己有多弱小。絕對不能因爲他是首領的兒子，就討好奉承，留他面子。我今天說過這席話一事，也請務必保密。

牛藤剛毅向眾人行禮。

——拜託各位了。

首領向人行禮。這是難得一見的場面。

熊悟朗當然聽從首領的話。老大就是希望把兒子教育成一名強者，才不想讓他盲信自己的實力，做出失控的行爲吧。故意放水給面子，對認眞交手的人、進行生死訓練的人來說，是名符其實的侮辱，熊悟朗認爲不必首領交代，這也是絕不允許的事。

「但身爲武人，爲求保命，逃之夭夭，這實在……」

「不不不，這話可別說出去，但現在這年頭，何必爲了什麼武道而生呢？現在既非亂世，咱們也不是武門子弟。感覺快輸了，就快點開溜，事後再從背後給他一記毒箭……」

「我不認同這種心態！」

政嗣跪地仰望熊悟朗。

「熊悟朗，我是眞心在苦惱。到底要怎麼做，才能像熊悟朗那樣如羅刹般大顯身手？聽說熊悟朗還是童子的時候，就一個人面對身量比自己高大好幾倍的知名惡漢，漂亮地打倒對方。」

氣仙沼德藏嗎？眞懷念。那已經是幾年前了？

熊悟朗想了。沒有人希望首領的獨子做出那樣的魯莽行徑來。

「確實有過那樣的事呢。那時候我就快落敗，心想：啊，我打不過他，我錯了，我就要死了，我怎麼這樣作賤自己的小命？啊，如果能夠，我眞想重來。但一切都太晚了，我要被宰掉了。最後我是怎麼贏的，我也糊里糊塗，但死生一線，完全是運氣。」

少主是我們極樂園尊貴的繼承人，沒必要貿然去做那樣的傻事。

熊悟朗正想這麼說時，地面忽然搖晃起來。兩人踉蹌不穩，彼此對望。

天空傳來轟隆巨響。

「打雷嗎？」政嗣訝異地呢喃。

午七刻稍早前。

半藤剛毅爬上大宅後方的瞭望台，金色大人站在那裡。他站在金色大人旁邊。遠方是噴出濃煙的箕輪山。箕輪山爆發雖是史有前例之事，但在半藤剛毅的人生當中還是頭一遭。

金色大人發出「嗶叩哩」的聲音。

自剛毅懂事的時候起，金色大人就一直隨侍身旁。

金色大人只聽從半藤家血親的命令，除了他認定爲主人的人以外，一概不從。自從上代甚平衛過世，剛毅繼承家業之後，金色大人便開始聽從他的命令。金色大人不是人。這一點顯而易見。他不會進食，不排泄。聽說來自月亮。但世上再也沒有比金色大人更値得信賴的人了。因爲他不是人，因此沒有野心，不會爲得失利弊行動，也不會沉溺於酒色，忠心耿耿，絕無貳心。

只要問他問題，就能得到明確的答案。

藥物的製法、毒蟲的處理方法、祖先的爲人、過去的事件，他無所不知。

也是對奕的對象。

剛毅從來沒有將他視為家臣。金色大人是家寶，是神，是家人。

——總有一天，您也能輔佐政嗣嗎？

和金色大人獨處時，剛毅這麼問，金色大人發出神祕的「叩嗶」一聲，答道：

——時日一到，我必當全力輔佐。

幾年一次，金色大人會一時興起，參加極樂園舉辦的武藝會。

三年前他也突然說「我也來試試身手」，還來不及制止，便從剛毅旁邊站起來走下中庭。

萬一傷到尊貴的身體就不得了了——這完全是多餘的操心。

在相撲賽中，所有人依序上場，卻都彷彿被神祕的力量攫住，輕易就被推出擂台之外。沒有人贏得了。從來沒見過有誰能與金色大人較勁，贏得勝利。

半藤剛毅將視線從金色大人身上移向群山。

看著看著，隨著驚天動地的聲響，山頭噴出火焰與濃煙。是宛如怪物般巨大的滾滾濃煙。剛毅呻吟起來。那附近的村莊肯定會遭受到莫大的損害。面對天災地變，他不知道該如何行動才好。

「剛毅大人。」金色大人看著山說。

「是。」半藤剛毅應答。

「開創極樂園這裡的祖先，千代大人，希望這裡成為人們的支柱。」

剛毅點點頭。

自幼時開始，金色大人便一再諄諄叮囑他。

金色大人說，我們並非從一開始就是山賊。德川幕府創立前，亂世末期到處都是盜賊。約十戶左右的小村落毫無招架之力，只能予取予求。半藤剛毅的遠祖千代大人看到各村落的慘狀，深爲痛心，召募村中熱心人士組成自警組織，保護周邊山村，免受盜賊侵擾。自從自警組織開始運作，周邊村落再也沒有遭到襲擊。因爲千代大人指揮的組織將攪亂此地和平的勢力逐一殲滅。

千代大人更進一步指揮組織，開墾隱田，被周遭村民敬奉爲神。千代大人死後，她的組織經過百年歲月，逐漸轉變爲現今樣貌，與下方的佐和村關係密不可分，並締結了無條件互助的誓約。

金色大人說：「從初代到現在——箕輪山噴火對我們來說，是宣揚極樂園存在意義的絕佳機會。請勿忘了誓約。有村人，才有我們。」

3

五月　二十五日　佐和村　熊野神社　社殿

火山爆發二十一日後。

二十幾名男子聚集在佐和村熊野神社的社殿，在木板地房間盤腿而坐。在場的爲來自各地——大橋村、箕輪東村、水無村、佐和村、谷外聚落、谷中聚落——的村長及寺院和尚。其中也有極樂園的半藤剛毅。戴烏帽子的剛毅旁邊，是色如黑漆的巨漢黑富士。

他逃離異國的船隻，被海盜所救，漂流到此地。這兩名綻放異彩之人極爲惹眼。

「辛苦各位前來。那麼，會議這就開始。」佐和村村長說。

「饑荒要來了。」水無村的村長面色蒼白地一口斷定。「咱們村子的田地全埋在灰底下了。這樣下去，米都不用收成了。」

「大家都要上吊了嗎？你們看到谷中了嗎？我昨天去了一趟，那裡也全完了。發生土石流，屋子全埋在土裡了。」

眾人聞言，全都轉向來自谷中的中年男子。男子臉上布滿鬍碴，神情陰沉。

「對，全死光了。我老婆、我孩子，全都死了。活下來的沒幾個。」

「田賦怎麼辦？」

「也只能請代官大人親眼看看田地的慘狀，磕頭懇求他們，讓他們瞭解就算強索田賦，也只會鬧出人命而已。」

「沒用的，沒用的。」大橋村的村長搖頭。「代官這種人，才不管你死掉幾個村人，就算死上幾十人，要苛收的就是要苛收。」

雖然要等到秋收才知道，但鄰近一帶的收穫量，八成只有去年的五分之一。第一道難關是今年冬季，接下來是明年秋季以前。如果能克服這些難關，或許還有辦法起死回生。眾人討論了一陣，佐和村的村長說：

「各位，我可以說句話嗎？今天我們請到了山神前來。比較遠的村子可能不知道，但山神住在山裡，如果這一帶有難，就會伸出援手，令人感激不盡。」

眾人安靜下來。

「山神大人。」佐和村村長對半藤剛毅說道。「您有什麼好主意嗎？」

眾人全轉向半藤剛毅。村人的臉上浮現敬畏與好奇。除了佐和村村長和幾個平時與極樂園打交道的人，在場人都是第一次見到山神。

坐在半藤剛毅旁邊的黑富士以炯炯目光掃視眾人一圈，場子緊迫起來。

「我沒什麼好主意，但說說我能做的吧。」

半藤剛毅說，彷彿毫不在乎好奇的目光。村人都等他開口。

「我們的米倉可以出六十袋米，請用它渡過今年的饑荒吧。」

將「隱米」依人口分配給在場每一個村落。噢——眾人驚嘆，掌聲四起。也有人合掌膜拜。接下來饑荒在所難免，弄個不好，甚至有可能自身難保，卻願意捐出米糧，這不是一般人能做到的。

「這是……」有人說。「這是眞的嗎？」

「我可以立刻準備二十袋，九月前再拿出四十袋。不過請各位聽好了，此事萬萬不能讓官府得知。請各位繼續向官府傾訴困境，把米藏好，渡過饑荒。另外，我會提供武川街道旁某家客棧的房間，讓這次的災害中失去房屋的人暫住。當前可以先在那裡遮風避雨，直到明年。」

眾人看兩人的眼神，與會議剛開始時截然不同了。

「啊，不愧是山神。各位，寺院保留的捐獻簿裡都有紀錄，不管是元祿那時候，還是上一次的饑饉時，都多虧了山神援救。」佐和村的村長說。

半藤剛毅微笑點頭：「咱們是互助互惠。其實，只有六十袋米，助益不大，但坦白說，我們自個兒也得糊口。」

會議結束，離開社殿後，半藤剛毅與在外頭等待的護衛的下屬會合。

當晚就像會議的延續，與前來的各村人士一起辦了簡單的筵席。

在佐和村開完會後的隔天。日頭升起，朝四刻的時間，半藤剛毅一行人從佐和村踏上回極樂園的歸途。兩人當先，正中央是半藤剛毅和黑富士，兩人殿後。

途中黑富士問：「可是老大，爲什麼要捐出六十袋那麼多給那夥人？」

半藤剛毅笑道：「因爲我們是受人厭惡的一群人。每回饑荒的時候都會送米。」

黑富士不解地說：「我們受人厭惡？看起來——」並不像這樣。

「我們送米給他們啊。即使感覺不到、看起來不像，但村人總是厭惡著我們的。」

「他們厭惡我們，我們卻要送米給他們？」

「你眞是不懂。鄰居不和睦相處，最後可是會被扯後腿的，黑富士。施恩是講時機的，錯過這時機，想施恩也沒得施了。我們總是抓緊機會施恩於他們，才能從未遭到密告，延續了百年之久。」

半藤剛毅一行人來到橋頭，停下腳步。

橋的支柱釘上了木格欄，無法通行。

手下年輕人納悶地說：「怎麼不能過了？」

4

從半藤剛毅參加佐和村會議往前回溯，火山噴發幾天後的紅豆村發生一事。

太陽即將西斜的時間。踏上歸途的善彥被人從背後叫住了。

「善彥嗎？」

回頭一看是高頭大馬的男子。頭上戴著深草笠，腰上佩著兩把刀。稍遠處的杉樹繫著一匹馬。

「是。」善彥低頭行禮。「小的就是善彥。」

「啊，善彥，幸會。在下夢龍，藩裡的深山番所同心。」

「小的失禮了。」善彥慌忙跪到地上。

他從沒聽過深山番所這樣的官府，夢龍這名字聽起來很像假名。但後方的駿馬及腰間的大小佩刀，證明了對方身分。只有武家子弟才能騎馬。

「請別多禮了。站在這兒說話也不是個事，咱們找個無人之處，坐下來談。」

兩人走進寺院土地。是美雪懷孕前，每天早上都會來練弓的寺院。

被古老的杉樹圍繞的境內一片寂靜。兩人在圓木做成的椅子坐下來。

「我在這一帶打聽狩獵好手，聽到你的大名。」夢龍停頓了一下說：「我就開門見山說了。我想仰賴你的射箭本領，暗中請託你一項狩獵任務。」

夢龍所說的內容如下：

其實佐和村一帶有個山賊集團。此集團在周邊地區以鬼的身分聞名，擁有隱田，住在山中的祕密宮殿。他們與村里的賭場、風月場等地方有關，將抓來的女人賣爲娼妓，以暴力爲業。

深山番所便是藩暗中設立的衙門，目的是調查此一山村的底細。

在過去，這群山賊的存在曖昧模糊，就像是毫無根據的流言蜚語，但是在研究許多訴狀的過程中，最近終於漸漸掌握了他們的樣貌。藩決定要殲滅這群山賊，正在向鄰近的山村召募願意協助的人士。

佐和村因爲與山賊有直接連繫，不能向他們求援。因爲可能反過來讓藩的動向完全被山賊所掌握。因此與佐和村相距一座山頭、沒有交流的紅豆村的你，才會雀屏中選。

「你聽過鬼宮殿嗎？」

善彥想起美雪，想起她提起鬼宮殿的事，嘴上卻回答「沒有」。他預期若是回答有，會引來麻煩。「沒聽過。」

「這樣啊。我聽說奇妙的事，你在山裡撿到一名疑似娼妓的女子，娶她爲妻。令閫呢？」

善彥語塞了。連這都知道了？

「賤內什麼也沒說。」

「唔，這也不是在下該深究的事。前陣子，市集那裡也出了死人。」

深草笠底下散發出令人厭惡的氣息。視線像在刺探。善彥記得市集的死人騷動。那時候美雪和村裡的人一起賣紅豆。他不知道詳情，但慶幸村人沒被捲入風波。那件事應該與他們毫無瓜葛。

「是啊。記得是三年前的事了吧？眞是可怕。」

「死者也是賊人一夥。」

「喔……呃，是出了什麼事呢？」

夢龍哼了一聲：「唔，雖然沒查出是誰下的手，但應該是常見的內鬨廝殺。」

善彥仍在困惑，夢龍遞出一個小包。

「報酬三兩，希望你能答應。這是一兩訂金。」

「這太多了。」

對善彥來說，三兩是破格的大數目。

「其餘的待事成之後再付。很簡單，半天就結束了。步驟深山番所都已經籌畫好了。不過請你務必嚴加保密。畢竟風聲不知道會從哪裡走漏。這計畫萬一被對方知悉，將全盤失敗。剛才我也和紅豆村的村長談過了，但消滅鬼的計畫連一半都沒有告訴他。對其他人，你只說『官差請我在山中帶路』即可。」

整件事可疑到令人發毛，但善彥只能答應。

山賊可能攻擊美雪和眞子，而藩的官員說要討伐山賊，要他幫忙——是這樣一件請託。夢龍的態度很恭敬，但也可以說是「恭敬的恐嚇」。如果拒絕，很有可能反過來遭指責：我紆尊降貴，如此誠心請託一介農民，而你居然不識好歹地拒絕？你和來自鬼宮殿的女人住在一起，難不成你也是山賊一夥？是這樣的氛圍。

5

兩週後的清早，善彥帶著弓箭前往夢龍指定會合的小屋，一名男子扛著槍炮站在小屋前。太陽尚未升起，天色仍一片陰暗。

「你也是來打鬼的？」

善彥點點頭。

「那麼進去吧。」

小屋的門打開了。幾名男子在小屋裡烤火。牆上靠放著一排槍炮。沒看到夢龍。

儘管理所當然，但看到這麼多槍炮和人手，看來討伐山賊的計畫是認眞的了。

一名叫勘助的似乎負責領隊。

「各位，這裡的每一位，我全都不認識，但我叫勘助，住在北邊。夢龍大人吩咐我負責指揮，還請各位多多幫忙。各位都已經拿到一兩了吧？大人說這場行動之後，就可以再拿到一兩，最後待事情結束，藩會再支付一兩。」

「爲什麼不是藩的武士大人自個兒上陣？」有人埋怨。

「這我也不是很清楚。」勘助搔了搔頭。「也許是忙著處理這次的火山爆發。總之，如果能憑我們的活躍，消滅山賊，讓眾人安心生活，又有一大筆錢可以拿，何樂而不爲呢？」

「何樂而不爲！」幾人齊聲高舉拳頭。

打鬼的步驟如下：

有槍炮的是狙擊班，沒槍炮的則是伏擊班。

鬼，也就是山賊行經的路線是固定的。他們會在事前封鎖山賊行經的橋。鬼會在那裡被攔下，這時預先埋伏的狙擊班會隨著一聲令下，同時從周邊的山崖上射擊。若有人未中槍逃走，可以篤定會折回原路。因爲如果要翻越封鎖的橋，或前往狙擊者所在的高台，立刻就會成爲靶子，因此只有折返一條路可走。這時沒有槍炮的伏擊班便堵住原路，一個不漏地殺掉逃回去的山賊。

善彥被編入伏擊班。

他躲在綠葉繁茂的大銀杏樹後方，背靠在樹幹上等待。

微風輕拂，灑下的碎光跟著搖晃。

旁邊坐著以手巾包臉的男子。長槍立靠在身上。

伏擊班只有兩人。比起從高台以槍炮射擊，這差事危險太多，但如果狙擊班將盜賊全數擊斃，一個不留，那麼他們等於什麼事都不用做，就能拿到錢。若有狙擊班未能擊倒的敵人折返，持長槍的男子就會堵住去路，這時躲在路旁的善彥乘機繞到對方死角，以弓箭射擊對方。他們說好照這樣行事。

「你是哪個村子的？」善彥問。

「甭問了。」中年男子喃喃道。「彼此做個無名小卒就好。」

「說的是。抱歉。」善彥點點頭。

沉默造訪。樹鶯啼叫著。

一會兒後，監視路上的中年男子低語：「來了。」

從銀杏後方悄悄探頭一看，道路前方正出現一行人。草草一算共六人，兩兩成列。

中央的兩人格外引人注目。

其中一名個子極高，皮膚漆黑。善彥納悶：怎麼會有這樣奇怪的人？旁邊的男子衣著豪華，頭戴烏帽子。餘下的四人，兩人在前，兩人在後，圍著中間的兩人。中間的其中一人或許是首領。烏帽子男子與黑皮膚男子正在談笑。

六人沒有注意到善彥等人，慢慢走過。轉彎後，就是狙擊班埋伏的地點。

善彥閉上眼睛。

不久，巨大的聲音響起。四聲、五聲。間隔了一會兒，又是四聲。

善彥睜眼，把箭架到弓上，盯著道路前方。從轉角折回來的是那名黑皮膚男子。只有他一個。嘴唇極厚，眼睛碩大，手臂流著血。右手握著出鞘的刀。

中年男子抓起長槍，對善彥說「交給你了」，跳出路上。男子將長槍對準壯漢。黑皮膚壯漢注意到他，驚訝地停步。他舉起刀子往後拉開距離，與長槍對峙。

「讓開！」黑皮膚壯漢暴吼。

善彥在草叢中瞄準對方。手肘和膝蓋微微顫抖。

但他立下決心，放開了弦。箭射中了壯漢的背部。

壯漢猛地轉身。

中年男子立刻前往踏出一步，刺出長槍。

黑皮膚壯漢仰躺倒地，雙目圓睜。周圍形成一片血泊。人還活著。胸口上下起伏。

善彥走到旁邊，俯視壯漢。中年男子一手拿著沾滿血跡的長椅，站在一旁。

「你們是哪裡的人？」黑皮膚男子以幾不可聞的聲音說。

「這不重要。我們不是這一帶的人，是受武士之託。」中年男子辯解。「我們跟你無冤無仇。但如果不動手，我們會沒命。原諒我們。好好上西天吧。」

「混帳東西。」黑皮膚男子粗重地喘氣呢喃。

中年男子問：「你才是哪裡來的？你的皮膚這麼黑，是天生的嗎？你是哪裡人？」

「我來自你們這種下賤的螻蟻一輩子都不可能知道的遙遠國度、無限彼方的神聖大地。我要回去那裡了。你們將永遠受到詛咒，因詛咒而死。」

接著，他說起善彥聽不懂的疑似詛咒的異國語言，最後沒了呼吸。

善彥凝視著黑皮膚的屍體。他第一次殺了人，感覺周圍瀰漫著剛死的男子的怨念。

「別小看我們！這爛東西！」中年男子突然怪叫一聲，踹起屍體來。「嘿，痛嗎！這個惡鬼！你活該受報應！你們殺了多少人！這是天譴！快點滾去地獄吧！」

中年男一邊踢著，仍罵個不停。

對，沒錯。善彥想。說得好，就是這樣。

他們幹掉的，就是擄走美雪、玩弄凌虐她的邪惡集團。所以——所以自己一點都沒有錯。生氣是應當的，發洩怒氣是應當的——回過神時，善彥一起在踹屍體。踹屍體沒有意義，但如果不給自己壯壯膽，就會被現場瀰漫的怨念給吞沒。這宛如驅魔儀式。

勘助和扛著槍炮的幾人從山路另一頭過來了。

「噢！眞來勁啊！」

一聽到勘助喜孜孜的聲音，善彥忽然渾身無力。

沒事嗎？沒事。這裡也很順利。有幾個人？那邊倒了五個人，都死透了。

善彥聽到勘助和中年男子的對話，卻充耳不聞。

「哈，現在我才敢說，聽到要打鬼，心裡頭怕得很，沒想到這麼輕易就解決了。辛苦啦！」

善彥捏緊勘助遞過來的一兩。他只想快點回家。奔過歸途的時候，天空一下子烏雲罩頂，雷聲大作，下起豆大的雨珠。

這一年的梅雨揭幕了。

6

梅雨過後，炎炎夏季到來。

整座紅豆村被疲憊壓得喘不過氣。農民棄田是要問罪的，但不斷有一家老小拋棄村子，離開此地。不知從何處冒出來的黑色蟲子折磨著紅豆村。是一種浮塵子。下雨後，田地上甚至會形成一片黑色霧靄。

全村舉辦了送蟲儀式。將害蟲封進稻草人，入夜後村人一起拿著火把，前往河邊，將稻草人放水流。然而毫無效果。
水稻、其他的作物，全被這種浮塵子啃光了。完全無法防堵，善彥覺得。就好像整片大地都被死念纏身。
油可以防治浮塵子。將油灑在水田裡即可。據說鯨油特別有效。村長的三男帶了幾個夥伴，上路去買鯨油。一般來說，應該十天就要回來了，然而都過了一個月，卻不見人影。是鯨油賣完了，去更遠的地方買，還是在路上遭人襲擊，或者是捲款而逃了？

善彥過著沉鬱的每日。這一年眞正糟糕透頂。火山爆發、第一次殺人、蟲害，沒一椿好事。
祕密的打鬼行動之後都已經過了兩個多月，但官差會送來的剩餘一兩卻毫無下文。夢龍是否眞的是藩的官員，也很可疑。山賊後來怎麼了，也沒消沒息。善彥很小心，避免隨便向人提起這件事。
村長問之前來找他的武士是什麼人，善彥說武士請他在山中帶路，巧妙瞞混過去了。
美雪直覺靈敏，猜疑地問他去哪裡做了些什麼。這是血腥的殺人任務，或許不必告訴她，但善彥又認爲如果美雪知道以前把她抓走的鬼宮殿的人已經死了，應該能放下心。
「你想聽鬼宮殿的事嗎？」他說。
「我想聽。」
善彥道出事情始末。夢龍、在山中帶路、槍炮手，以及襲擊六名山賊。
美雪表情驚愕地聽著。她也知道黑皮膚的男人。她說是來自大海另一頭的異人。
「他們死了嗎？」
「死了。」善彥說。「我們殺了他們。你覺得首領在其中嗎？」

美雪停頓片刻：「應該。但他們不只這些人。宮殿裡有二十人以上。外頭的話，更是不知道有多少人。」

如果山賊還有同夥，他們一定正在拚命搜尋襲擊者，準備報復。

「那個叫夢龍的武士能信任嗎？」美雪問。

「不知道。如今回想，夢龍說的一切都教人無法信服。」

望著那漆黑的浮塵子，善彥漸漸覺得這全是黑皮膚男子臨死的咒文從地獄召喚來的。

應該逃離此地才對。

7

九月　十二　武川一帶　河邊

河邊的堤防群生著艷紅的石蒜花。這天天氣晴朗，視野清晰，可以瞭望遠方，四周吹著帶寒意的風。熊悟朗、夜隼和幾名手下在河邊。一名披頭散髮、膚色曬得黝黑的男子被五花大綁。雙眼噙著淚水。

熊悟朗直瞪著男子。

男子名叫勘助，三十二歲，原本是步卒，現在在礦山工人聚集的小鎮開火鍋店。他會用槍炮，每當有熊或山豬等大型野獸出現在村落，就會被找去除害，順便宰來做火鍋料。在大型野獸頻繁出現的地區，勘助天天都被叫去射殺害獸，大顯身手。箕輪山爆發之後，突然出現一名男子，自稱

「深山番所的夢龍」，說看中他的射擊本領，邀他一起消滅惡鬼。

勘助在夢龍指定的地點等候，依照夢龍擬定的步驟，指示前來會合的男人們，狙殺了目標。他說有七人左右躲在暗處，設下包圍網。夢龍事前交代，殺完之後他們會處理，因此他們留下屍體，就地解散。

同樣一套說詞已經聽過好幾遍了。熊悟朗舉起大刀。

「最後再問一句，夢龍這人長什麼樣？」

「個子很高，聲音低沉，戴了頂深草笠遮臉，此外就不清楚了。」勘助急匆匆地說。「我是上了他的當啊，大人，我沒想到會變成這樣，我是被他騙了啊！」

「爲自己念經吧。」

勘助照著熊悟朗說的，用力閉上眼睛，開始念佛。

熊悟朗大刀一閃。勘助人頭落地。手下的年輕人跑過來，撿起勘助的人頭，用布包起來。

熊悟朗走向在稍遠處抱著胳膊站立的夜隼。

「夜隼大人，這傢伙也一樣。」

「夢龍嗎？」

「是。每個人的說法都一樣。雖然一開始我還以爲是什麼可笑的遁詞。」

五月的會議之後，剛毅老大和黑富士，還有當天同行的年輕人全遭人埋伏身亡，這件事對極樂園造成莫大衝擊。

他們的屍體就這樣棄置在橋的前方。

極樂園的男人無不卯足全力搜捕凶手。在佐和村，剛過四刻不久的時候，有許多人聽到槍聲。

他們聲稱首領和極樂園的人離開佐和村時，都平安無事。會議及接下來的筵席都沒有任何衝突或不和，來自鄰近村莊的有力人士對半藤剛毅的眼神毋寧是尊敬萬分的。

金色大人坐在壇上，沉默不語。眾人都在傳，金色大人是在拚命按捺無法立刻雪辱的憤怒。

「捐出六十袋米」這件事暫時凍結。極樂園提出條件，說等逮到凶手再給米，要求佐和村及附近村民提供消息。消息漸漸進來，總算一個接著一個揪出襲擊者，這次逮到的是主犯勘助，是第四個被處刑的。由於勘助是行動指揮，這次處刑，也算是一個段落。

半藤剛毅遇襲身亡時，每個人都怒形於色，吵著要報仇，但四個月過去，季節轉為秋季時，熱度冷卻下來。但無法揪出幕後黑手夢龍的狐狸尾巴令人不甘。關於夢龍的證詞相當一致：「戴著深草笠」、「把人帶到暗處談話，看不清楚相貌」、「隻身行動，沒有夥伴」、「自稱藩的深山番所同心」。

夜隼眉頭深鎖，瞪著勘助的首級說：「夢龍八成是假名。」

「我問過徒士（註）的朋友，他說根本沒有叫深山番所的單位。」熊悟朗說。

「我想也是，我都沒聽說過。是虛構的職位、還是連自己人都不知道的祕密單位、或是他自稱藩中武士就是謊言，真假莫辨。但無論如何，就算翻遍每一寸土地，都要把這個夢龍給揪出來，做

註：徒士為江戶幕府及諸藩所屬的下級武士，在戰事時徒步作戰，有別於有資格騎馬的武士，以及無武士資格的步卒。

個了結。管他是改行詐騙的落魄賭徒、官員還是旗本武士（註），什麼身分都一樣。」

夜隼以滿含怒氣的聲音說，將首級塞回給熊悟朗。熊悟朗接過首級，丟給部下。

「定吉大哥或許也……」熊悟朗想起來。三年前，定吉在寺院神社市集附近的森林遭人以弓箭襲擊而死。

「或許也是夢龍幹的。」夜隼說。

夢龍不是官員。熊悟朗這麼認爲。倘若這夢龍眞是藩裡的官差，會以每人三兩的重金，聘雇來歷不明的槍炮手嗎？這要是藩的差事，藩兵應該會奮勇出擊才對。

只要有那個意思，藩可以調動上百人。若是討伐了山賊，一般都會斬首示眾，廣爲向民眾宣傳。然而牛藤剛毅的屍體沒有被斬首，棄置原地。這完全不像衙門作風。

但不管是藩也好，其他勢力也罷，這場襲擊的目的若是爲了摧毀鬼宮殿，除掉首領後的混亂是絕佳良機。他們應該抓緊機會，派兵攻打，然而這四個月間風平浪靜。

到底是誰、在策謀些什麼？

一行人來到大街，進了茶鋪。

「夜隼大人對鬼宮殿的首領之位有興趣嗎？」熊悟朗啜著茶問。

部下在稍遠的其他桌位吃蕎麥麵。他們熱切聊著女人，沒人留意他們的談話。

夜隼擺出厭煩的表情：「什麼？我？想都沒想過。不是有政嗣大人嗎？」

極樂園的首領是世襲制，但只是慣例如此，並未明文規定往後永遠必須如此。政嗣一接到剛毅的死訊，當場號啕大哭，病倒在床上，接下來幾個星期都沮喪到不肯跟任何人交談。現在也幾乎關在大宅深處的房間裡。即使心情上能夠理解，但政嗣實在太幼稚了，無法領導他人。萬一有人趁此機會派兵攻打，政嗣肯定無法指示，鬼宮殿就此覆滅。

「但少主才十六歲。不，坦白說，我對少主的印象還停留在桃千代大人那時候。」熊悟朗低聲嘀咕。「剛毅老大遇害，在可能會爆發戰事的這個節骨眼，我覺得少主有些不夠可靠。即便剛毅老大在世，應該也不會把一切都交給現在的少主吧。」

「說的也是，還太早了吶。」夜隼應和著。「哎，現下少主就由我來好好地輔佐。同時也得牽制其他人，免得內部分裂。然後請少主擺出匹配金色大人的首領風範。」

熊悟朗注意到夜隼的身體爆出一道撒謊的火花。

——這根本是違心之言。

夜隼內心認為比起輔佐政嗣，他才是最適合統領極樂園的人。

「蕎麥麵久等了。」

蕎麥麵端上兩人的座位。

熊悟朗尋思起來。那個自稱夢龍的賊人一定深諳極樂園的內部情形，否則不可能想出那種襲擊計畫。夢龍就是知道鬼首領何時會從山上下去佐和村，以及在回程時過橋的大略時刻，才能在那裡安排刺客狙擊。那麼，夢龍是不是極樂園裡的人？或是極樂園裡有和夢龍勾結的叛徒？

當然——精明如夜隼，應該會想到這一層才對，然而完全沒聽他提出要往這方向查。夜隼只是怒氣沖沖地說要找出連相貌都不清楚、毫無線索的仇敵並宰了他。

註：旗本為俸祿一萬石以下的武士，有謁見將軍的資格。多半負有藩的實務管理職務。

夜隼露出笑容：「這麼說來，熊悟朗，你底下的年輕人說，他們的熊悟朗大哥有能識破一切的玄妙法眼，這是眞的嗎？」

「怎麼可能？」熊悟朗笑道。「什麼法眼，從以前開始我這雙眼睛就昏花模糊，讓我吃了一堆苦呢。」

兩人默默地吃了一陣蕎麥麵。

夜隼忽然想起來說：「其實呢，之前說要在城下往東一些的舞柳的淺香棧橋那帶興建遊廓，最近我把這件事談妥了。如果老大在世，一定會很欣慰的。」

「遊廓？咦？舞柳的淺香棧橋那裡，不是一片荒地嗎？」

「就是要大興土木啊。」

「在離城下町那麼近的地方嗎？可是這麼招搖，官員……」

不可能默不作聲。

「我說啊，熊悟朗，我說的談好，就是藩同意了。其實藩裡有位家老（註），一直希望此地也能有像江戶吉原那樣的大遊廓，說這樣一來可以帶動活力，提供人們娛樂，武士們也會是很不錯的座上賓。喏，舞柳那一帶不是鳥不生蛋嗎？連家楊弓場都沒有。往後那兒要熱鬧起來了。」

夜隼愉快地說。

「一旦成功，藩打算從那裡搜刮一大筆稅收吧。」

藩公認的遊廓。由極樂園經營。

願景之宏大，教人一時難以置信。

「這實在太驚人了，這是眞的嗎？」

「當然是眞的。我一直覺得抓來一堆女人，關在山上的宮殿，大夥生活在一起，在適當的時機讓女人下山，這制度實在說不上好。」

「這樣嗎？」

對熊悟朗而言，極樂園的制度不好也不壞。他根本不會想要分析好壞。

「每回看到有女人說是遭到冠冬附身，自殺身亡，我就覺得這樣不對。而且下山以後，誰知道她們在會外頭跟人說些什麼呢？往後舞柳蓋了遊廓以後，女人就不帶回極樂園，而是送去那裡。這樣一來，咱們也能正大光明地做女人買賣。不僅可以賺錢，或許也會有人爲她們贖身，替她們介紹工作，萬一生病，也可以請大夫。爲女人們著想的話，這樣好多了。」

「確實如此。」

聽夜隼這麼一說，熊悟朗也覺得這話不錯。夜隼居然會爲女人著想？自己從來沒有想過。

熊悟朗想起幾年前，在某個冬日消失的紅葉。紅葉聰慧機靈，因爲從小一起長大，熊悟朗對她特別有感情。她是在冬季消失的，熊悟朗認爲她一定已經死了。

紅葉消失的時候，熊悟朗感到胸口被砍了一刀般的痛楚。直到現在，每當在山中看見石蒜花，他都會想像據說開在屍體上的石蒜花底下，是不是就埋著化成枯骨的紅葉，心中一片冷寂。

確實，如果不是住在山上，而是待城下町附近的遊廓，或許紅葉就不會消失了。

「熊悟朗，你要試試經營遊廓嗎？」

「咦？我嗎？」

註：家老爲武家重臣，主管政事。

「你不是管過一家風月場？和我聯手吧，咱們一起幹一番大事業。」

接下來夜隼也繼續談論打造舞柳遊廓的夢想計畫。

熊悟朗漸漸覺得追捕夢龍一點都不重要了。

如此一來，夢龍是藩裡的人的可能性就更小了。總不可能一邊允許興建遊廓，一邊又派人搞垮它吧？那極樂園的首領一死，得利的會是誰？老實說，是誰都無所謂，不是嗎？

取下主犯的勘助首級，形式上就算有個了結。再搜捕幕後黑手，已不再是當務之急。隨時都有人喪命，況且這世上充滿了各種陰謀詭計。明知道草叢裡有蛇藏身，何必自己把臉湊上去？重要的是，在談論遊廓的計畫時，夜隼的身體並沒有散發出謊言的火花。

不管夢龍是誰——自己默默跟隨夜隼就行了。得與失、成與敗、強與弱、生與死——千萬不能站錯了邊。比起那些，看看夜隼大人這風采！大饑荒就要來了，他卻能眉飛色舞地談論未來的大事業。他不知何時已經登上了階梯，走在前方。

追隨這樣的大人物才值得，不是嗎？

8

極樂園的經營，理所當然地繞過閉門不出的十六歲的政嗣進行。

撇開首領的兒子身分，年幼的政嗣毫無實績，武藝也不強，論資排輩起來，地位低微。但既然有金色大人跟隨他，表面上也不能輕侮冒犯。若說他是名目上的新主君，確實沒錯，因此也不能吩咐他雜務。

儘管說定由夜隼輔佐，實際上夜隼卻沒有分派實務給政嗣。夜隼掌控一切，政嗣什麼都沒做。對極樂園的人來說，政嗣成了不知道該如何面對的存在。除了打招呼，對他形同漠視。政嗣也不再開口了。

十月。

這天吹著潮濕的風，微帶寒意。

金色大人和半藤政嗣走出山門，離開了極樂園。

當然，兩人和女人不同，可以自由進出。

離開的兩人再也沒有回來。

隔天派人搜索，但未有發現。

午夜之風　二（一七四七）

舞柳遊廓的夜深了。

遠方傳來陣陣狼嗥。

女子遙香頓住了口，也許是說話說累了。

紙罩燈的火光照亮她的臉龐。

箕輪山爆發隔年，她在河邊被人撿到，應是流民之子，在醫師家長大。她擁有安詳取人性命的奇妙力量，在醫師指示下使用，但某天她以這種力量殺了人，離家出走。她在深山裡遇到了金色大人，在金色大人的引導下結識藩裡的同心，與其結爲夫妻。

是這樣的內容。

奇妙，不可思議。但熊悟朗以他的法眼看出，女子並未撒謊。

箕輪山爆發那年的事，熊悟朗還記得。火山爆發及接下來的欠收導致村落消滅，各地出現一群群飢民。剛殺老大遭人襲擊，金色大人和政嗣離開，有了創設舞柳遊廓，也就是這裡的計畫。

那一年，一切都變了。

但沒想到居然有人遇到金色大人。政嗣怎麼了？兩人的行蹤一直成謎。

女子的面容忽地讓熊悟朗想起了紅葉。很像。

當然，女子不是紅葉。

紅葉老早就死了，即便還活著，也不可能這麼年輕。

「你很像我以前認識的女人。」

熊悟朗說道。遙香眉毛一挑：「什麼樣的人？」

「世上沒人能用一句話交代。不過……是啊，她很聰明，常常不知道會做出什麼樣的事情來，某天突然消失了。我和她從小認識，很久以前的往事。如果她還活著，年紀比我大一些。」

熊悟朗並沒有發現紅葉的屍體。如果紅葉倖存，眼前的女子可能是紅葉的女兒。她是流民，年齡也和紅葉從極樂園消失的時期兜得上。

熊悟朗在菸管裡填入菸草，從火盆子裡用鐵筷撿了塊燒得紅通通的炭，點了火。

一想起紅葉，遙香當中紅葉的面影就變得更濃烈。

「我大概知道妳的生平了，但仍有許多不清楚的部分。那妳到這兒來，目的是什麼？」

女子點點頭：「是爲了外子。」

「丈夫怎麼了？妳說他是藩裡的同心？」

「是。」

「叫什麼名字？」

「柴本嚴信，知名的擒拿高手。」

熊悟朗吐出煙霧。藩裡的同心有個擒拿高手，他曾經耳聞。

「然後呢？」

對熊悟朗來說，藩裡的同心不是敵人也不是自己人。若是在路上遇到武士，他會恭敬行禮，視情況會下跪磕頭。但一旦廝殺起來，他會全力以赴，若是被盯上，他會毫不猶豫葬送對方。如果是做生意，就是座上賓。

「外子參與了鬼宮殿的搜索。當然，追捕匪賊、流氓並不罕見。對外子而言，一開始應該只是一般公務的延伸。但他對我嘆息，說鬼宮殿就宛如海上的夢幻樓閣，以爲確實存在，靠近一看卻幻化無蹤。外子查過奉行所的紀錄，根據紀錄，這百年之間，藩兩度搜索鬼宮殿，但兩次都鎩羽而歸。外子進行了第三次的搜索。」

藩未能前往，或沒有前往，有幾個理由。

首先是位置。離鬼宮殿最近的佐和村剛好位在國境上。

過去半藤剛毅遭到襲擊的溪谷就是國境，山中小路雖然沒有關所，但若是派人搜索鬼宮殿，就會侵入鄰藩。亦即對這裡的武士來說，那是管轄之外的領域。除非賊人鬧出某些大案子，或是企圖謀反，否則藩士沒有權利、也沒有實益去侵入管轄外的鄰藩。畢竟只是衙門事務，既然不屬於自己的領土，那麼搜索就此打住了。

「爲什麼要第三次搜索？」

「起因是外子認識的商人報案，說女兒被鬼宮殿抓走了，想要救回女兒。從以前開始，藩內各處便偶爾發生砍殺路人事件，流言都說與鬼宮殿的賊人有關，但上頭並不怎麼贊同，說根本沒有那種地方，凶手是居無定所的外地人。」

熊悟朗冷哼了一聲。

藩的家老當中，也有人知道鬼宮殿的存在。雖然並未連地點都掌握，但是從剛毅老大的時代開始，就塞了不少錢給那些高官。自從舞柳遊廓完成，賄賂的手筆更大，因此他們不會認眞命令底下的人搜索。就如同舞柳遊廓有許多客人是藩裡的武士，說到底，共存共榮才是最好的。這就是藩找不到鬼宮殿的第二個理由。

「那麼，你丈夫是只憑商人的控訴而行動？」

「是的。外子非常憤怒，說如果眞的有如同傳聞中所說的賊人，絕不能容許。」

「胡扯。」

熊悟朗認爲，武士應有的樣子，就是只要上頭命令斬殺無辜的女人，就斬殺無辜的女人，命令在村子放火，就在村子放火。公務就是這麼回事，無關善惡，他也不感到侮蔑。美其名爲維護治安的制度，實際上只是方便統治，方便榨取稅收。

奉行所同心的管轄範圍是町。同心即使會離開町，也不會跑到山裡。被草民的申訴打動，不顧上頭反對，賣命踏入根本不需要前往的險境，熊悟朗無法相信有這樣的武士。

「眞有這樣的武士？」

「的確，一般武士不會這麼做。儘管難說是爲了人情義理或行俠仗義，但外子內心有他的一套標竿。不光是爲了主君，就類似爲了社會、爲了人、爲了弱者。只要是他認爲對的事，即使沒有藩命或是好處，他依然會捨命做。最重要的是，女兒被抓走的是他認識的人。」

「這人眞是太奇特了。」

「外子說，他要帶五名部下調查佐和村，查出鬼宮殿的位置，然後下落不明。」

熊悟朗暗想：只憑六個人，未免自不量力。

「在哪裡失蹤的？」

「從佐和村再進去的山裡。五名部下裡，有三人和外子一起失蹤了。後來我聽人說，佐和村的人都很害怕，說他們想要驚擾神明，才會遭到作祟。這樣的恐懼也影響其他同心，剩下的兩人半瘋地逃回來。這原本就是外子自行調查，並非奉行下令，因此聽說搜索鬼宮殿的事就此打住。」

「山上什麼狀況都可能發生，像是地面崩塌、岩石從天而降，也可能迷路。」

「或許。但我無法接受。這時，我打聽到舞柳遊廓的信濃屋樓主對鬼宮殿知之甚詳。」

熊悟朗嘆了一口氣。在城鎮，他絕口不提自己和鬼宮殿有關。即使有人問起，他也含糊閃避，佯裝不知情。即使如此，這十幾年間，風聲還是傳了出去。

不，如果她與金色大人有關——她說是打聽到的，但也許是從金色大人那裡聽說的。

「鬼宮殿是什麼樣的地方？」熊悟朗沒有回答。

遙香懇求：「大老爺是不是知道什麼？」

「我不知道。」

「藩的同心在佐和村更裡面的山路下落不明的事呢？大老爺是否聽說過？」

「不，我沒聽說。我和佐和村不熟。這幾年我一直在這裡工作。」

遙香的臉上浮現些許失望。

「我必須找到外子。我今天前來這裡，就是抱定必死的覺悟，想要打聽出消息。」

熊悟朗遙想起極樂園。那裡從相當久以前，就已經變了副模樣。

應該還有幾個人，但女人已經大爲減少。因爲十幾年前，他們把超過一半的年輕女人送到山下，當舞柳遊廓的遊女。不久，舞柳遊廓開始獲得龐大收益，熊悟朗從極樂園獨立了。他從「極樂園的熊悟朗」，變成了「舞柳的創立者熊悟朗」。

現在收益的一部分依然拿去進貢極樂園，需要山鬼的時候，只要招呼一聲，不管是殺人還是任何骯髒事，都有人替他代勞。但十幾年的歲月中，雙方往來自然減少。極樂園裡的男人們，除了幾個老資格的，以及定期來訪、類似連絡人的人以外，熊悟朗都不認識了。

現在極樂園的首領是夜隼。

夜隼年近六十。最後一次見面時，說他腳不太方便。現在他應該退休——在極樂園裡幾乎是隱居才對。但據說每年的武藝會，首領還是會親自參加，展現令人刮目相看的驚人武藝。當然，如果有區區六名同心闖入地盤，他一定會命人抓住並殺掉。山上可不是城下町。

熊悟朗思忖片刻。

紅葉。

他為她做過什麼嗎？

現在的他，能為紅葉做任何事。

但只是毛頭小子的當時，他曾經為她做過一點小事嗎？

那個時候，他腦袋空空，什麼都做不到，什麼也沒為她做。

如果眼前的女人是紅葉的遺孤——

只要是他能夠做的事，任何事他都想為她做。

熊悟朗說了：「我明白了。妳大膽隻身來會我，這份覺悟我欣賞。如果妳能保證絕對不說出去，我可以透露一些。我有個知交，他有辦法連繫那鬼宮殿。我可以代你問問那些藩裡的同心怎麼了，這樣行嗎？」

「不。」

熊悟朗聞言皺起眉頭。遙香伏下身子，額頭抵在地板。

「能否將遙香送入鬼宮殿？」

「什麼？」

「說這話或許不入耳，但我不相信任何人。大老爺的朋友即便知情，或許會佯稱不知。這樣模糊的答覆，要我接受，我辦不到。與其如此，倒不如我親自踏入鬼宮殿，親眼親耳見聞，這樣我就能接受。不管是在鬼宮殿裡當侍女還是下女都行，能否請大老爺替遙香斡旋？」

熊悟朗沉聲道：「你以爲我會答應這種事？」

「小女子再無所失。」

7 其願未償之人（一七三一一七四六）

1

我是異形。在外頭行走，十分惹人注目。這一點我心知肚明。

但只要穿上衣物、布襪，戴上假髮、草笠，以及白色面具。穿戴上這些，即使是風貌略異於他人的我，也可以徹底變成人，行動時不致因容貌而引起議論騷動。

在政嗣大人離開之前，我便已做好準備了。在天亮前悄悄溜出來的政嗣大人見到站在門前的我，露出驚愕的模樣，挑釁地說：「金色大人，這到底是做什麼？」

我說：「我只是要奉陪大人。」

政嗣大人總算放下緊張。

「金色大人，您不必這麼做。我離開這裡，自有想法，請勿爲我擔心。」

「那麼，您打算什麼時候回來？」

「我不能明確說是幾時。或許不會再回來了。」

「果然。既然如此，請讓我一起走。」我再次說道。

政嗣大人不太理解，訝異地蹙起眉毛，歪起頭：「極樂園需要金色大人，請您回去。」

「不，我不回去。」

極樂園對我完全無所謂。

我之所以存在，就是爲了照顧已故的千代大人的後世子孫。是爲了保護她的血統、爲她的後代所用。如果不是待在政嗣大人身邊，我的存在就沒有意義了。

不久，政嗣大人不知道是接受了，或是放棄爭辯，走了出去。

這是箕輪山爆發那天冬天的事。

我們漫無目的地徬徨著。

我們下榻客棧，一陣子後再換到其他客棧，不斷如此重複。

政嗣大人滴酒不沾，不抽菸。除了偶爾買女人，日子過得極淡泊。

然後，他總是神色憂慮地沉思著。

到了一月，天氣變得更冷，連續多日。潮濕的風中雪花漫舞，然後春天終於到來。我們走在櫻花怒放的森林。

橋頭處有梟示台，上面擺了幾顆遭到處刑的罪人首級。首級上也落滿了櫻花花瓣。

當晚回到客棧，政嗣大人低聲說了：

「今天，看到首級我想起來了。」

我默默地跪坐在房間角落。

「有一次，夜隼讓我檢查首級——」

房間裡只有我和夜隼兩人。

夜隼遞出一只桐盒。打開來一看，裡面裝著一顆皮膚變成灰色的中年男子首級。

據說是襲擊父親大人那班人的主犯，名叫勘助。

夜隼默默等待我發話。但我——說不出話。

一切都越過我頭上在進行。就連殺父之仇，也在短短幾個月之間，變成裝在盒子裡的首級自己送上門。爲何不讓我在場？爲何不讓我斬下他們的腦袋？論不服，我確實不服，卻無法出口。

這是大功一件。必須大加犒賞一番。

但我連和夜隼說話都覺得痛苦。我只說：知道了。

我肯定窩囊無比。不，事實上我就是個窩囊廢。我就算待在那裡也只是等死。睡別人抓來的女人、看別人偷來的財寶、吃別人端上來的飯菜。一切都是我的，也沒有一樣是我的。

那太無趣了。難道不是嗎？

光是無趣也就罷了。不僅無趣，而且危險。

或許哪天會有人要我的命。因爲已經不需要我這個花瓶了。

父親大人總是對我說。沒有人會追隨弱者。

但還有一個人沒有抓到。那就是在幕後安排一切的黑手夢龍這個奸人。

如果我能提著他的首級回去——或許就能逃離這樣的窒息了。

「政嗣大人，太令人佩服了。這個想法很有意義。」

「金色大人，我要找出夢龍。我要讓自己變成每個人都另眼相看的人物。」

我點點頭：「請讓我助您一臂之力。」

對於見聞之事，我能記得比常人更久、更清楚。

譬如說，路過的孩子們說的話、酒家年輕人的對話，這些一般人只能當成雜音、無法記住的事，我只要聽過一次，經過十年也能回想起來。此外，只要我想，連一町之遙的對話也能聽得一清二楚。只要身在對話進行的地點，就能夠得到大量線索。

我與政嗣大人討論之後，趁著夜黑，潛入藩的奉行所屋簷下。

2

奉行所位在上級武士屋舍林立的城下町邊郊。建築占地廣大，有辦公廳、同心值勤所、審理處、判刑處、法庭、官舍等等。我站在布滿蜘蛛網的屋簷下，靜靜地豎耳聆聽。這裡住著貉子，一見我便嚇跑了。雞舍的雞隻隨著天亮齊聲啼叫起來，奉行所的一天開始了。沒多久，藩士前來值勤。藩士們會聊當天工作，也會聊起過去的事件。

接著天黑，到了隔天、再隔天，我偶爾變換潛伏的地點，不斷接收各種話聲。

這一點都不算什麼。如果有必要，我能夠一整年維持相同的姿勢，一動不動。

過二十天左右，我在夜半避人耳目，回到政嗣大人等待的客棧回報消息。

完全沒有人提到夢龍或深山番所。

不意外，前年的箕輪山爆發經常被提起，眾人都是在討論急劇增加的流民和飢民引發的強盜殺人案的調查和逮捕。開始興建的舞柳遊廓也經常成為話題。奉行所的人似乎很期待，也有許多下人和步卒說要去遊廓玩女人。幾乎沒有人提到經營者是極樂園的人。對於極樂園的人，他們只當成是有湯女陪客的客棧老闆。有中級武士提過兩、三次鬼宮殿，但僅是「我小時候聽說山上有住著鬼的宮殿，這是眞的嗎？」這種程度，完全不出傳聞的範圍。

如果藩士與剛毅大人的襲擊案有關，完全沒有人提起那天的事太說不過去。

政嗣大人聽完我的報告，以小得快聽不見的聲音呢喃：知道了。

大人看起來大失所望。

我潛入寺院。

建寶寺是武家大宅聚集的城下規模最大、人潮最多的寺院，我期待或許能在這裡探聽到什麼。寺院神社與那場襲擊有關，也並非不可能之事。寺院神社雖然負責葬禮祭典，但有時背地裡不知道在幹些什麼勾當。七日之間，我豎耳聆聽僧人們的對話，但只是發現和尚假稱修行，玷污信徒女子的糜爛實情，一樣沒有得到想要的消息。

我在滿月之夜從寺院地板下撤退。

經過武川河邊的樹林，往政嗣大人留宿的客棧走。

到處都有流民，甚至蓋起了簡陋的小屋，我和他們的火堆保持一段距離，在黑暗中前進。

我能聽到一町之外的聲音，因此不經意地聽見了流民的對話。

這時，「夢龍」兩個字竄進耳中。

——那個太陽刺青的傢伙放火燒我們家，不能斷定全與夢龍無關。

我煞住腳步豎起耳朵。那是小屋附近傳來的。一對男女坐在樹木殘株上說話。

提到夢龍的是男人。女人應答。

——毫無疑問，一定是鬼宮殿的復仇。把眞子帶出來，眞的是做對了。既然住處被發現，現在待在這裡或許安全。

我一動不動，聆聽他們的對話。我認得女人的聲音，很像以前待在極樂園但後來逃脫的姑娘。將他們的對話拼湊起來，我得知如下的事實：

兩人是紅豆村的夫妻，丈夫叫善彥，女人叫美雪。丈夫善彥去年被夢龍找上，是殺害我的主君半藤剛毅大人的一夥人之一。夫妻倆都不知道夢龍眞實身分，但認爲不是藩的官員。去年九月，他們家被人放火燒了。當時他們剛好前往城下町，回家一看發現屋子付之一炬，飼養的狗死了。火災發生前，多名村人看見雙手手背有太陽刺青的外人，夫婦認爲是山賊前來報復。丈夫善彥是知名的獵人，平常都會上山，設陷阱獵捕山豬和鹿，將肉帶回來分給河邊的流民。

我記住被火堆照亮的兩人的臉。

女人果然是以前在極樂園的娼妓。

不久，男人似乎有事，說要送菇茸給朋友什麼的，離開了火堆。

我乘機離開。

3

我向政嗣大人報告流民當中有一個我們的仇人，大人非常高興：「不愧是金色大人！」

我們在下榻的客棧二樓商議。

「但金色大人，他們說的手背有太陽刺青的人……」政嗣大人納悶地側頭說。「那不是極樂園的百目天童嗎？」

百目天童是夜隼底下的無賴。他的雙手手背確實有著太陽刺青。百目生性寡默殘忍，會將殺害的敵人耳朵切下來，放在盒子裡收藏。此外，他對於大哥夜隼，有著近似崇拜的感情。

「雖然無法斷定，但不可能還有別人有那樣的刺青，應該就是百目天童吧。」

「可是這不是很奇怪嗎？」

「確實奇怪。」

截至目前，關於爲首領報仇，應該都是極樂園派出熊悟朗等數人，把人抓住之後，要他們吐出所有知道的事，再砍下他們的首級。就算發現仇人，但只有百目天童一個人前往紅豆村，令人不解。最重要的是，從那對夫婦的對話來看，百目縱火的事件發生在去年九月。當時我和政嗣大人尚未出奔，且是主犯勘助遭到處刑的時期。

處死勘處後，如果又發現了另一名仇人，應該會是件大事，極樂園裡應該要大肆談論才對。然而政嗣大人姑且不論，連我這樣的順風耳都沒聽見紅豆村善彥的事，顯然反常。我回溯記憶，想起當時的夜隼和百目的對話，以及其他人的對話，但確實沒有人提到紅豆村的善彥。

「完全不懂。爲何百目會發現新的仇人，卻沒有告訴任何人，一個人前去襲擊？」

「或許是夜隼命令的。」

夜隼私下命令小弟百目襲擊紅豆村的獵人——因爲目標不在，因此百目縱火燒屋後回來。夜隼禁止他洩漏這場襲擊。

「或許吧。只要是夜隼的命令，百目什麼事都會照辦。但就算是這樣，夜隼又是怎麼知道善彥這個人的？」政嗣大人痛苦地說。「還有，爲什麼他要派小弟百目一個人動手？」

不過也可能完全是另一回事，百目其實不知道善彥參與了襲擊首領的陰謀，且基於完全不同的個人理由放火燒了善彥的家。

隔天，政嗣大人再次陷入消沉。他不發一語，目不轉睛地瞪著天花板。

他想到夢龍其實就是夜隼的可能性了。

剛毅大人死後，夜隼實質上形同爬上了極樂園首領之位。

只要想到這一點，夜隼便有了濃厚的嫌疑。

那大膽又縝密的手法也是，想想有誰能想出這樣的計畫，除了夜隼之外，不可能有別人了。

倘若夜隼就是夢龍，那麼他就是買凶者本人，當然也知道所有的襲擊者的住處。

對於查到的復仇對象，夜隼派出熊悟朗等人下手砍頭，要他們「報仇」。

如果他委託的襲擊者，在眾人面前順藤摸瓜地被一個個揪出來，所有的人都被處刑，那就沒事了。然而最後只查到勘助頭上，出現了像善彥這類沒有曝光的人。

那些僥倖活下來的傢伙，要怎麼處置？

置之不理，直到他們被查到嗎？或是——夜隼想必會琢磨起來。琢磨之後，他決定那些沒被查到的人，就叫心腹百目「去宰掉哪裡的某某」，暗中除掉這些後患。

若是置之不理，難保他們會四處宣揚「我們在佐和村附近殺掉了鬼宮殿的盜賊」，可想而知，這將引發對極樂園不利的狀況。他想除掉所有的人，免得夜長夢多。

爲何夜隼的小弟百目沒有告訴任何人，私下襲擊善彥？

對於這個問題，這些是最合理的推測。

政嗣大人高傲的自尊心，或許可以說是他的優點，卻也是造成他苦惱的主因。

無論仇敵是誰，只要命令我去取那人的項上人頭，一般來說事情這樣就結了。然而政嗣大人不願意。政嗣大人的宿願，是憑一己之力打倒仇敵。這也是這趟旅行的目的。

政嗣大人認爲，要我代爲除掉仇敵是豈有此理之事，必須堂堂正正，報上名號，正面交手，才有意義。如果不照著這些規矩來，將會是他一輩子的污名。如果殺父仇人眞的是夜隼，熊悟朗等極樂園裡的男人，絕大部分都會追隨夜隼吧。因爲這樣才有利可圖。即使政嗣大人正面交手，他的刀子有可能碰到夜隼嗎？即便和夜隼對決，政嗣大人從來沒有在武藝會得勝過，他有辦法打贏精通武藝的夜隼嗎？

政嗣大人很聰慧。他肯定在思考這個問題。

不過尚未確定夜隼眞的就是仇人。

我對躺在房間瞪著天花板的政嗣大人說：「要怎麼辦呢？這樣下去，有可能錯失難得的線索。無論是否要殺掉他，都得先見那流民一面，問出詳情，否則難以釐清眞相。」

政嗣大人起身喝了水。

漫長的沉默之後，大人對我說：「金色大人，視情況，或許我會喪命。」

「萬萬不可，我不會讓大人送命。」

「只是可能而已。如果我死了，金色大人會怎麼樣？」

我作聲不得。

這是我一直以來盡可能不願意去想的問題，也沒有明確的決定。如果政嗣大人走了，我將何去何從？如果政嗣大人有子嗣，我應該會守護他的後代，但實際上並沒有。我能想到的選項之一，就是停止。在某處無人的山中停止，就這樣永遠下去。

另一個則是進行過去未能實行的閉幕，自我消滅。縱身躍入火山口等處，應該是最萬無一失的做法。若是遵從古老的律法，這也是正確的做法。但我無法憑自己的意志進行閉幕。其實，過去我多次探索過這個可能性，但唯有我奉爲主君的對象下令，我才有辦法這麼做。我無法僅憑自己的意志消滅自我。

至於其他出路，就是尋找新的主君嗎？但，要侍奉誰？

繼承天孫千代大人血統的家系，除了極樂園的家系之外，還有幾支，但最後一次交流是在約七十年前，此後幾乎斷了連絡，我也不認得旁支的長相。也覺得事到如今再去找他們，也沒有意義。

「我沒有想過會怎麼樣，大人希望我怎麼做？」

「我想要金色大人順著自己的心意而活。不是受人使喚，而是順從心意。你無所不能。」

「多謝大人關愛，但——」

政嗣大人接著說：「還有一件。這是我的關卡。眞正行事時，請你務必聽我的話。我已經決定要親手打倒殺父仇人了。並非結果才有意義，如何表現、貫徹那樣的信念才是最重要的。請你守望我到最後吧！」

4

隔天中午，我們前往武川河岸。

我穿著和服，戴著手背套，腳上穿著布襪，並以假髮和女鬼面具遮住頭臉，不露出半點金色表面。要找的人正從河邊的山路揹著木柴走過來。周圍沒有人。我對政嗣大人說：就是那廝。

男子看見我們，大驚失色。政嗣大人走近男子開口：

「你是紅豆村的善彥吧？我有話要問你，可以過來一趟嗎？」

「我就是善彥，你們是哪位？」男子訝異地交互盯著我和政嗣大人。

政嗣大人壓低了聲音：「是你去年找碴的鬼。」

男子放下堆著柴薪的背架，語氣轉爲嚴厲：「你是誰？」

「我不是說了嗎？」

「你們眞的是鬼宮殿的人？」

兩人互睨。善彥目光直盯著政嗣大人，後退了一步。

「別跑。你敢跑，我會宰掉你老婆和嬰兒。如果你隨我來，我就只取你一個人的性命，不會動你妻兒。」

政嗣大人面露凶惡的笑容。他並不適合這類恐嚇的言辭，但要對方聽話，只好演戲。

善彥大受驚嚇，接著用力握緊拳頭：「就是你放火燒我家，殺掉我的狗對吧？」

對於這個問題，政嗣大人窮於回答。當然下手的並不是他，卻同樣是極樂園的人。結果他沒有回答，只要對方一同前往無人的上游河岸。途中和其他流民擦身而過，但政嗣大人一瞪，他們便別開目光，匆匆離開了。

善彥默默跟上來。政嗣大人一邊走著，問道：

「我們在找命令你的夢龍。你知道他在哪裡嗎？」

「他說他是深山番所的官員。」

「沒有那種番所。」
「我就只知道這些了。去找別人吧。」
「那個叫夢龍的是什麼人？」
「我不知道。他突然出現找上我。」
「沒用的廢物。」政嗣大人咒罵。
「喂，山賊。」善彥毫不畏怯地回道。「我確實參加了討伐山賊的行動，但你居然知道我在這裡。我沒有告訴任何人那天的事。」
「你沒有告訴任何人？」
「對，沒有。你是從哪裡打聽到的？」
「路過聽到的。聽到你提起我們在找的夢龍這名字。」
我模仿夜隼的聲音，問：「你認得這聲音嗎？」
善彥身體一震：「你、你是……」
政嗣大人一臉驚愕地看我。我事前已經告訴政嗣大人，我能以和別人一模一樣的聲音說話，但他應該沒想到居然能如此完美重現。
我繼續用夜隼的聲音說：「我問你認不認得。如何？你聽得出在下是誰嗎？」
「你是夢龍嗎？」善彥茫然低語：
「你就是夢龍，我認得這聲音。我不可能忘了這聲音。什麼官員、番所，果然全是假的，你根本就是鬼宮殿的同夥嗎？」
政嗣大人和我對望了一眼。

夜隼的聲音和夢龍一樣。這是我們無比渴望、不動如山的鐵證。

政嗣大人擰起眉頭，滿臉苦澀，擠出聲音：「那可惡的傢伙！居然弄虛作假，陷害我父親！眞虧得你沒被除掉，活到今天。你是揭穿我殺父仇人的活證人，我會暫時留你活口，讓你派上點用場。」

政嗣大人額冒青筋，憤憤地說。他的身上彷彿散發出看不見的熊熊氣焰。

善彥一臉困惑，搖頭說：「我不會任你們擺布。夢龍，你聽好了，既然你不是官員，我不會再次受你利用。你們走吧。我跟你們無話可說。」

「既然如此，你不必受我們擺布，就在這裡上西天吧！」

政嗣大人拔刀出鞘。

太早亮刀了。我們還需要善彥。現在還不能斬了他。這樣不行——我這麼想。但政嗣大人事前已經命令我不得出手，因此我只能在一旁看著。政嗣大人也是，雖然受了激將法拔出刀來，看起來卻像苦於不知道該如何收場。

「政嗣大人。」

我踏出一步，出聲想要支援，但政嗣大人不耐煩地大喊：

「啊啊！我知道！你閉嘴看著！」

不管態度再怎麼強勢，對方只是個直到剛才都還在撿柴的流民，而且看上去手無寸鐵。

我點點頭，退到後頭。

「把刀放下。」善彥冷峻地說。

政嗣大人舉著刀子，硬生生地嚥了口唾沫開口：「喂，流民。一開始我打算殺了你，但——現在沒這個意思了。我告訴你，在這裡的不是夢龍，他只是模仿他的聲音。咱們打個商量如何？」

「把刀放下。」

「你怕嗎？聽好，這筆交易對你不壞。我可以給你錢。你先把你的性命，還有妻兒的性命放在天平上想一想。」

政嗣大人往前跨出一步。

「把刀放下——啊！」

善彥後退，一個踉蹌。看上去像面對拔刀的政嗣大人，驚慌失措，不小心踩到滑動的石頭。動作極為自然，一點都不刻意。就好像在說：啊，石頭不穩，河邊地勢不平。

善彥一陣踉蹌，卻朝政嗣大人倒了過去。

政嗣大人雖然拔刀出鞘，卻不立刻砍向善彥，閃身想躲。善彥配合他的動作一扭身子，「咚」地和政嗣大人撞在一塊兒，下一秒倏地離開政嗣大人。政嗣大人發出呻吟。

應該是藏在衣袖裡。

我目睹善彥手中握著沾血的雙刃小刀，啞然失聲。

政嗣大人右手按著肚子大叫，左手揮舞刀子，卻碰不到善彥。

善彥眼神炯炯地對著政嗣大人說：

「我警告過三次了，叫你把刀放下。山賊，你們只有兩個人？」

「金色大人！」政嗣大人發出絕望的呼喚。

——金色大人，拜託你。

善彥轉向我，擺出架勢。「女鬼，你到底是誰？目的是什麼？」

善彥往前踏出一步，我也順勢一口氣衝上去，使勁全力踢開善彥。

善彥身體旋轉著，飛到數間（註）之遠的山毛櫸樹。我有多少年沒有全力踢人了？即使在極樂園的武藝會，我也從來沒有來眞的。我筆直衝向善彥摔落的地點，一拳擊入倒地的他的胸口。

男人口吐血沫，當場斃命。

我立刻檢查政嗣大人的傷勢。他被刺中腹部，血流如注。是重傷。

我先用布包紮他的傷口。政嗣大人的眼中噙滿了憾恨的淚水。

「太大意了。」我慌亂地說。「沒想到那廝如此卑鄙。」

我沒能保護大人。明明隨侍在側，卻沒能保護大人。

這個事實不斷地在腦中反覆，責備著我。

一切的負面感情從政嗣大人身上離去，他的神情極爲平靜。

「沒有什麼卑鄙不卑鄙的，是我先拔刀的。結果我這輩子，沒能完成任何一件事。」

如果活動，會加速出血，性命難保。即使要將大人運到別處，從這個地點，到哪裡都很花時間。縱然找大夫診治，這傷勢也不可能有救。

我認爲待在此處就好了。這裡就是結束之地。

我一直在政嗣大人的臉上看著他的祖先、一路以來我所侍奉的代代主君。幽禪家的千代大人，從她的兒子到數代以後的剛毅大人，每個人都有一小部分活在政嗣大人當中。政嗣大人對此一定毫無無自覺。他甚至疑惑爲何我要侍奉他。

註：間爲日本傳統距離單位，一間爲一・八一八公尺。

他們一族的軌跡，就是我的人生。

「金色大人，雖然遺憾，但復仇一事結束了。我說過，你接下來就順著自己的心意而活。」

政嗣大人平靜呢喃。

政嗣大人是千代大人，是剛毅大人，是他們血族的每一個人。

這一切的結束居然來得如此輕率？

我茫然自失。

「逆臣夜隼——」

要殺了他嗎？

「金色大人想怎麼做，就怎麼做吧。你的人生是屬於你自己的。」

政嗣大人長長嘆了一口氣。

「一直以來，辛苦你了。從家父、祖父、曾祖父，我們代代血族，若無月神的護佑，不可能存續至今。金色大人，我感激不盡。」政嗣大人苦笑。「最後是這樣一個落魄沒用的傢伙，實在美中不足。哪天你回去月亮以後，請把它當成一樁笑談吧。」

杜鵑啼叫著。

政嗣大人忽地喃喃：

「有樹皮的清香。啊，這種日子，眞想烤香魚來吃。」

不久，政嗣大人閉上雙眼，昏睡過去。

我們在河邊待了二刻左右。

突然一道尖銳的呼嘯聲響起，箭插在我近旁的地面。

我站了起來。對岸的樹木後方，一個女人殺氣騰騰地拉弓瞄準這裡。

是善彥的妻子——美雪，或是紅葉。應該是擔心砍柴的丈夫遲遲不歸，過來查看。來這裡的途中遇到的流民可能告訴她，你丈夫被兩個古怪的傢伙帶走了。

女人所在的對岸堤防，位置相當棘手。我沒辦法留下垂死的政嗣大人，追到對岸。

「那個男人的妻子朝這裡射箭。怎麼辦？要離開這裡嗎？」

政嗣大人沒有醒來。

還是殺了她？但如果政嗣大人剛才對善彥的保證——你跟過來，就不傷害你的妻兒——還算數的話，這等於是毀諾。政嗣大人最重誠信。我判斷暫時靜觀其變比較好。

我站在政嗣大人和女人之間。

女人下一支箭朝我的胸口射來。我用右手抓住飛來的箭。並高舉手中的箭。

女人睜大眼睛，倏地躲到樹後。也許認爲一個人打不過，找幫手了。

我決定離開此地，揹起昏睡的政嗣大人，走了起來。

5

政嗣大人全身無力地癱在我身上。

我想起政嗣大人還是可愛的桃千代大人時，我經常像這樣揹著他，在極樂園周圍漫步。

日落時分，政嗣大人在我的背上嚥下最後一口氣。

我服侍的歲月宣告結束了。

政嗣大人已經命令我，在他死後，不要葬在一族的墓地，而是當場隨便找塊地方埋了。應該是認爲倘若葬在極樂園附近的一族墓地，會被殺父仇人的夜隼得知他已死之事，這令他心有不甘。

我暫時將政嗣大人安置在河邊的洞窟。

到了四下一片漆黑的夜半時分，我走下流民聚居的河邊。

黑暗中，處處浮現流民生起的火堆。我在一塊大岩石後方坐下，避免被發現。

我靜靜地側耳聆聽。目的是探查善彥之妻美雪的動向。我已經不打算殺害美雪了。除了關係到主君的危機或是命令，原本我就不好殺生。但如果她打算召集夥伴，與我一戰，我必須先得知她設想出什麼樣的計謀。

我豎起耳朵，聽見各式各樣的聲音。

每個人都在談論今天的事。

出現兩個貌似賊人、凶神惡煞的傢伙。一個還很年輕，另一個戴著面具，模樣極爲詭異。善彥慘遭殺害。善彥受到許多流民喜愛。這些流民大多都是紅豆村的同鄉，而且善彥會用陷阱或射箭捕來獵物分給眾人，大家都很感謝他。得知善彥的死訊，也有人哭泣。

爲什麼他會被殺？是惡徒殺死他的。爲什麼會有惡徒跑到這裡來？

在這些對話中，對美雪的責難此起彼落。

——喏，那個說是從妓樓逃出來的女人，是不是全是她引來的？那些衰事，都是善彥收留了那個穿漂亮衣裳的女人之後才發生的。

他們不知道善彥與襲擊極樂園首領之事有關，竊竊私語地討論著善彥若是被地痞流氓所害，除了是跟妓女有關的麻煩之外，不可能有其他原因了。

本以爲美雪正匆忙準備爲夫報仇，沒想到她坐在流民們的角落邊，靜靜地抱著孩子。孩子是年約一、兩歲的女孩，睡得很香。這若是常人，在黑夜中肯定什麼都看不見，但我在黑暗中看得一清二楚。美雪的臉上有淚痕，疲憊不堪、受傷難過。

在任何一個村莊，老資格的就有地位，新來的總是任人踐踏。同時村莊比什麼都更重視門戶。美雪是村裡資格最淺的新人，光是引人注意就會招來非議，不可能找到同伴幫她。

我放下心來，準備乘夜離開河邊。

正當我站起來，橋的另一邊出現三名戴烏帽子、一身黑衣的少年。似乎是武家子弟。應該尚未元服，但腰間佩著刀。三更半夜的，武家的小孩跑到流民群居的河邊做什麼？還是美雪找了武士要來征討我？我停住動作，決定觀察。

三名少年走到火堆附近，對其中一個流民說話，叫出臭溝爺——流民稱爲次郎伯的男子，準備殺了他。然而動手前刻，一名少年被黑暗中傳來的奚落聲所激，衝進黑暗，胡亂砍殺流民。

他們抱著好玩的心，砍殺流民。

新三郎、駿平，他們如此互稱。也有一名少年抓著出鞘的刀子衝向我這裡。

我站在原地，不知該如何反應，結果少年一發現我，便「哇」地大喊，拿刀刺上來。

我躲開那一擊，撿起一塊石頭。少年更加瘋狂揮刀。我用撿起的石頭擋下了少年全部的攻擊。每次擋下，石頭與刀子便爆出火花。少年實在太慌，毫無刀法可言。是單調而毫無意外性的鬆散攻擊。若非現在是太平之世，這樣的身手，兩三下就會斷送了年輕的性命。

「你！你！你是什麼東西！」少年喊叫著。

這是我要說的話才對。

少年繼續攻擊，我以石頭擋下。

「你才是什麼人？先報上名字才是禮數吧？」

我用石頭接住少年大大的一揮，刀子彈落地面。少年按住手腕呻吟，應該是被震麻了。

「報上名來。」我再說了一次。

面對擋在前方的武者，只有殺掉一途。對於善彥那種危害主君的人，我也毫不留情。但對於突然冒出來的素不相識孩童，是否該殺令我躊躇。

「無名之子，你想要沒沒無名地死去是嗎？我可以動手殺你了嗎？」

我問，少年尖叫一聲，大喊：「我認輸！饒了我吧！」拔腿就逃。

我聽見別的少年在遠處叫他：「喂，小重！那傢伙是怎麼回事？你還好嗎？」

我感到無比的空虛。

留下騷亂的現場，就此離開。

6

天亮後，我回到安置政嗣大人遺體的洞窟。我在那裡暫時休息。接下來完全束手無策，只是任由時間流逝。偶爾會出現熊和貉子，但都被我發出的聲音嚇到，逃走了。我在那裡待到政嗣大人化成白骨。而他化成白骨後，我仍在原地。

政嗣大人變成了極輕盈、極乾燥的白骨。

陽光偶爾照進洞窟時，我會出去曬太陽，天黑後再回到洞窟，靜靜坐著不動。

季節眞的很有意思。

秋季，太陽不斷失去力量，山慢慢陷入沉默，葉子染上金黃、鮮紅，同時落盡。冬季，彷彿死亡逼近。然後是凍結的寂靜。緊繃的空氣一點一滴舒張。接著冰雪開始溶化，新芽冒頭。

接下來的新綠極盡耀眼。季節遞嬗多回。

有一次，幾名男子探頭看洞窟。他們發現我，慘叫：「有怪物坐在裡面！」逃之夭夭。

我心想萬一被人發現，就萬事休矣了，將政嗣大人的遺骨蒐集起來，用布包了走出洞窟。

我無處可去。

我望著政嗣大人的骷髏頭。

骷髏頭沉默著。

骷髏頭悄悄地潛入我的心。

死者有辦法成爲主君嗎？

體察死者的願望，繼承其遺志。

每次想到這件事，思考便彷彿掉入護城河裡，失去出口，不停打轉。即便成爲死者的侍從，政嗣大人也未曾交代要我永遠守著遺骨，也沒有命令我爲他復仇。他叫我照著心意而活。

主君命令我照著自己的心意而活。

這是最困難的命令。或許我應該與夜隼對質，並懲罰他。

如果有人命令，我應該會這麼做。然而剩我一人，我開始覺得特地前去殺害什麼人，實在是一件苦差事。我天生應該就不會自發性地殺人。

潛進我心中的骷髏喃喃細語：

——這樣就對了。金色大人，順從你的心意，順從你的本意。

不久，我經過離開村落隱居的老人們居住的小山村，鎮坐在應該是以前的修驗者興建的山谷間的祠堂裡。我將政嗣大人的遺骨放入壺中，安置在祠堂地板下。那裡是極深的山中，頗爲清幽。女鬼的面具已經破爛，衣物變得襤褸，我將它們全丟了。

在這裡暫時思考一下往後的行動吧。我這麼想。

思考散漫地過了一天、兩天、一個月，季節又變了。

有時會有人不知道從何處過來，對我膜拜。來的人很少，而且每個人都恭敬有禮，因此我決定繼續觀望。如果只因爲被人看見就離開，我只能永遠漂泊。我結論：他們是無害的。即使看到我也不會大驚小怪。

他們會帶花瓶過來，插上鮮花，打掃祠堂，或帶來毛皮。他們把我當成了神，或是降臨人世的菩薩。在極樂園，我受到的待遇也差不多，我已經習慣被人如此看待。

有時我們會對話。他們大半都是老人，實際與他們交談，內容頗爲悠閒。

「金色大人的身體眞是神聖啊。」

「我是從月亮來的。」

「我給您泡了茶。」

「我不喝茶。」

「月亮是怎樣的地方？上面有兔子嗎？」

「我記不清楚了。畢竟已經是三百年前以上的事了。應該沒有兔子。」

最後，我會要見到我的人答應不說出去。

沒有霧的日子，我會走出山谷間的祠堂，爬上山看星星。

在掉落著許多碎瓦礫的山頂，看星星直到天亮。

一旦在這裡安頓下來，這數百年間的事，就宛如黎明前的夢境。我感覺到終結。

我覺得自己坐在遠離塵囂的此處，正緩緩同化為大地的一部分。

十幾年流逝，那名姑娘來了。

7

姑娘年約十四、五歲。到這裡來的幾乎都是老人，因此看到這名太過年輕的姑娘，讓我感覺相當奇妙。姑娘自稱遙香。

遙香一看到我就昏倒了。我用毛皮將她裹起來，待她醒來，餵水給她喝。她向我訴說。她是河邊的流民之子，因爲殺了人而離家出走，無處可去，進入老人的聚落，聽到這裡有神，而來到此地。

神啊！

她跪倒在我面前，然後遞出一把刀。

「神啊，如果您知道的話，請告訴我。我爹在哪裡？我娘是誰殺的？」

寬文新刀的佩刀。刀紋上的凹痕、刀柄的花紋。

是十四年前武家的孩子握在手中，被我擊落的刀子。

我對人是過目不忘。雖然成長改變了她的形貌，但我認得出來。

再說，當時河邊的流民中，年紀相當於現在的她的女孩，就只有一人。

邀天之幸，她居然活下來了。

我心中深處的骷髏頭以政嗣大人的聲音細語：

——若論責任，責任在我們身上。盡你所能，幫幫這姑娘吧！

我對她說：你爹已經死了。人是我殺的，應該埋在武川河邊的堤防一帶。你娘我不知道是誰殺的。但這把刀我見過。如果你說這是仇家之物，這應該是武家之子的刀子。

那人以前叫做小重。

斷章　雪女玉殞（一七三二）

黎明造訪了河川。

美雪正在給眞子哺乳。

那可怕的三個瘋子已經離去了。他們見人就砍。

周圍陳屍累累。屍體當中，也有認識的臉孔。

聽到丈夫被人帶往上游，美雪直覺鬼宮殿派刺客來了。她揹著弓箭趕往上游，躲在堤防的樹木後面觀看，見到兩名男子。一個是戴女鬼面具的男子，一個她認出是半藤剛毅的兒子政嗣。

太晚了。一切都結束了。

政嗣倒在地上，女鬼面具男子跪在一旁。丈夫善彥倒在距離他們數間遠處。

美雪在憤怒驅使下射箭，但面具男子一伸手就抓住了她射出去的箭。她第一次看到有人能辦到這種事。肯定是高手。美雪暫時撤退，待兩人離去後，奔向善彥身邊。

善彥已經氣絕了。胸膛被打爛，口邊染滿鮮血。

美雪天黑前將他葬在堤防。善彥向來受人喜愛，也有人爲他流淚。

可怕的劫難之日卻未結束。入夜，可惡的年輕人跑來砍人取樂。美雪覺得置身在永無止境的地獄裡。她受夠這一切了。她只是抱緊女兒，默默屏住呼吸。

天色剛亮起，河邊就陷入騷亂。

幾名流民站在美雪面前。和她要好的阿仙站在後面。

他們的代表這麼說了：

我們現在就要離開此地。昨晚攻擊這裡的小鬼們，應該是武家子弟，但不清楚他們的身分。他們已經回去了，但或許今晚還會再來，也有可能今天就有官差過來。所以我們要去別的地方。但我們不希望你一起來。

你——我們就打開天窗說亮話吧——你是個瘟神。

那兩個古怪的惡徒會殺掉善彥，追根究柢，都是因爲善彥收留了你，不對嗎？那兩個惡徒是衝著你來的吧？戴烏帽子的三個小鬼半夜襲擊這裡，也有人說是你帶來的厄運。

是還是不是，你的說法不重要。重要的是，每個人都這麼想。

有你在的話，或許又會有壞人出現，又有人遭遇不幸。我擔當不起。

每個人都反對帶你一起走。也有人說要吊死你。阿仙說你不是壞人，拚命替你說話，說你只是個不幸的姑娘。或許是，或許不是，但看在阿仙的面上，我們就不追究了。

以後你一個人過吧。

接著，一群人魚貫離開。

河岸邊，昨晚的屍體被棄置原地，有些屍體由親人草草葬在堤防。

自己還有一點存糧。但撐不了多久。美雪盤算起來。要去城下乞討維生嗎？但現在正值饑荒，到處都是一群又一群的流民。有辦法依靠他人的施捨過活嗎？值得存疑。

美雪實在是累了。

她鋪了草蓆，在急就章的床上昏昏沉沉地打著盹。

眞子在附近堆石頭玩耍。人都不見了，似乎讓她覺得很奇怪。

不久，起了大霧。美雪想，地獄的三途川是否就是這副景象？她疲倦無比。稍一疏忽就要昏睡過去，但放不下眞子。她睡覺時，眞子曾一個人跑進河裡，差點被沖走。

霧中有人現身了。是男人。兩個。

兩個都是紅豆村的人，美雪認得他們的臉，但無法明確地想起名字。因爲平常幾乎沒有機會交談。對美雪而言，他們誰都不是，只是同村的無名小子。

應該所有人都離開了，他們兩個爲什麼回來？美雪納悶。

他們走到美雪面前，橫眉豎目，破口大罵。

說是氣不過、說都是她害的、說親友無端被殺，都是她這個瘟神害的。

這兩人折返，似乎是因爲如果不對她發洩一番，實在是無法甘心。

美雪沒有力氣反駁三名武家子弟與她無關，或是安撫他們，讓他們冷靜下來。疲勞麻痺了她的腦袋。她只想要休息。臉頰遭到掌摑，但她只感到模糊的痛。

接著被踢了。

美雪在唾罵中閉上眼睛。

看看這女狐狸的臉，她根本沒在反省！她聽到罵聲，卻沒力回應，聽之任之。

但得把他們趕走才行。美雪想。

爲了眞子，爲了安睡，爲了我們的安全。

美雪睜開眼睛，抓起石頭站起來。

「你們夠了沒！」

怎麼，這傢伙想跟我們對幹？一名男子舉起撿來的刀喊著：「瘟神，你一條命還不夠抵昨晚死人的命！」朝她砍來。

身體一陣衝擊。

眼睛盯著河川的流水。

聽見的只有潺潺流水聲。

無名小子們已經不見了。

她知道自己在流血。

美雪想起兒時不知道在哪裡聽到的搖籃曲。歌曲在腦中一再反覆。

是誰為我唱這首歌的？是娘嗎？

留下的只有聲音和歌曲，已經想不起娘的臉了。

閉上眼睛——再次睜眼時，眞子就在眼前。

娘，你怎麼了？是這樣的表情。

美雪把手伸向眞子，將她一把緊緊摟抱住。

啊，太好了。你平安無事，沒遇到可怕的事。太好了。太好了。

最後看到的是這孩子，太好了。最後能緊緊抱住這孩子，太好了。

娘做錯了。娘對不起你，眞子。

娘本來想要給你更多更多更多更多東西的。

五月的風拂過河邊。森林嘩嘩作響。

視野漸漸模糊。

誰都好。請救救眞子。

光采從美雪的眼中消失，沒多久眞子便哭起來。

這是離剛進入祖野新道家當下女不久、才二十多歲的初枝現身不久前的事。

破曉之風（一七四七）

1

「小女子再無所失。」

熊悟朗望向額頭抵在榻榻米上的遙香。

「再無所失，所以呢？鬼宮殿和這種在藩的公認下經營的遊廓不同，那裡是無法之徒的根據地。一旦進去就無法活著出來。就算你像今晚這樣滔滔不絕地自述身世，也不會有人同情你，只會直接把你殺了省事。」

遙香不肯抬頭。

熊悟朗接著說：「死了又能怎麼樣？至少——比方說把你養大的養父，還有你那個同心的丈夫，他們會希望你自己跳進虎穴，被老虎給咬死嗎？」

如果這姑娘的母親是紅葉，紅葉會希望女兒進入鬼宮殿嗎？

不可能。

遙香再次抬頭：「藩完全沒有要派人搜索失蹤的藩士。即使只有萬分之一的可能性，或許外子是被抓去鬼宮殿了。」

熊悟朗打斷她：「即使和鬼宮殿有關，他們抓了藩的武士，又何必留他活口？只是自找麻煩，毫無益處。你那個同心的丈夫是個男子漢大丈夫，倘若還活著，就會回來，如果已經沒命，就不會回來。只有這兩個可能。而既然沒有回來，那答案已經很清楚了，是吧？」

遙香再次將額頭抵在榻榻米上：「這我都清楚，即使外子已經死了，死也要見屍。」

熊悟朗嘆氣。她不可能聽得進去。就是聽不進去才會這樣要求。

「金色大人跟你是什麼關係？」

在金色大人的引導下，認識了同心——是僅交談短暫片刻的關係嗎？或是更深一層的關係？

遙香抬頭微笑：「我在瀑布上面的祠堂遇見了金色大人，金色大人是引導我邂逅外子的神明。我們的關係僅止於此。」

遙香的身體迸出許多撒謊的火花。

「金色大人那裡有沒有一個男人？」

「男人？」

「叫政嗣這名字。不，或許改名了。總之年紀約——是啊，如果還活著，約是三十出頭。」

「我遇見金色大人的時候，大人只有一個人。身邊沒有別人。」

「這樣。」

政嗣或許已經死了。

遙香抿嘴一笑：「如果懇求，或許金色大人會願意陪我前往鬼宮殿。」

「哦？」熊悟朗混亂了。會嗎？那個月神金色大人會陪伴這種小丫頭嗎？更重要的問題是，這姑娘知道金色大人和她在找的鬼宮殿的首領關係密切——不，視情況，或許比首領更尊貴嗎？

「好吧。」

遙香的臉色亮了起來。

「那——」

請帶我去。

「從街道往佐和村走，有一處叫六地藏鹿原的原野。那片原野只有六尊地藏像，此外空無一物。七天後接近正午時分，鐘響四聲時在那裡等我。不許帶藩兵來。不只是士兵，也不許帶男人來。如果不遵守，就不會有人現身。」

面談結束。

走出信濃屋玄關時，天色已經泛白。剛好遇上破曉。

「我已經交代遊廓看大門的讓你出去了。」

遙香深深行禮。

「那麼，七日後見。」

女子離去的背影變小時，一道人影從柳樹底下冒了出來。

雖然只見到背影，但從紮起的頭髮和衣物、衣帶看得出是個女人。女人和遙香相偕離去。

那是誰呢？

總不會是咱們的遊女。是女侍，還是朋友嗎？倘若她事前囑咐等在那裡的朋友，如果到了早上她都沒有回去，就趕緊呼救，那麼她真的滴水不漏。

陪同的女子步態有些故作柔媚。

兩人拉開一點距離，並排在一起，彎過轉角，從熊悟朗的視野中消失了。

2

熊悟朗回房後，抱起胳膊尋思起來。

下女送早膳過來。醬菜、山菜、白米飯和味噌湯。

「大老爺，昨晚談得如何？那位美女會成爲我們店裡的姑娘嗎？」

「她剛走了，說只是來跟我談談。」

「咦？她的話，一定能吸引到不錯的客人啊。」

「她很有意思。她說了很奇妙的事。我跟她約好再見面。」

「她說了什麼？」

熊悟朗歪頭：「眞怪，像這樣到了早上，竟想不起來到底說了些什麼。到底聊了什麼呢？辛苦你們準備早飯了，不過端下去吧。我整晚沒睡，得去睡一會。」

下女端走早膳。

一會兒後，紙門打開，下女說鄰室已經鋪好被褥。

熊悟朗吩咐在他醒來之前，不許任何人來打擾。

靜下來後，他閉上眼睛。他需要時間思考。

當然，只要他有那個意願，帶遙香去極樂園，也就是鬼宮殿，是輕而易舉之事。

帶城鎭裡的女人去玩，當然是觸犯禁忌的，但今天熊悟朗的身分是舞柳遊廓創立者，只要他有理由，就算有些強人所難，也能稱心如意。但他有意願就辦得到，並不代表他想這麼做。

最重要的是，遙香是意圖捉拿匪賊的官員之妻。如果帶遙香過去，又讓她活著回來，等於是告訴藩的奉行所，過去只是幻影的鬼宮殿眞實存在，並指點去路。即便遙香答應絕對不說出去，這樣的保證不足以信任，鬼宮殿也不可能同意。

同心之妻，就是鬼宮殿之敵。

然而她說「我是鬼宮殿的敵人，但還是請和鬼宮殿關係匪淺的大老爺帶我去他們的根據地吧」，這簡直太離譜了。不，這反倒是——

熊悟朗漫不經心地望著遮雨窗板外射進來的晨曦。

反倒是在挑釁。

不，實際上不是嗎？還是來掂掂我的斤兩？

她是在問：我是鬼宮殿的敵人，老大爺又是站在哪邊的？

遙香背後另有幕後黑手嗎？

譬如，或許藩正式在擬定奇襲鬼宮殿的計畫。可能是在事前來打探舞柳遊廓的創始人事到臨頭可能會如何行動。站在藩的立場，應該不希望毀掉上繳高額稅收、並提供藩士娛樂的舞柳遊廓，但也許認爲鬼宮殿對他們沒有利益。

但如果遙香和藩勾結，談話期間，應該會迸出更多撒謊的火花才對。

先不論這些，重要的是遙香遇到金色大人這件事。

箕輪山爆發那一年，少主和金色大人離開了我們，一直生死未卜。據遙香說，少主似乎不在金色大人身邊，但假設兩人歸來，該如何應對才好？如今，鬼宮殿已全由夜隼把持。此事必須緊急寫信通知夜隼才行。

熊悟朗發出呻吟。必須考慮的事情太多了。

他想著想著，被睡魔拖進了夢境當中。

他夢見了少年時代。

層巒疊嶂之外，紫雲繚繞。帶紅的陽光傾灑而下。

眼前有個女童，穿著染紅的衣裳，應該是西陣織，繫著金線織花錦緞腰帶。

是紅葉。紅葉拋出繡毬。

——我來見你了，熊悟朗。

熊悟朗接住球，丟了回去。

不知不覺，自己的身體變回了小孩。

兩人一同遊玩，捲起了地上或紅或黃的落葉。

紅葉笑著說：

——熊悟朗，原來你過得這麼好。

——紅葉姐，你在哪裡？

紅葉悲傷搖頭：

——我不在這裡了。我只能在夢裡來見你。對了，你昨天見到我女兒了吧？

熊悟朗點點頭。

——她果然是紅葉姐的女兒？

——很像我，做事莽撞。

——我該怎麼做才好？我怎麼想都不明白。

——你有你的立場。再說，小熊本來就不擅長動腦嘛。
紅葉調皮地說。她的身體輕飄飄地浮上空中。
——你會死。
——我不會輕易死掉。我比別人更貪戀性命，所以我才能走到今天。
——這回可沒法如此了。你最好別小看我女兒。
——紅葉姐站在哪一邊？
——當然是我女兒這邊啊，笨蟲。
紅葉飛走了。只留下聲音。
——人生中發生的一切，全是神事。做好覺悟吧，熊悟朗。
醒來時已經傍晚。
熊悟朗走下階梯。一如平常，人聲鼎沸。他從忙著化妝的遊女身後探頭看鏡子。
「喔，大老爺，您這樣會害人分心，不能化妝啦。」鏡中的遊女挑起左眉說。
「沒事，只是覺得眞是老啦。」
「大老爺說人家嗎？」
「不，說我自個啦。你可是咱們店裡的活招牌。」熊悟朗離開鏡前。
他正在和遣手婆談工作，部下的相幫過來了。相幫是個十八歲的年輕人，相當細心機靈。
「如何？」熊悟朗把相幫帶出外頭問。
遙香離開舞柳遊廓時，他命令這名相幫尾隨。
「抱歉，我追丟了。那女人是何方神聖？」

「告訴我詳情。」

相幫道出經過。

兩名女子一同走在路上。

相幫拉開一些距離跟在後頭。兩名女子只看得到背影，看不到臉。

兩人來到岔路，在那裡分頭走進不同的路。應該要追的女子——也就是在信濃屋面談的女子走向前往城下的路，而在途中會合的高個女子，則是走向通往寺院的路。

相幫跟上熊悟朗命令他追的女子——走向城下的女子。然而沒多久就追丟了。是在朝霧彌漫的杉林裡追丟的，或許是在哪裡被她躲掉了。道路前方是城下，相幫認爲繼續走下去，應該可以看到女子，因此便順著路前往城下町，卻終究沒能再發現女子。

相幫說：「我認爲她一開始就發現有人在跟蹤。」

「我想也是。嗳，沒辦法。」

爲時已晚，但或許應該追高個女子。

比起遙香下榻何處，他對於和她一起的女子是誰更感興趣。

「依你看，那兩人是什麼關係？」

「朋友嗎？其實，高個女子也像保鏢。」

「女保鏢？」

「怎麼說，距離抓得絕妙，一直守在一有事就能立刻保護的位置上。就我看到的，兩人完全沒有聊天嬉鬧的模樣，所以才會這麼感覺也說不定。高個的那個走起路來扭腰擺臀的，但看起來也有些假惺惺，搞不好其實是個男人……不，抱歉，我不敢確定。」

熊悟朗點點頭。

這小子很能幹，連一點不對勁都報告上來了。

他對女子說，七日後在六地藏鹿原見。那個女保鏢也會來嗎？

還有七天。太多事情要辦。

8 隨侍在側（一七四六—一七四七）

黑暗中，將手放在沉睡的男子胸口。
遙香靜靜感受著他的心跳。
這已經是第幾次了？
應該殺了他嗎？還是饒他一命？
柴本嚴信。
殺母仇人。

1

在瀑布上的祠堂，金色大人先聲明不一定就是如此，說出母親的仇人名字。
小重、新三郎、駿平。然後，殺死你爹的就是我。
遙香整個人呆了。緊接著，無數疑問湧上心頭。
「眞的嗎？」
「對。」
「爲什麼、爲什麼金色大人……會認識我爹？」

「說來話長。知道的事，我永遠不會忘記，因此很清楚人與人之間的關係。」

「我爹是什麼人？」

如果這是眞的，遙香想要知道。

爹，還有娘，他們是什麼樣的人？金色大人怎麼會殺了爹？

遙香聽到了詳情。

金色大人的敘事非常奇妙。一般人說起十幾年前的事，一定都有模糊不明的部分、摸索記憶的空檔、改口修正、重複等遲滯，金色大人完全沒有。彷彿一切都剛發生，並已整理得井井有條，隨時都能說明。

深山裡眞的有鬼宮殿，是山賊的根據地。宮殿在進入德川治世時就已經存在。金色大人從一百五十年前以上的古代就住在宮殿裡，侍奉首領家族。遙香的母親在幼時便被抓到宮殿，在那裡過著娼妓生活。冬季的某夜，她精心預備，神不知鬼不覺地逃離了宮殿。

聽起來就像童話故事，但眼前就是全身覆蓋著金色鋼鐵般的人物，因此遙香並不感到懷疑。

「我娘有什麼必須逃走的理由嗎？」

「我不知道。她融入宮殿裡的生活，和所有人都處得不錯。」金色大人說。「一般在冬季逃脫，是死路一條。在宮殿裡的人當中，你娘或許也是個奇女子。」

「金色大人早就察覺我娘逃走的事嗎？」

「不，我沒有察覺。對於那裡的女人，我向來不太關心。我一直以爲她死了。後來在河邊看到紅葉時，我很意外。」

金色大人說，會選擇在暴風雪的日子逃脫，應該是認爲宮殿不會在這樣的天候派出追兵，同時她能活著下山，肯定是做好萬全準備。母親九死一生，在金色大人不知道的情況下，結識了父親，一同生活。後來箕輪山爆發，鬼宮殿的首領和數名幹部遭到伏擊。首領喪命。而父親參與了這場伏擊。鬼宮殿的人逐一找出伏擊首領的人，加以處刑。

首領有個獨子，名叫政嗣。政嗣找到父親，兩人發生打鬥。但父親在金色大人面前殺害政嗣，金色大人當場殺死了父親。金色大人失去了侍奉的主君政嗣，無處可去。

遙香不斷追問，問到再也沒有問題，金色大人也知無不答。

一直以來，父母都是無形的存在，她只知道他們是紅豆村的流民。不，連他們是否眞的是流民亦不清不楚。現在，他們有了清楚的人生。兩人就像傳說故事中的英雄。母親隻身一人，在猛烈的暴風雪中逃出惡鬼城塞。父親認識那樣的母親，挺身對抗惡鬼，甚至滅掉了首領一族。

太令人驕傲了，遙香想。

「我爹打贏了，對吧？」

聽到遙香的話，金色大人靜靜說：

「對任何一方，都沒有勝敗可言。」

如今回想，那場打鬥，只是不同立場的人，做出他們認定非這麼做不可的事情罷了。包括你爹刺殺政嗣大人那一刻，在每一個瞬間，應該都沒有想到勝負問題，我們也是一樣的。

「金色大人現在也是鬼的同伴嗎？」

「不。我現在沒有同伴。我只有一個人。」

遙香走下山谷汲水。

陡峭溪谷的水流速很快。

遙香抱定死掉也無所謂的心態來到這裡，但她逐漸改變心意了。她餓得受不了。父親生前是個怎樣的人？是怎麼死的？她已經很清楚了。但奇妙的是，對於金色大人，她沒有憤怒。那是彼此廝殺的結果，她不認為錯在任何一方。而且金色大人已經和鬼宮殿劃清界線，毫不隱瞞地把一切告訴她。

值得憤慨的對象有兩個。

一個是疑似殺死母親的武家子弟。

從金色大人的話聽來，這三人和父親與金色大人的打鬥不同，沒有冠冕的理由，而是砍人取樂。只因為對方是無力的流民。連抱著稚兒的母親都殺了。

絕對饒不了他們。

還有一件，鬼宮殿也不能放過。

從村裡抓來女童，當成自己的女人養大，再把她們當成娼妓賣掉。滲透各方面，發揮影響力，承攬殺人委託，參與一切惡行。

「你要報仇嗎？」金色大人問。

遙香以為他是在問那三名武家子弟。

她點點頭：「我要報仇。如果我不做——誰來制裁他們？就聽到的來看，那實在是天理難容的惡行。一想到我的爹娘，更是心如刀割。謝謝您告訴我這麼寶貴的事實。」

掉在母親身邊的刀是小重的。金色大人聽到的另外兩人的名字是新三郎和駿平。如果他們還活著，應該都是大人了。

「我來幫你吧。這是我的意志。」

昏暗的祠堂裡，金色的身體散發出幽微的光。

「您願意幫我？」

「是的。倘若你第一個要滅掉殺父仇人的我，我會將其視爲我的閉幕。」

「閉幕……」遙香喃喃。

意思是，如果我要殺死金色大人，他不會反抗，會默默束手就死嗎？

遙香閉上眼睛，側耳聆聽吹過山谷的風聲。氣溫正在下降。遙香把毛皮拉近身體，裹住身子。

遙香湊到金色大人身旁。這個人——不，他不是人——在這間寂寞無人的祠堂裡，一坐坐了十幾年。她實在無法理解，但也許厭倦活下去了。

「我可以摸你嗎？」

「可以。」金色大人說。

遙香把手放在金色大人的胸膛上。

她並不是要以手上的力量將金色大人送至另一個世界。

她藉由觸摸可說是人的靈魂火焰之物來瞭解那個人。她很好奇金色大人是什麼人？

她摸索胸口深處的光輝。

視野暗了下來。

金色大人的身體變得模糊，消滅不見。祠堂的牆壁和天花板也消失了。

世界變成一片漆黑，僅剩下她和她面前的光輝。

與過去她觸摸過的人的光輝都不同。

以前她摸過的是火焰般的光輝，但這是雷光。

是蒼白的光輝。

遙香覺得，金色大人果然來自與她所知的生物不同的世界——月亮的世界。

「你有奇妙的力量。」光輝之物說。

「像這樣做，我就可以稍微明白。」

「你明白我嗎？」

明白。當然只有一丁點，但遙香還是從這罕異的光輝中窺見一斑。

遙遠的古時。不知道是誰的青年。與這裡截然不同、無法形容的世界。高聳入雲的神聖建築物。並非泥土的道路。被神祕的塗料所塗滿的世界。沒有牛馬牽引卻能進前的車。飛越天空的乘坐工具。她還看見了不同的景色。這回是她所熟悉的世界。穿和服的少女。像少女兄長的少年。神情溫柔的中年男子。拿著形狀奇妙的長槍的男子。是哪裡的領主的大宅嗎？

一家人。

現在已不存在的一家人。

「我是活的嗎？」光輝之物問。

「你是活的。」

「太好了。」

遙香把手從光上移開。

房間恢復明亮，金色大人從閃電的結晶變回原本的黃金人。

「如果我說我不打算復仇，會怎麼樣？」

「我會坐在此處，進入漫長的睡夢。你可以回家。或許這樣才是最好的。無論是敵人還是自己人，遲早都會融合爲一，雙方的子孫結爲夫妻，創造新的世代。」

一段沉默。

「如果您願意幫我，請您幫我吧。這樣的話，我可以原諒您。」

「好的。那麼，我們要彼此發誓，連繫彼此的靈魂。」

金色大人說完後發出三次「咚叮」的聲音。

咚叮、咚叮、咚叮。

遙香歪起頭來。她從來沒聽過這麼神祕的聲音。

彼此發誓。發誓是指……？

「所謂發誓——」

金色大人說了。

所謂發誓，是我們雙方的約定。

我的誓約，是絕不背叛你、聽從你的要求、守在你身邊。

我已經發完誓了。

從今以後，我將爲你赴湯蹈火。

請相信我。接下來換你了。

誓約是內在的。你可以說出來，也可以在心裡說。你絕對不能自殺、不能輕易放棄生命。無論是否報仇、無論事成不成，都要活到生命燃盡的最後一刻。

你要這樣發誓。

因爲，我不打算追隨壯志未酬，便自己畫下句點的人。

遙香出聲發誓。金色大人說不必說出口，但她認爲如果不說出聲來，發誓就不算數了。

「發完誓，肚子就餓了。」

「叮咚」，金色大人體內發出聲音。

「那麼，我們下山吧。」

2

兩人離開了祠堂。金色大人走在陡峭的溪谷小徑上。

他完全就是個黃金人，遙香擔心這樣一個人下去城鎮，可能會引發騷動。

遙香的肚子咕嚕咕嚕叫起來。

「我記得之前在這前面有死老鼠。」金色大人說，一副要她放心的口吻。

「呃，我並不想……」吃什麼死老鼠。

「開玩笑的。到底下的聚落吃點什麼吧。」

爬下瀑布。在瀑布水潭附近洗衣的老嫗「噫」地叫一聲，驚慌失措地逃回村子。

遙香回到之前被老人包圍，吵著要她把他們安樂死的村子。金色大人默默前進，在兩側並排著幾戶老人住家的大路停下了腳步。遙香默默地站在金色大人旁邊。老人們鬧哄哄地圍上來。他們一見到金色大人就下跪膜拜。前面排滿雙膝跪地、深深低頭的村人。

「抬起頭來。」金色大人說。「拿東西給這姑娘吃。」

一名老人匆匆回家，拿來一碗麥飯和烤鱒魚。

遙香不知所措，行禮道謝，接過遞出來的碗。眾人的視線扎得人好痛，臉頰都燒起來了。她走到附近的屋簷下，開始進食。好吃到幾乎嘗不出味道。胃袋著了火似地，索求著還要更多。

從村人的態度來看，金色大人一定是他們的神。

「給我穿的衣物。」

老嫗退下，拿來長襦袢和木綿和服。

「得罪了。」老嫗說，替金色大人穿上衣物。顯然太小了。有人說「太小件了，我去拿我的」，又有人說「不，怎麼能給金色大人穿你的破衣？太失禮了」，結果為了要讓金色大人穿誰的衣服，起了一點爭執。

「拿來，我來挑。」

「兜襠布呢？」老人問。

「需要嗎？」金色大人轉向遙香詢問意見。

別問我好嗎？儘管這麼想，但遙香說：

「或許紮了也沒有意義，但如果有乾淨的布，既然是男人的衣裳，紮一下或許比較好。」

接著有人用布包了魚乾過來，跪下來雙手奉上。

金色大人一定不會吃。遙香急忙起身，接過包袱。

村人裡面，也有脅迫遙香幫他們自殺的傢伙。他們一與遙香對望，便別開目光，或是陪笑臉。看來有金色大人跟在身邊，他們也不敢放肆了。沒有人對遙香說話。不一會兒，金色大人打點好行裝。也紮上了兜襠布。他穿著灰色樸素的衣物、麻料衣帶、布襪。頭戴深草笠，戴了手套。

「我要和這姑娘同道旅行。」金色大人宣布。「各位，再會了。」

「請金色大人務必再回來。」

一名老人擠出聲音說，哭了起來。

在眾人專注膜拜中，金色大人轉向遙香：「那麼，我們走。」

3

遙香下榻在城下郊區的客棧。這裡接近街道，其他住客似乎都是行商。客棧近旁有通往山丘的石階，爬到最高處，可以俯望農地。山丘上長了一棵大銀杏。金色大人在山丘上的銀杏附近說：

「我分頭去找那三名仇家。兩天後的晚上，鐘響四聲時，在這棵樹下會合。」

與金色大人分開兩天後，遙香提著燈籠爬上山丘，來到銀杏樹下，看見一名頭戴深草笠、穿著寬袴的人。是金色大人。衣物不同，是去別處弄來新的衣服了吧。

「我已經查到了。」金色大人說。「他們是武家之子。現在應該已經任官。只要是藩裡的武士，必定會在某處當差。」

金色大人接著說下去。

橋前有一處大廣場。那裡是進城的藩士與前往其他衙門的藩士交會之處。我這模樣很顯眼，因此爬上稍遠處的橡樹，靜靜地觀察往來人群，在藩士當中發現了。是小重，那把刀的主人。我記得他十三、四歲時的相貌。他變得比當時更高大，筋骨也經過鍛練，氣質和長相都不同了，但還是瞞不過我的眼睛。他就是小重沒錯。我跟蹤他，他前往奉行所的同心辦公處。這是我第二次潛入奉行所，熟門熟路。我查到他現在叫柴本嚴信，是那裡的同心。其餘兩人，我沒有看到。

等到隔日。

有走梳頭的到客棧來。這附近沒有梳頭鋪子，因此這梳頭女師傅會到客棧來做旅客生意。

遙香讓女師傅紮著頭髮，若無其事地提起名叫柴本的同心。女師傅一邊用梳子通著遙香的頭髮，有些興奮地說：「當然知道啊。柴本大人在這城下，可是無人不知的好男兒呢。」

「因爲他長得俊嗎？」

「不不不，咦，姑娘沒見過他嗎？」

「對，只是稍微耳聞。」

「長相一點兒都不重要。女人要是只在乎男人的表相，不會有好下場的。柴本大人那個人啊，在各種意義上都是個傑出的男子漢，眞把人迷得神魂顚倒。好多人都說，遇上問題的時候，一定要求助柴本大人。因爲他很強。」

「很強？因爲他是武士嗎？」遙香有些心不在焉。

女師傅興奮地說：「哎唷，他幾乎天下無敵了，而且不用刀子呢，是這年頭難得一見的武術高手。地痞流氓遇上他，他就像這樣，喝，只用一條繩索應戰，嘿、嘿嘿，兩三下就把對方五花大綁了。簡直就像在看什麼妖術一樣。然後大人又是個世間難得一見的公正人、厚道人。」

女師傅比手畫腳地示範著，口中讚賞不絕。

銀色的雲上掛著半月。遙香站在銀杏樹下。

金色大人現身了。這次拿著一把紅傘。

「這傘眞不錯。」

「路上撿到的，適合我嗎？」

傘像是女用傘。如果金色大人沒有男女之別的意識，提點他一聲比較好。

「不過，這傘不適合男人。如果金色大人是女子，或許就很適合。」

金色大人點點頭：「我可男可女。今日走女風。」

黑暗中看不分明，但聞言細看，衣物上畫有灑桔梗花的圖案，衣帶的寬度也是女用寬帶。

今天金色大人是女裝。

「言歸正傳，大致情形，我已經調查清楚了。」

女裝的金色大人說他繼續調查，掌握了同心柴本的住宅，潛進去探了一探。

遙香專注聆聽。

柴本獨居，沒有雇下人或下女，也沒有娶妻。他的嗜好是鍛鍊肉體及雕佛像。相對地，另外兩名砍殺流民的人，目前在城下完全不見蹤影。在金色大人的記憶中，當時在河邊，武家孩子們叫了彼此的名字，三人當中的中心人物是新三郎。如果找到人，他就是報仇的對象，卻沒有線索。

與柴本之間目前也沒有往來。

「你聽到柴本的風評了嗎？」

梳頭女師傅對柴本的誇讚，總令人無法釋然。

「柴本的風評，我也聽說了。」

金色大人蒐集到的柴本風評，就和梳頭女師傅一樣，幾乎全是讚賞。

「要是沒有柴本大人，那布莊的姑娘已經沒命了。」
「我剛要過山頭的時候，遭遇夜盜攻擊，是同道的柴本大人救了我的。」
「如果不是柴本大人一番詳查，代爲向奉行所說項，那家酒鋪的老闆就要因爲冤獄被斬首，失去一切了。」
「幸好我們有柴本嚴信這位同心。」
「因爲有柴本大人，我們才能平平安安做生意。」
但也有批判的聲音：
「柴本嚴信仗著自己的武藝，目空一切，總有一天會栽跟頭送命。」
「居然爲身分低賤的人請願奔走，簡直敗壞武家威信。」
「有時他會說些僧侶似的清高話，自以爲正義使者，自我陶醉。」
「自從那傢伙成了同心，做事都綁手綁腳起來了。」
「那傢伙冷血無情地嚴格取締過去都能睜隻眼閉隻眼的事，卻又只因爲還有個嗷嗷待哺的嬰兒，就放掉顯然應該下獄的女盜賊。他漠視法律，感情用事，做事矛盾。」
「那傢伙都一把年紀了，卻還是單身，沒家室的人不能信任。」
「粗人一個，卻似乎很受民眾歡迎，但同心又不是歌舞伎戲子，沒有資格當武士。」
不過相較於贊賞，批判少之又少。
次日，遙香在金色大人指示下，觀察經過藩的廣場的柴本嚴信。
金色大人戴著深草笠，打扮成虛無僧（註）模樣。

柴本嚴信身材中等，姿勢英挺，步伐穩健。有種一板一眼的感覺。乍看不像梳頭女師傅迷戀稱讚的類型。

「我無法接受。」遙香擠出聲音說。

嗜血的孩子。小重應該是這樣的。

她一直以爲就算找也找不到，小重已經在別處被人殺了也不奇怪。縱然活著，也不可能仕官，而是淪爲浪人，或即使勉強成爲藩士，也受人厭惡、憎恨、輕蔑。然而小重完全不是如此，每個人都誇他了不起，對他無比信任——

天下豈有這種事？

這才是眞正的欺瞞，不是嗎？

「要殺了他嗎？」當晚，金色大人在銀杏樹下問。

想殺了他。遙香明確地這麼想。殺母仇人活著受人讚揚，這令她難以忍受。

「有辦法確實要他的命嗎？」

「當然。只要你下令，天亮前必可取他性命。」

一想到隨時都能殺了他，怒意稍微平息。

「但殺了他，其他兩人的線索就斷了。」

雖然查到小重下落，但那晚的其餘兩人，依然行蹤成謎。也有可能只是柴本把刀遺落在現場，殺死母親的其實是駿平或新三郎，因此也必須調查這兩人才行。要收拾柴本，確實不必急於一時。

「先等等。」遙香手抵著額頭尋思。

不能操之過急。對方深得人民信賴。萬一金色大人搞錯對象，那就後悔莫及。

「確定就是他在河邊砍了我娘嗎？」

「我不知道這麼多，但十幾年前，他曾在三更半夜帶著刀，準備砍殺流民。你拿來的刀，就是當時他手上的刀。這幾點我發誓所言無虛。」

遙香沉思起來。

無法斷言絕對就是柴本殺了母親。但他一樣不可原諒。

殺了他。然而重新一想，心卻一下子冷了。

依法律，無法追究柴本的罪責。奉行所認爲武家和原本是農民的流民，身分差別如人與禽獸，而且也不知道兒時犯的罪，十幾年後還能再追究嗎？如果無法讓他得到因果報應的懲罰，就只剩下暗殺一途。

不管要請金色大人動手，或是親自動手，重要的是心情能否接受、痛快地殺了他。

「如果能夠，我想再多瞭解柴本嚴信。」

「我來拜託嗎？」

遙香困惑了。「拜託誰？要拜託什麼？」

「叫他去找出其餘兩人吧。」

「叫柴本本人去找出剩下的兩人？」

「是。我會把柴本痛打一頓，說我留下這姑娘，你要聽這姑娘的話，好好想想該怎麼做。」

註：虛無僧爲普化宗的帶髮托缽僧，頭戴深草笠，披袈裟，吹奏尺八請求布施，行腳各地修行。

遙香露出客套的笑。金色大人的玩笑有點牛頭不對馬嘴，實在讓人笑不出。

但金色大人並不是在說笑。

4

遙香和金色大人一起闖進夜晚的同心家。依照預先說好的，遙香用被子包起來，放在地上。

金色大人從女裝換成黑衣。

「在下有事相求。」

明明如此說金色大人卻將柴本嚴信摔了出去。

遙香趴在地上，微微睜眼觀察。避免被捲入，倒在地上是最好的。金色大人不愧誇口能立刻宰掉對方，他與柴本嚴信的交手就如同大人對上嬰兒。柴本不管做什麼都動不了金色大人分毫。

柴本氣急敗壞。遙香打從心底痛快。

沒多久，金色大人把他扔進屋中，消失在宅子的屋頂上。隔天早上，遙香裝成「什麼都不知情的姑娘」，說明自己是在河邊被人撿走的流民，遞出刀紋有缺口的寬文新刀。

她說的身世大抵上都是眞的。一查就會露出馬腳的事、或是啓人疑竇，遭到追問會答不上話的謊言，會從根本破壞了這齣戲碼。隱瞞不說的事，愈少愈好。她隱瞞的主要是她已經知道柴本嚴信就是殺母仇人的事，以及她殺了浪人阿龜這件事。

她原本就不打算撒謊太久。

這齣戲只是觀察對方的反應。

金色大人佯裝離開，躲在天花板上。只要遙香一個信號，就能從天花板下來。如果柴本盛怒說：「流民被殺又如何！」攻擊遙香，那就好了。到時就是他的死期。然而他面不改色，拿起寬文新刀，瞇起眼睛端詳，彷彿生平首見，接著臉不紅氣不喘地說要幫忙揪出十四年前殺害流民的凶手。

遙香暫時留他活口。只是暫時。她想看看柴本到底要怎麼找出殺害流民的凶手。

她被柴本帶回家，向父親——祖野新道爲離家一事賠罪，再次被祖野家所接納。

從遙香殺害阿龜離家，到再次回歸祖野家，中間相隔了十七日。

回家後的隔天早上，麻雀聲把她吵醒了。遙香躺在被子裡呆呆地望著庭院的小鳥。

風勢轉強，麻雀同時飛走。

雨滴滴答答地落了下來。

初枝來了。

「你一定累了。」

「不，我沒事。」

「可以再睡會兒。新哥也交代說，在你恢復之前，不要讓你做任何家事。」說完後，初枝稍微壓低了聲音說：「你在漫漫旅途中經歷了什麼，晚點再告訴我吧。」

「好的。」遙香點點頭。

初枝收了要洗的衣物離開了。多令人安心的地方啊！遙香徹底明白，自己身在此處的幸福多麼難能可貴。不做家事？怎麼可能，休息個半天就夠了。坐著不動，反而令人不自在。

家人、榻榻米、紙門、柱子、泥土地間，一切都如同原狀，令她開心極了。

遙香折好被子，望向房間角落的穿衣鏡。

上面倒映出神情無垢的少女。遙香輕輕地觸摸鏡面。

從今而後，自己將永遠與謊言共生。

既然回來了，不管誰怎麼問，我都會永遠隱瞞我殺死阿龜的事實。我會盡全力裝出天真無邪的模樣，變得無比卑鄙狡猾。一方面也是因爲爹說除了他的命令以外，如果我用了手的力量，就要殺了我，但我想即使說出阿龜的事，爹也絕對不會傷害我。那麼，爲何我要永遠撒謊下去——用不著說——因爲我是個狡滑的騙子。

不光是阿龜的事。和金色大人談過，得知殺母仇人是誰、接下來要檢驗那名仇人，以及最後要殺死仇人，這些種種，我都不會告訴爹和初枝。

5

不久，柴本嚴信把遙香找出去。

遙香在茶鋪子吃甜品。

她扮演對好心的同心充滿感謝之意的姑娘。

柴本嚴信說他前往劍術道場調查，並打算進一步追查一個叫田村駿平的人的下落。看來他打算裝傻到底。但駿平這個名字，確實是砍殺流民的凶手之一。

隔天，遙香來到柴本說他前往調查的劍術道場前面。練習場禁止女人入內，但大門附近有幾個門生的妹妹和情人，一面聊天，一面等門生出來。她們歡欣的模樣，散發著戀情的氣息。遙香向她們攀談，得知眞的有同心下屬的捕吏前來道場探聽。柴本明明清楚凶手是誰，居然認眞重啓調查。即便是在裝蒜，但看到他如此鄭重其事地行動，也教人目瞪口呆。

難道他要和親手做過的一切撇清關係嗎？

起初遙香也考慮過「其實是金色大人搞錯人了，凶手是別人」的可能性，但柴本的熱心追查，反而證明了他參與此事。如果眞的與他毫無關係，十四年前的流民屠殺案，他應該會置之不理。爲了讓想要復仇的女人得償所願，拚命爲她奔走。要告訴她這個社會不是你的敵人，而是站在你這邊的。每個人都痛恨凶手、輕蔑凶手。

這只能稱之贖罪。

諷刺的是，遙香能理解柴本的心。換成是我，如果幾年以後，阿龜年幼的妹妹（假設阿龜眞有妹妹的話）哭著向我求救，我一定會待她格外親切吧。

如果他眞的什麼也沒做，如果我眞的是個純眞無邪的少女，那該有多好。

遙香也會這麼想。

如果我們繼續搬演這齣鬧劇，直到最後都沒有戳破彼此的謊言的話——

金色大人的聲音在腦海裡響起：

無論是敵人還是自己人，遲早都會融合爲一，雙方的子孫結爲夫妻，創造新的世代。

殺他的預定依舊不變。

殺掉他這件事，早已經決定了。

但柴本向她求婚時，遙香困惑極了。

「我們地位相差懸殊。」

「你是祖野家的女兒。而且柴本家的家門沒什麼了不起，不值得你介意。我不過是鄉下的下級武士的三男。而祖野家雖然不是武家，卻是有冠姓佩刀特權的人家，彼此身分無甚差別。我們兩家很匹配，放心。」

祖野新道雖然不會隨身佩刀，卻是擁有冠姓佩刀特權的名士，也可以說是準武士。如果是以祖野家的女兒身分出嫁，這樁婚事稱得上門當戶對。

「即使祖野家如此，我也是流民之女。」

「不要公開這一點就行了。再說，流民的女兒又如何？任何人往前回溯，八成都是流民。這年頭的武士也是，四處謀求職位的浪人，跟流民沒兩樣。」

「爲什麼是我？」

「因爲我鍾情於你。」

搜捕凶犯的任務已經結束，如果遙香不答應，與柴本的關係將就此斷絕。

現在就殺了他嗎？

但如果要延後殺他的時機，透過成親，不管是瞭解他的機會還是殺他的機會，都會變得無限多。

遙香答應婚事，見面幾次後，更深地瞭解了柴本嚴信。

兩人一起前往他的老家致意。

父親昂信是藩的採購人員，幾年前因爲肺病過世。柴本家的長男繼承家名，聽說現在前往江戶當差，但二男尚未分家獨立，在家做些糊傘的手工。三男就是嚴信。他的母親還在世。與尚未謀職的次男一起在家長離家派駐江戶的期間，留守家中。

「歡迎，遙香姑娘。小重是難伺候的怪脾氣，還請你多多擔待。」

遙香向婆婆行禮。

柴本的母親雖然年事已高，但體態端正，性情剛毅，相處起來完全不感拘束。也許因爲不知道遙香是流民之女，沒有反對這樁婚事。

婆婆端出牡丹餅招待。

「說到祖野先生，他不是個大名醫嗎？居然能娶到祖野先生家的千金，小重眞不曉得是哪裡修來的福氣。哪像咱們家，喏，次男也賦閒在家嘛。」

回程路上，遙香問：「我想聽聽大人小時候的事。」

「我沒什麼印象了。不過，以前的我確實是個不成熟到了極點的傢伙。我做了很多不好的事。我很想忘記，但經常作惡夢。」

「什麼樣的惡夢？」

「醒來就幾乎忘了。我夢見我在地獄，被地獄的獄卒推來搡去，做什麼都沒用。對，就像那個金色的武者。」

遙香成了柴本家的媳婦。舉辦了婚宴。

嫁妝櫥櫃搬進柴本家裡。婚禮結束當晚。紙罩燈的光照亮房間。

柴本發出輕微的鼻息，仰躺熟睡。手上沒有他慣用的繩索。

壁龕上有插了百合的花瓶，還有遙香帶來的寬文新刀，就像誰遺忘在那裡似的。

遙香用力嚥了口唾沫。

她覺得那把刀，是柴本嚴信在這樣說：

「你是明知一切而身在此處嗎？還是毫不知情？如果你明知一切，一定想要報仇雪恨。我爲你安排好機會，就是現在。我睡著了，砍死你娘的刀子就在那裡。這屋子裡沒有人會礙事。」

或者，這只是我的一廂情願？

熄掉紙罩燈的火。

在黑暗的房間裡靜靜地豎起耳朵。貓頭鷹的叫聲。

遙香沒有碰刀。她不需要那種東西。自小開始，她這雙手就有看不見的利劍。

這把劍能夠捻熄生命之火，而且不見血、不讓對方掙扎、不留下任何外傷。

如果，今晚柴本嚴信死去的話。遙香設想。沒錯，如果毫無外傷，突然猝死的話。

我要逃走嗎？當然，如果逃走，就等於宣布是她幹的。縱然沒有外傷，也會被懷疑是毒殺。她會成爲殺害同心的毒婦遭到追捕，再也無法回到這個藩。

不逃，粉飾太平嗎？聲稱毫不知情，爲新婦變寡婦的厄運悲泣……但年紀尚輕的丈夫剛結束婚禮就暴斃，實在太不自然，不可能不引起懷疑。也會拖累爹和初枝，害他們無臉見人，受盡排擠。

他們知道我的手的力量，一定會立刻察覺是我下的手，痛苦萬分。

遙香輕輕地把手放到柴本嚴信的胸口。

全身如墜冰窟。

忽地，心中浮現一幕景象：河上的竹葉船流入岩石陰暗的隙縫之間。

竹葉船失去有太陽的世界，此後永遠漂流在不知何處的地下深淵。

這艘竹葉船就是自己。現在眼前正冒出一個又黑又大的洞穴。

洞穴愈來愈近。

遙香倏地縮手。

淚水奪眶而出。

做不到。不知爲何，她就是做不到。

應該早點動手的。

眼前浮現爲三男嚴信驕傲不已、卻害羞地不願開口稱讚的婆婆。如果兒子死了，她一定會悲痛欲絕。祝賀柴本成親的同事、敬仰他的捕快、視柴本爲師父的搦拿術練習夥伴、尊敬他而常來家裡作客的棋友……應該在認識這些人之前動手的。

但即使今晚下不了手，往後還有太多機會。

他愛上我，向我求婚——爲了讓他愛上的女人隨時都可以殺了他、爲了一次不成，往後還有無數次機會。

這也是我一廂情願的解讀嗎？

遙香垂下頭。她躺下來，痴痴望著天花板。

今天就先睡了吧。意識沉入深深的黑暗。

無論是敵人還是自己人，遲早都會融合爲一，雙方的子孫結爲夫妻，創造新的世代。

6

數月流逝。跨過年關，冬去春來。新雇了下人下女，有些變化。家裡變熱鬧了。

嚴信是個耿直的人。

不管在工作還是私生活，都一板一眼，毫不鬆懈。

同時是個怪人、無趣的男人。

他耗費大把時間在一個人雕刻木像、去道場、練習柔術和擒拿術。

如果沒有砍殺流民的過去，遙香一定會愛上他的無趣、尊敬他的耿直，並引以爲傲。

梅花盛開的時節，遙香又試了一次。但同樣在途中縮手。只要拜託金色大人就不必弄髒自己的手，而且可以布置得像是遭人在路上砍殺，完全懷疑不到自己頭上。

起切遙香覺得這樣也可以，但隨著時間經過，她不願假手他人了。

春寒料峭的的雨夜，遙香問嚴信：

「嚴信大人，我可以問你關於人死的事嗎？」

嚴信躺在被窩上看著天花板。

「死？」

「在你的人生當中，第一次遇到過世的人是誰？」

「我姐姐。」嚴信低聲說。

「原來你有姐姐？」

「嗯，很久以前了，現在已經沒有人會提起她了。她在八歲的時候過世。那個時候我六歲。她常陪我一起玩。是掉進池子溺死的。被人發現的時候，她面朝下浮在池子裡。應該是失足滑落，但沒有人知道原因。再來是家裡養的狗吧。應該是我九歲的時候。狗並沒有很老，似乎是病了，一下子變得無精打采，早上起來一看，已經死了。啊，抱歉，狗不是人，我文不對題。但我總覺得狗去了我姐所在的地方，和我姐作伴。明明不可能，但小時候我都幻想是我姐把牠找去的。」

雨聲稀稀落落。潮濕的寒氣從戶外鑽進屋裡。

「然後是寺子屋的朋友。就在狗死掉的同一年，一樣是生病。他突然沒來寺子屋了，幾星期後我才得知他過世的消息，參加了他的葬禮。」

柴本恍恍惚惚地依序述說他所體驗的他人之死。接下來是祖父，然後是祖母。但沒有提到小重砍殺流民的事。

「你殺過人嗎？」

「有。倒不如說，我總是在殺人。我會緝捕殺人犯，帶去奉行所，裡面有許多人都被處死、被斬首。牢裡的環境很糟，許多人死在牢裡。」

「對於這些事，你會覺得後悔嗎？」

「好幾次我事後回想，都覺得做錯了。即便我問心無愧，自認爲是造福世人的義舉，並沒有做錯，那也只是我一個人這麼想罷了。對於遭到處斬的人的家人來說，又不是如此了。」

「如果有人怨恨你，取你的性命，你會怎麼做？」

「不怎麼做。」

「不怎麼做？」

柴本嚴信望著天花板，再說一次「不怎麼做」。聲音異於平時，軟弱無力。

「為了無法接受的理由切腹、或是衝進槍炮隊裡斬殺敵軍，死於槍林彈雨、或是躺在床上病死，這些都一樣是死。表面的說詞是一回事，但不是說比起被怨恨的人殺死，我更想因藩命切腹而死，或是身為士兵，戰死沙戰——我完全不這麼想。如果正大光明殺過來，我應該會反抗，但偷襲或出其不意，就防不勝防了。反正就是活到最後一天，在那之前我會活下去。」

「如果對方的怨恨毫無道理呢？」

「道理？這個世上最可怕的是，其實一切根本沒有道理可言。只是當事人和身邊的人在爭論有無道理罷了。」

遙香閉上眼睛。思考總是沒個結果。

我遇到的第一次人死，是母親。但如果從有記憶的對象算起，就是冬天的那頭鹿。是我親手葬送的。然後是在爹的命令下，送往極樂世界的痛苦的病人們。我就是個劊子手，無從抵賴。到底有多少人葬送在我的手中？

世上根本沒有道理可言。只是當事人和身邊的人在爭論有無道理罷了——

今天還不是柴本嚴信的死期。

遙香入睡了。

明天又是新的一天。

7

雨停後，乾爽的風逐漸吹乾濕濘的地面。柴本家的庭院開起了牡丹花。五月的太陽將純白的花照得閃閃發亮。柴本嚴信出門値勤，下人下女去買東西，遙香在打掃壁龕。

裝飾在壁龕的木雕如來像頭部動了一下，掉了下來。

「早。」

底下露出金色大人的臉。遙香嚇得掃帚掉在地上。

「金色大人，您……」

原來如來像的內部挖成空洞，金色大人就躲在裡面。先前金色大人不知道去了哪裡，沒有機會再見面。遙香一直以爲他認爲任務已，回去瀑布的祠堂。

「難道你一直躲在那裡？」

「不不不，我來來去去，請不用掛心。這棟屋子有許多地方可以躲藏，很不錯。我大致調查清楚了。新三郎在砍殺流民的一個月後遭人攻擊，失去了所有的手指腳趾，後來自殺了。」

新三郎自殺。田村也死了。也就是說，現在只剩下柴本嚴信一個人了。

「你能成功嗎？」

能成功報仇嗎？遙香說不出話來。她待在這裡，就是爲了報仇。

然而不知不覺間與仇人結爲夫妻，融入這裡，還悠哉地打掃房間——我到底是在做什麼？

「是啊，確實，嗯，是啊。」遙香喃喃自語著。

「有事請隨時叫我。由我下手，是萬無一失，但如果你要親自動手，俗話說欲速則不達，請細細斟酌，遂你所願。那麼我走了。」

如來像的頭恢復了原狀。

「請等一下。」

如來像的頭分開，金色的頭再次露出。

「什麼事？」

「接下來我會一個人設法。金色大人，謝謝您一直以來的幫忙。」遙香行禮說。

金色大人發出「嗶叮」一聲。就算自己在柴本家，但連金色大人都待在同一棟屋子，長達幾個月躲在簷廊下、屋頂上、佛像裡，她覺得太說不過去。

「不客氣。」

遙香忽然想到一件事。他眞的明白自己的意思嗎？

遙香試著問：「那麼，接下來金色大人要前往何處？」

「前往何處？我會待在這兒啊？唶嗯？」

遙香眨眨眼。什麼「唶嗯」？不行，他果然沒聽懂。

「你遇到任何事、需要幫忙時，我立刻就會現身。」

「柴本似乎已經失去凶惡的本性。我覺得他沒有危險。我打算再更長久一點觀察他。如果我確定哪天就是他的死期，我會親手超渡他，不用勞煩金色大人。」

或許不會演變成這樣。那天或許永遠不會到來。

「原來如此。」

「金色大人引導我來到此地，我眞的感激不盡。但委屈金色大人一直留在此處，讓我覺得很不安、很過意不去。」

「哈哈哈，完全不用放在心上。我這人就跟佛像沒兩樣。」

遙香欲言又止。

因爲她想起瀑布上的誓約。金色大人確實這麼說過：「我的誓約，是絕不背叛你、聽從你的要求、守在你身邊。」金色大人的誓約是不是比她所想的更要嚴肅沉重，不是可以隨狀況改變的？確實，如果可以輕易改變，就不會特地採取「發誓」這種形式了。

「那麼，再會。」

遙香還在想，如來像的頭已經恢復原狀。

夏季尾聲，嚴信屬下的捕吏帶了一個人過來。

「老大，方便打擾一下嗎？」

喏——捕快拍了一下身材中等、四十開外的男子肩膀。男子沒有剃月代。

「這個槇兵衛在河對岸開租書鋪，我喜歡看書，常去那兒租書，所以跟老闆相熟，沒想到出了一件令人義憤塡膺的事。請老大聽聽這槇兵衛的遭遇。」

捕吏低頭行禮。租書鋪老闆也跟著行禮。

捕吏介紹的人，柴本嚴信會以私人身分聆聽他們的困難。有些訴狀會在奉行所吃閉門羹，但只要稍微出點力，許多事情都能解決。當然，也有許多事憑柴本一個人的力量無可奈何，只能聽他們訴苦而已。嚴信要租書鋪的槇兵衛進房間坐下。

「來，別拘束。我得事先聲明，我無法幫上什麼忙，只能聽你說說而已。」
柴本看著槇兵衛的臉說。捕吏在一旁催促：「喏，老闆，說說出了什麼事吧。」
槇兵衛閉上眼睛開口：「前天，我的女兒們被人抓走了。」
「被誰抓走？」
「一群可怕的男人。我不知道他們是野武士還是什麼，他們把小女們抓去鬼宮殿。」
「鬼宮殿。」柴本蹙起眉頭。
遙香用托盆端茶過來。
租書鋪老闆邊說邊流淚。他有一對可愛的雙胞胎女兒，是他百般呵護養大的，才十歲而已。兩人叫眞奈和佐知。那天槇兵衛帶著雙胞胎女兒到澡堂。洗完澡正要回去時，遭到三個貌似浪人的傢伙糾纏。他們說：「你女兒長得眞可愛，賣給我們吧。」原來是人牙子？槇兵衛內心反感，當然拒絕。結果對方說他態度不敬，開始找碴。
貌似浪人的男人們拔刀了。就是在這時候提到鬼宮殿的。
——你的女兒我們會好好照顧，所以你可以放心上西天。我們會讓她們住在鬼宮殿，過上鄉下生意人家女兒無法想像的奢侈日子。
一個人砍過來，另外兩個趁機抓住雙胞胎，將她們抱離槇兵衛身邊。
槇兵衛沒被砍死，是因爲他反射性應戰並大聲喊人。他用衣物包了塊石頭，拿來揮舞抵抗。也許是認爲和大聲嚷嚷的男人糾纏下去不妙，三人放棄殺死父親，帶走了雙胞胎。隔天，槇兵衛帶了訴狀前往奉行所，得到的反應卻很冷漠。官差說，要是知道歹徒的名字和住處也就罷了，如果連是誰抓走的都不知道，也無從找起。

槙兵衛聽說過鬼宮殿。這是他第一次碰到來自那裡的人，但許久前聽過一次，說山裡頭有受雇殺人、縱火、強盜、販賣人口，什麼惡事都做的非法之徒的根據地。他告訴奉行所的官差，說野武士們提到鬼宮殿，但官差說鬼宮殿就像龍宮，是根本不知道在哪裡的傳說地方，他們無能爲力。

聽完這話，柴本嚴信表情緊繃，一動不動。槙兵衛臉上布滿了令人心痛的淚痕。

是那種懊恨得不得了的淚水。

遙香站在柱子後面，聽完了租書鋪老闆所說的來龍去脈。實在太駭人聽聞。他提到的鬼宮殿，一定就是她爹娘以前對抗的對象。

那裡果然是邪惡的淵藪。現在仍然繼續在作惡。

說穿了，奉行所根本不會幫忙。

租書鋪老闆在傍晚回去了。

遙香感受得到，嚴信義憤塡膺。男人的表情顯示出他正靜靜沉思。

那天晚上，遙香插口了：「嚴信大人。」

「什麼？」

「鬼宮殿眞有其地。」

一段寂靜。紙門另一頭傳來鳥飛過的振翅聲。

「原來你聽到白天商人的話了？你怎麼能斷定有？」

「我聽金色大人說的。」

「金色大人。那傢伙說的？」

「我在瀑布的祠堂與金色大人說話時提到鬼宮殿。金色大人無所不知，博學多聞得可怕。」

嚴信沉默了半晌。

「我知道。用不著如此，我也認爲鬼宮殿眞的存在。我做著同心這差事，好幾次聽到類似的事。其實不久前，被判斬首示眾的重罪犯人，就有人提到那處。那個人雙手手背有太陽刺青。他說他就住在那裡，是那裡的一分子。不知爲何，不像在瞎扯。那裡好像位在佐和村附近的山區。據說是在關原之戰前出現。」

「爲什麼我們藩不派兵攻打？」

「奇妙的是，藩一直沒有處置。我查過了，紀錄上說，藩兩度尋找過鬼宮殿，三十五年前和十九年前，但都無疾而終。即使有人提出相關訴狀，上頭也不願行動，任由事情不了了之。這是酒席上眾人私下流傳的話，說舞柳遊廓有鬼宮殿參與經營，他們繳交相當龐大的一筆稅收給藩，所以藩才不敢動他們。更有人說，不法之徒有不法之徒自己的世界，這類自古以來的組織，一方面掣肘、一方面讓他們解決自己的麻煩事，才能永保平安，所以默認、置之不理是最好的。我逮到的那傢伙也大言不慚地說，鬼宮殿會派人去跟家老談交易，把他放出來，叫我對他敬重點。不過最後他還是被斬首了。」

「那麼，那個商人的女兒們——」

「總不能見死不救。」

柴本嚴信當場回答。

隔天，嚴信帶著捕吏，向街道沿路的客棧打聽有沒有帶著雙胞胎女孩的賊人投宿。客棧老闆娘說，兩天前有一夥惡徒帶著雙胞胎女孩投宿，往佐和村方向離開了。

嚴信回到家後告訴遙香：「搞不好直接過去，親自商量一聲，他們願意放女孩回來。雖然是一群無法之徒，但既然能聰明地和藩打交道，想來還是有點智慧的。對方應該也不希望爲了一點小事把事情鬧大。只能去一趟了。」

佐和村沒有藩直接派遣的官員。治安維護完全由佐和村的村長一手包辦。山村基本上是自治。嚴信派捕吏帶了封信去見佐和村的村長。捕吏住在村長家，打聽雙胞胎女孩和鬼宮殿的事，結果不盡人意。村長堅稱毫不知情，即使轉向佐和村的村民打聽，一樣說沒看到什麼雙胞胎。但這些都在意料中。

捕吏將柴本的書信交給村長。信上說要派藩士探索鬼宮殿，要求村長提供下榻處。這對村長來說是接近命令、無法違抗的要求，但村長乾脆地答應了。

由於還有其他工作，加上遇上大風，又是豪雨，花了一個月才正式出發。

出發前，柴本都顯得焦急難耐。

出發前晚。遙香泡茶給嚴信，不小心說溜了嘴：

「爲什麼你殺了我娘？」

這與其說是刻意提出問題，倒不如說是脫口而出。

爲何深知他人的痛楚、肯爲他人辛勞奔波的你，能做出那種事？

場子的氣氛一變。嚴信的表情暗了下來。

說出口後，遙香才驚覺不妙。但已經遲了。

嚴信閉上了眼睛，接著露出極痛苦的表情，呻吟般低語：

「我不知道。」

遙香想，他毫不驚訝，他應該早就預料到妻子知曉一切。

「我沒有殺她。不，我不知道我是否殺了她。說這種話也沒用，都是遁詞，是荒唐的戲言，可是我眞的——眞的不記得了。那時候我還沒有元服，在道場朋友的教唆下，半夜去了不該去的地方。但那天晚上——我落敗了。我不知道我敗給了什麼。那裡有個像妖魔的存在，我徹底被擊垮了。我只依稀記得這件事。然後到了早上，我整個人就像一團破爛。」

嚴信一反常態，內容支離破碎，但遙香知道他沒有撒謊。

嚴信聲音沙啞地說：「明天得起早。我回來以後再好好談。我應該更早這麼做的。我一直覺得這天遲早到來。一直希望這天永遠不會來。」

直到清晨出發，嚴信再也沒有說話。

這趟鬼宮殿探索總共帶了五個人。

這次行動，花用都由柴本嚴信自掏腰包。

嚴信離開後，遙香沉思起來。

不是他幹的。

共同相處一年——只是聽到昨天的話，遙香便全心如此認定。不是他幹的。

他和田村駿平還有新三郎這兩名門生一起去了河邊。他遺落了刀子，但他一定沒有砍殺流民。

失去丈夫、抱著嬰兒的母親，一定是害怕地躲在黑暗裡，害怕得不敢發出聲響。不管目的是修行，或者是看流民不順眼，只憑三個人闖進人群裡，刻意挑選那樣的女人砍殺，太不自然了。

他是能做出這種不自然行徑的人嗎？遙香明確認爲，嚴信絕對不是。

嚴信說五天以內就回來，但過了十天依舊杳無音訊。遙香只能等待。
她打算等嚴信回來，就和金色大人三個人一起攤開一切。
不久後，奉行所的使者來到家裡。
使者說：你丈夫在山裡失蹤了。
部下的捕吏也和柴本嚴信同行，一起失蹤了。
「那座山本來就常發生神隱。」
使者離去後，遙香在寂靜的屋子裡走來走去。
她茫然了。
膝蓋發顫。透過這一年與柴本嚴信的相處，遙香很清楚嚴信面對不法之徒，不可能輕易喪命。
嚴信就是累積了如此嚴格的訓練，並擁有化險爲夷的機智。
他是被活捉了嗎？還是喪命了？
這下子，租書鋪的雙胞胎女兒再也無法救出了。
遙香走到如來像前面。
「金色……大人？您在嗎？」
沒有回應。
她取下如來像的頭，裡面是空的。
已經走了嗎？
遙香垂頭喪氣。忽然「叩咚」一聲，抬頭一看天花板挪開，金色的臉正望著這裡。
「找我嗎？」

9 鬼神天女（一七四七）

1

六地藏鹿原在天正時期（註）有座村子，但遭到豐臣秀吉軍的蹂躪，現在除了六尊地藏像以外別無他物，是一片荒原。傳說六地藏底下埋著上百具屍體，死去的除了士兵，還有被捲入兵燹的農民，夜裡有鬼火飄浮，起霧時，能聽見痛苦呻吟。

此外，六地藏鹿原就位在從街道前往佐和村的路上。

太陽自雲間露臉，又隱沒至雲間。

這天熊悟朗召集了三十人來到六地藏鹿原。

他從舞柳遊廓的年輕人找來十五人，加上自極樂園下山的十五人。

他從其中指派三人持槍炮潛伏在原野外側的高台。

每個人都帶了長槍、弓、刀等武具。來自極樂園的，每一個都披掛上陣。這三十人有些悠閒地吃著飯糰，邊抬槓邊炫耀彼此的刀子，無所事事，無聊地揮舞長槍。

註：天正爲安土桃山時代的年號，一五七三至一五九二年。

熊悟朗坐在椅子上思考。接下來只需等遙香露面。

不帶遙香到極樂園。這是熊悟朗的結論。

不過與其說是經過一番深思熟慮才得到結論，倒不如說答案從一開始就擺在眼前了。

遙香回去的隔天，熊悟朗便將給夜隼的信託給心腹，從遊廓出發。

從舞柳遊廓到極樂園，需要兩天路程。信上寫，有同心之妻來到信濃屋，陳述她與金色大人的關係，極為可疑，和她約好在六地藏鹿原會面。

夜隼的回信在四天後的傍晚送到。派去極樂園的同一名男子帶著夜隼的回信回來。文章極特殊，有許多黑話，不知底細的人讀不出所以然，內容如下：有走狗跑到通往極樂園的路上來，被我們收拾掉了。同心之妻有可能引來藩兵，我會派出一支部隊迎戰，交給你視情況運用，或不用也行。這封信可能成為證據，讀完後燒掉。

熊悟朗一行人抵達六地藏鹿原時，極樂園的十五人已經到了。超過半數都是他沒見過的臉孔。

如果遙香隻身現身，就抓住她處刑——至少假裝要處刑。

面對三十名男人，她一定會醒悟自己多麼無力、想得多天真。一定嚇得心膽俱裂，為自己愚蠢的行為後悔萬分。但熊悟朗不會殺她。就在刀起頭落的前一刻，熊悟朗會喊停，要她發誓絕不再蹚這渾水，然後說下不為例，放她回去。

這是熊悟朗用心良苦設想出來、解救遙香的方法。

世上有許多事，是只有放棄才能保命、才能保全人生的。對於冥頑不靈的人，也只能採取激烈手段，給她個當頭棒喝。

他同時必須設想遙香與藩串通，引藩兵前來的情況。

接到藩命的武士，不會輕易撤退。如果爆發衝突，只能將藩士趕盡殺絕，但這又會引發別的問題，因此只能巧妙周旋。首先，有個三十人兵力，應該會比對方更人多勢眾。對方也會明白不可能全身而退。所謂談判，只要占盡優勢，大抵都能順利成事。

而自己擁有法眼，可以刺探出對方的真心。

倘若藩兵比他們三十人更多——不能說沒有這個可能性——街道已經派人監視，如果有大軍壓境，哨兵會立刻衝過來報告。在敵軍殺到六地藏鹿原之前，全員撤退。他可不打算流血。

倘若遙香帶著金色大人過來。那就麻煩了。

說到底，那位大人究竟在想些什麼，熊悟朗完全猜不透。夜隼的信上說，如果金色大人現身，就交給自己全權處理。

金色大人——要如何應對？

他現在仍是鬼宮殿的人嗎？還是敵人？

還是要行禮寒暄：啊，金色大人，好久不見？

這情況或許只能說：「好久不見，金色大人可還記得熊悟朗？雖然這情勢令人心痛，但時移事遷，狀況已經不同，我們沒辦法帶金色大人的朋友前往，請您打消念頭。」

如果不答應，那也沒辦法，只能一戰。贏得了嗎？

過去在極樂園的武藝會，熊悟朗見識過金色大人無人能出其右的強大。也不知道刀箭對他那特殊的身體管不管用。無論與誰交手，金色大人都不會流汗，不會喘氣，完全看不到極限。但是再怎麼說，我們都有三十人，至少一定能成功綁住他。

起初有人出聲：噢，來了。

聽到那聲音，原先懶散放鬆、坐著聊天抽菸管的人慢慢起身。

原野另一頭出現人影。

只有一個人。撐著鮮紅的傘。

後面跟著一輛有屋頂的牛車。牛車上沒有人。

女人在與最近的男人距離約六間處停下腳步。

男人們默默地觀察著女人。幾個人吐出嘆息。

熊悟朗也瞇著眼睛注視女人。

那張臉是純白的。是抹了粉嗎？紮起的頭髮上插著金色的大簪子。披著相當豪華的禮服，圖案是鮮艷的深藍色瀑布，灑滿許多桃色與白色的牡丹。衣擺在原野上拖行著。不是該穿來這種地方的衣物。如果在舞柳遊廓，就是最高級的花魁盛裝遊街時會穿的衣裳。

眞是糟蹋了那身華服，熊悟朗想，蹙起眉毛。

不過，這是遙香嗎？她打算穿成這樣前往鬼宮殿？

沒有先前提防的藩士身影，只有一個女人，而我方有三十人。每個人都有些掃興，呆呆站著。理所當然，沒有人拔刀，沒有人舉起長槍。

花魁合上紅傘。

從舞柳遊廓帶來的年輕人都頻頻望向熊悟朗。

他們在以眼神確認：大老爺，就是這女人嗎？可以依照預定，抓起來綁住吧？

熊悟朗以目光示意：上。

舞柳遊廓有三人行動了。其他人全都面露冷笑，在一旁準備看好戲。

一人拿著細繩，另外兩人赤手空拳。兩人壓制，一人綁縛，三個人就夠了。這麼說來，遙香說她有徒手殺人的力量？唯有這點令人不安，但被三個人抓住，不可能有工夫施展那種力量。

三人朝女人步步近逼。

白臉的女人應該察覺不對。她態度不變，大叫：

「熊悟朗，這些人是幹什麼？好了，人家已經依照約定前來赴約了，帶我過去吧！」

喂，居然直呼老子的名諱？熊悟朗苦笑。在信濃屋面談的時候，他還以爲對方是個更正常的姑娘。但晚了幾拍，一股奇妙的異樣感覺席捲上來。

這聲音——

紅葉？

熊悟朗怔住了。

剛才那是紅葉的聲音。原來她還活著？可是長相不同。身高不同。體格不同。

「抓住她！」熊悟朗對著同伴的背後說。

舞柳遊廓的一名相幫就要抓住女人的肩膀。

瞬間，相幫飛向空中。剩下的兩人「咦」了一聲，不知所措。

女人一手掄起合上的傘。

速度快得詭異。

一眨眼的工夫，便響起十來聲以竹刀擊打柱子般的打擊聲。

傘倏地靜止了。其餘兩人倒在地上。

原野頓時一片緊張。女人甩掉壞掉的傘，不悅說：

「熊悟朗，你這是什麼意思？」

一股涼意竄過熊悟朗的背。千眞萬確，就是紅葉的聲音。

從舞柳遊廓帶來的三人，身手應該都頗爲高強。剛才發生了什麼事？他們爲什麼倒下了？

他發現兩件事。第一，女子說話時，嘴巴沒有動。那是面具。第二，女人攻擊時，她的殺氣沒有化成黑霧，讓他目視。

「你是什麼人？」熊悟朗瞪大雙眼。

「我是遙香的代理人。你這個笨蟲，熊悟朗，看臉不就知道了嗎？」

「那聲音是——」

「這不重要，你有想過，遙香是懷著多痛切的覺悟找你嗎？不過人家跟她說了，舞柳姑且不論，要你幫她潛入鬼宮殿，是絕對不可能的事。你不可能帶她去的，只會落得被你幹掉的下場。所以才決定由人家代理，過來探個究竟。」

「可是你說代理……你……」

熊悟朗一時無法反應，說不出話。

女人呵呵笑起來。

「然後啊，遙香她就說，如果冒出一群男人圍攻我一個弱女子的話，那就沒法子了。畢竟鬼宮殿做過那麼多傷天害理的事嘛，到時就把你們全部幹掉吧。」

熊悟朗的思路混亂。這傢伙在說什麼瘋話？

他開始覺得女人是六地藏鹿原以屍體爲養分成長的花草製造出來的幻影了。

被擊倒的三人當中，兩個昏迷，另一個蹲在地上，不住呻吟。

「你跟遙香是什麼關係?爲什麼替她過來?」
「什麼關係?廢話，當然是朋友啊。我們是在彼此遭遇困境的時候相遇的。」
「紅葉……」
「沒錯，這是遙香的母親，紅葉的聲音，熊悟朗。」
女人往前踏出一步。男人們望向熊悟朗。
「大夥，上!」熊悟朗後退，當即喊道。
眾人撲了上去。
那不是紅葉。顯然不是。是擁有紅葉的聲音的什麼——是妖怪。
他有預感，不快點斬草除根，一切都會毀滅。
「殺了她!你們看到她當場打倒三個人了吧?不要大意，拿起傢伙一齊殺過去!」
短短一瞬間，熊悟朗見到女人身體散發出難說是霧的、蒸氣般的氣息。
「用說的聽不懂，就打到你懂。」
花魁體內傳出「嗶叩」一聲。
瞬間，熊悟朗悟出一切。
花魁的動作實在極盡幻惑，如演舞般，艷姿逼人。
像陀螺般不停地旋轉。華麗的外衣捲起狂風。
數人被吹了出去。戴白手套的手上什麼也沒拿。
男人們化成一片殺氣的漩渦。熊悟朗看得見。然而中央的女人沒有散發出氣息。
沒有氣息，僅僅宛如黑霧漩渦中浮現的光。

一個又一個，踏進女人攻擊範圍的人逐一倒地。

熊悟朗看出，手下的手腳都被輕易折斷了骨頭。

花魁閃開刺上去的長槍。長槍勾到髮髻，一頭長髮披散開來。是抹了油的烏亮黑髮。

女人抓住長槍柄，用吊在前端的男子掃開幾名武者群。

「你是金色大人嗎？」

幾十人倒地時，熊悟朗大喊。

甩動著長髮的那人說：「眞敏銳。遙香說人家的聲音聽起來不像人，眞沒禮貌呢，人家本來的聲音，唔，或許是有點粗澀吧，人家就跟她說，如果討厭人家本來的聲音，我可以變成任何人的聲音。然後，你不是指定只能女人一個人過來嗎？」

熊悟朗渾身脫力。

「人家這就是一個女人啊。」

金色大人——成了花魁怪物嗎？

儘管覺得不可能有用，但熊悟朗還是扔出棒手裏劍。

怪物袖子一揮，打下棒手裏劍。不出所料，毫無意義。

只見她輕巧跳起，躍入幾名披戴甲冑持弓箭和刀的人當中，甩動長槍。

下一瞬間，槍聲響起。

怪物往後跳開。沒有中槍的樣子。

怪物四下張望。

約七間遠的草叢裡，有三名男子單膝跪地，舉槍瞄準。連續兩道槍聲。

怪物甩動頭髮，衣擺飛展，蜻蜓點水似地躍向狙擊者。

熊悟朗的腳邊，從信濃屋帶來的相幫按著小腿，呻吟打滾。

「還好嗎？骨頭斷了嗎？」

「大老爺，我、我被踢了一腳，大概斷了。根本不可能打得過那種怪物，那怪物是什麼？」

「幾年前在酒席上，我不是跟你說過，在我小時候，有個天下無敵的魔神嗎？說夥伴裡有個從月亮來的人。」

「呃，那不是大老爺在吹牛……」

「不是吹牛。」熊悟朗俯視滿臉汗珠的男子。「不是吹牛。」

「不是吹牛呢。」相幫說，眼睛滲出淚水。「的確不是吹牛。」

怪物收拾完槍炮隊回來了。還站著的已經沒剩幾個了。

「住手！」熊悟朗聲音沙啞地說。

這話是對誰說的？花魁？還是還站著的男人們？連自己都不知道，但橫豎無人理會他的話。剩餘的幾人已經嚇得魂飛魄散，決定逃走，但花魁迅速追上，揪住他們的後領，一個個甩了出去。

花魁模樣的怪物甩出最後一人後，轉向熊悟朗。

面無表情的面具布滿了濺上來的血。

張望一看，除了熊悟朗一人，所有人都受了傷，在地上翻滾呻吟。

熊悟朗毫髮無傷，但心已經沒了。變得一片空白。膝蓋抖個不停。

被打到這樣體無完膚，反而痛快。

熊悟朗跪了下來。

額頭碰到草葉。他盯著地面開口：「許久不見，金色大人。我絲毫沒想到是金色大人，多所冒犯，罪該萬死。但死期在即，最令我懊悔的是，無法爲冒犯大人做出贖罪。倘若能蒙大人饒命，雖然熊悟朗下賤愚笨，但絕對會洗心革面，把撿回來的這條命獻給金色大人。」

「好久不見了，熊悟朗。」

金色大人俯視熊悟朗，恢復成他熟悉的那不可思議的沙啞聲音。

「請大人饒命。」熊悟朗把頭在地上磨擦著。

對熊悟朗來說，力量就是正義。

「夢龍，你記得這名字嗎？」

熊悟朗抬起頭。

夢龍。過去時代的仇敵。指示伏擊半藤剛毅老大的神祕男子。

「是，小的怎麼可能忘記那令人恨之入骨的夢龍？」

金色大人壓低了聲音，彷彿要吐露某些祕密：

「夢龍，就是夜隼。」

熊悟朗決定以全身來表現他的驚愕。

儘管心裡在想：這事我八百年前就發現了。

「眞、眞、眞的嗎——！」

熊悟朗與花魁模樣的金色大人走在路上。

他們將傷者丟在六地藏鹿原。熊悟朗指示他們彼此協助，返回舞柳遊廓。

來到大杉樹前，金色大人停下腳步。遙香從樹後走出。

她穿著木棉衣，腳上是布襪。與豪華絢爛的金色大人是兩個對比。

遙香向熊悟朗頷首爲禮。熊悟朗只能點頭回應。

「我在遠處看到了，金色大人，您眞的好強。有沒有受傷？」

「我也知道怎麼走，不過就叫熊悟朗領路吧。」

既然知道路，兩個人去就行了。

簡而言之，他就是人質吧。

花魁模樣的金色大人現身，是不到朝四刻的時候，接下來直到熊悟朗下跪，不到半刻時辰。

現在還不到正午。這會是個漫長的一天。

2

一行人在漫長的上坡途中停下腳步。

熊悟朗從竹叢取出木板，在路旁的竹叢搭了座橋。通往鬼宮殿的路徑的祕密，就在於利用工具，分開竹叢前進。使用藏在各處的木板及繩梯，穿過密道。這也是要把人矇上眼睛的理由。即使循著山路走，也不可能通到鬼宮殿。

遙香和金色大人默默跟上。

「熊悟朗，這前面有首穴對吧？」金色大人說。

「是，有的。」熊悟朗答道。

「先過去那裡。」

「好的。」

「首穴是什麼？」遙香問。

「熊悟朗，說明。」

「顧名思義，就是放首級的洞穴。鬼宮殿因爲位在山裡，和村莊城鎮有許多不同之處。如果有人過世，就會依身分地位等等，分葬在四個地方。」

女人的屍體埋葬在「女郎原」，位在隱田旁邊，埋下棺桶後插上墓標。旁邊的是「武者原」，主要將同伴的屍體放入棺桶埋葬，立上墓標。安葬代代首領一族的，是聖域「首領窟」，將放入棺材的屍體排放在洞窟內安置。最後加入死者行列的是半藤剛毅。

將首級放入盒子裡安置的就是「首穴」。同伴砍來首級，讓首領檢視之後，就放在這處首穴裡面。據傳首級具有咒力，草率丟棄會遭到作祟。被視爲伏擊首領主犯的勘助首級也安放在此。

「那裡不是沒事會去的地方，擺著首級，很恐怖的。」熊悟朗低聲說。

兩人默默跟上。不久，熊悟朗來到繫有注連繩（註）的洞窟前。半圓狀的洞穴嵌著一道看似堅固的木門，上了門閂。門上貼著無數符咒。他取下門閂，把門打開。

陰暗的洞窟裡飄出冷氣。

踏入洞穴。

多少年沒進來了？

還是打雜小子的時候，熊悟朗好幾次送首級過來。這裡的駭人非比尋常，每次踏入都讓他覺得折壽好幾年。黑暗中，以超過一百五十年歷史爲傲的極樂園弟兄們砍來的首級一字排開。洞窟深處，堆積著已經無法辨識的無數骷髏頭，同時各處都堆著裝有首級的古老木盒。每個木盒都貼了符咒，免得首級復活。熊悟朗認爲如果世上有魔物，一定就棲息在這樣的洞穴裡，而且洞裡也彌漫著猛烈的可厭氣息，覺得會被吸進去，再也出不來。

自從自己有了小弟，他再也沒有進來過。

從入口踏進數步，就陷入漆黑。

熊悟朗在黑暗中凝目細看。他是要查看有沒有那個同心的首級。

這裡堆著無數的木盒，若要一個個打開檢查，天都要黑了。

「新的盒子不會放進太深的地方，那邊的應該是最近的。」

據說那名同心約一個月前來到鬼宮殿。放置在地表的話，已經化成骷髏頭了，但這座洞窟很冷，盒裡的首級不會遭野獸啃咬，意外地可以保留原形很久，應該還能辨認出相貌。

金色大人將並排的盒子拿了幾個出去。

取出首級，與遙香對望。她搖搖頭，再從下一個盒子拿出首級。

熊悟朗茫茫然地望著這幕景象。

不久，兩人在一顆首級前停住了動作。

只是默默無語地注視著。

金色大人體內傳來哀傷的鈴般聲響。

遙香的肩膀微微顫動著。

註：神道教中用來標示聖域的稻草繩，或用以驅邪。

儘管無聲無語，但熊悟朗知道他們找到了。

唐突地，遙香的身體噴出漆黑的霧氣。

那大量的黑霧讓周圍陷入黑暗。

就彷彿慘遭鬼宮殿毒手的死者，全都化成了亡靈附到了她的身上。

熊悟朗屏住了呼吸。

這殺意的量，非比尋常。

「有小女孩被抓走，父母爲此悲泣。所以親自過來談判，要求放回小孩，只是這樣而已。」

遙香低聲自語。聲音冰冷到極點。

熊悟朗吞了口唾沫。

對，沒錯。我們從古早以前，就一直揹負著十惡不赦的罵名。

「只帶了五名部下，也是在對山賊輸誠，表示他們並不是來攻打，而是來請託的。況且，山賊本來就是逆賊，應當要被消滅，但他還是克盡禮數。」

遙香周圍的霧氣濃度漸增、凝結成形。

不妙，熊悟朗心想。殺意通常是有限度的，釋放殆盡就會消散無蹤。就和小便一樣。他好幾次目擊在廝殺當中，隨著一次次互砍，殺意的黑霧從對方身上逐漸散去。這就是妥協的時候。只要這時候提議「就此罷手吧」，對方大抵都會收刀，也可以趁勢打蛇隨棍上。

但殺意沒有消散而是凝固，就會變成執著，這樣的殺意永遠不會消失。

熊悟朗退後一步。

「敢跑就宰了你。我們做得到。熊悟朗，你從以前就是個敏銳的小子。」

金色大人立刻說。所以你懂吧？

熊悟朗點點頭。冷汗淌下背部。

金色大人對遙香鼓勵地說：

「凡事皆有終點。」

遙香點點頭。

「走吧，去鬼宮殿。」

10 消逝於黑暗之人（一七四七）

1

十歲的眞奈一醒來，便叫醒雙胞胎妹妹佐知。

幾個女人還在睡夢中。兩人沒有吵醒她們，偷偷溜出外面。到井邊洗臉。兩人被抓到鬼宮殿已經快兩個月，這天早上宮殿裡異樣冷清。因爲一大清早，大半的男人都下山去了。

「好安靜。」眞奈對佐知說。

「剛才首領在裡面。」佐知回答。

「今天是什麼特別的日子嗎？」

「不曉得。」佐知側了側頭。就算問對方，彼此知道的事也一樣。

十六歲的寛那姐經過井邊。她和眞奈、佐知一樣，是被抓來的。

「喂，怎麼沒打招呼？」

「早安！」雙胞胎同聲說道，彎腰深深行禮。

「寛那姐姐，今天早上男人們都去哪裡了？」

寛那姐賞了發問的佐知一巴掌。佐知呆呆地按住臉頰。

寬那姐憤恨地說：「我馬上就要下山了。我拜託首領，說下山以後我想去舞柳。舞柳風評很好，又是我的故鄉，可是首領說不行，說要把我賣去江戶的風月場。」

但這和佐知挨打有什麼關係？毫無道理。完全是遷怒。

「說是避免我碰到認識的人。我眞想死掉算了！我受夠陪男人睡了。昨晚也跟三個臭男人搞，眞噁心死了！他們天一亮就帶著傢伙出去了，是去殺人了吧？怎麼不幹脆全部死一死算了？」

寬那姐心不在焉地仰頭望天。

佐知還按著臉頰。眼眶噙滿了淚。寬那姐拉扯佐知的兩耳。

「哇哇哇哇，妳要哭嗎？哇哇哇哇，妳哭啊？我已經拜託首領，讓你被賣到我被賣去的地方，所以我可以欺負你欺負到死了，哇哇哇哇，哇哇哇哇！」

寬那姐每次說「哇哇哇哇」，就拉扯佐知的耳朵。

「請不要這樣，不要欺負佐知，放過她吧！」

眞奈抱住寬那姐，想要解救雙胞胎妹妹。

寬那姐又一記耳光，把眞奈打飛了。

「吵死了！妳們這兩個一模一樣的醜八怪影武者！我已經拜託首領把你賣去別的遊廓了，所以你要跟佐知活活被拆散！噫嘻嘻嘻嘻，滾，別礙老娘的路！」

寬那姐推開眞奈走掉了。在男人面前，寬那姐就像個娃娃一樣乖巧。嬌羞婉約，楚楚可憐。然而只要在場沒有男人，她就會對比自己更弱的人百般欺凌。

眞奈對男人只有恐懼和輕蔑，但沒有男人，寬那姐又會露出本性。這裡的女人包括眞奈和佐知在內共十名。聽說以前有兩倍以上的人數。除了雙胞胎以外都是十歲以上，不到二十，全都預定要賣到京城、江戶、大坂，或是其他的遊廓和妓院。

眞奈和佐知爲了躲開寬那姐，到廚房要了兩顆飯糰，接著便尋找無人之處。

年幼的雙胞胎被分配到的工作只有打掃房間，和輪值提水等雜務，做完後，她們總是躲到其他姐姐們找不到的地方，免得受欺侮。

2

守門人沙武六看見兩女一男從坡道走上來。

天剛亮，夥伴們便下山去了，聽說或許會與藩兵一戰。之所以模糊地說「或許」，是因爲地位低微的沙武六沒得到詳細的消息。

沙武六不喜歡堂堂正正的交手。他幹的是沒有名譽可言的盜賊行當，也不想跟人較勁刀槍本領。除了從背後來陰的，他完全不想動手。萬一和藩兵對幹，最底下的自己毫無疑問會被派到最前頭，做些捨身突擊等極可能喪命的差事，萬一一命嗚呼就太不合算了。

被交代留在這裡守門時，他鬆了一口氣。

這天眾人出發後，他舒舒服服泡澡，逗弄了一下最近漸漸對他百依百順的娼妓寬那，然後爬到門上睡回籠覺。醒來時，就發現有人影靠近了。

是男人們回來了嗎？

沙武六慌忙爬下樓門。時間過正午不久。比他預估下山的人回來的時間更早一些，但即使他們在這時間回來也不奇怪。

三個都是沒見過的人。其中一個女人顯然格外詭異。她一身奢華禮服，讓人覺得是最高級的娼妓，然而沒有梳髮髻，一頭黑髮甚至披在臉上，頭髮之間露出沒有表情的白臉。

三人在門前停下來。沙武六從格欄間看男人。是個衣著高級的中年男子。體型高大，宏偉富態，有種慣於使喚人的人特有的威嚴。

「我是舞柳遊廓的熊悟朗。如果認得我，替我開門，不認得的話，叫個認得我的人過來。」

沙武六心跳加速。

說到舞柳遊廓的熊悟朗，在鬼宮殿裡是無人不知、無人不曉。他從首領那裡聽說，以前熊悟朗就是在他現在起居的地方當看門小子。沙武六沒有見過熊悟朗，但熊悟朗的發跡傳奇，一直是他的心靈支柱，熊悟朗也是他的榜樣。

「是，小的馬上開門。」

一定就是熊悟朗本人沒錯。聽那語氣就知道。沙武六急忙取下門閂。

三人走了進來。

「夜隼大人好嗎？」熊悟朗問沙武六。

兩個女人一定是隨從。也許是帶來送給鬼宮殿的新女人。沙武六叫自己別太關注那個怪女人。

「是、是，首領很好，當然好。」

居然向看門的我攀談，真是不勝光榮。沙武六有些焦急。他想說點什麼機靈的話，讓他景仰的舞柳遊廓的大老爺稱讚，卻想不到該說什麼。

「以前我也是看門的。」熊悟朗面露笑容，望著沙武六說。

「是，小的聽說過。」

「最近有武士上山來對吧？」

「啊，是啊。的確有幾個武士傻呼呼地上山來。」沙武六對有了話題感到開心。「那些武士能狐假虎威，也只有在能呼朋引伴的藩城附近。在山裡頭，他們完全就像驚弓之鳥，看了教人可憐。首領覺得好玩，把他們叫進來，請他們喝酒。」

「哦？然後呢？」熊悟朗興致勃勃應和。

「沒想到，抓了百目大哥的混帳也在裡頭。一想到百目大哥被斬首示眾的事，大夥漸漸怒火中燒起來啦。一夥人喝得醉醺醺的，開始動手揍起他們，喔，到了那時候，咱們已經把它當成慶典狂歡，停不下來啦。咱們也拿出傢伙來，一人一刀什麼的，到了早上一看，全死光了。眞是，整件事實在有夠好笑。」

沙武六覺得這裡正是好笑之處，稍微笑了一下。殺死作威作福的奉行所武士，光是回想起來就大快人心。但實際情形有些不同。他們叫進來的四人裡面，感覺身分最高的一名藩士不愧是捉拿百目大哥的人物，身手非凡。刀子都沒收了，他卻兩三下就制服了好幾名弟兄，技驚全場，但背後給他一刀，他就威風不起來了。

「是一個叫柴本的同心，大哥知道嗎？」

「不，我沒見過。」

熊悟朗老爺也在笑。看來心情非常好。

「他們來幹麼？叫你們把雙胞胎姑娘還回去？」

「對對對，叫我們還回去。原來老爺知道？簡直太蠢了。武士這種人啊，自以爲只要開口，不管對方是什麼人，都得聽他們吩咐。人都抓來極樂園了，叫我們還就得還嗎？不過，用來打發無聊，是滿不錯的餘興節目啦。我也希望可以快點擺脫在深山裡看門的工作，像熊悟朗老爺這樣闖出名滿天下的成就來。」

「這樣啊，原來如此。」

沙武六發現了。

大老爺的眼睛完全沒有笑意，只有左眼朝他猛眨。

「夏天送來的西瓜，你吃了嗎？」

咦？沙武六驚覺。這不是大哥們教過他的暗號嗎？在門前提到夏天的西瓜，就是怎樣去了——就是遭到威脅，帶著敵人上門時的暗號——應該是這樣。假設舞柳遊廓的熊悟朗被迫帶著敵人上門，那就是這兩個不知道是禮物還是隨從的女人了。

「是啊，唔唔，那西瓜啊，唔，滿好吃的呢。」

沙武六找話敷衍，留意熊悟朗的表情，結果被人從後方摟抱，女人的手倏地摸進胸口。

「不覺得痛，你比我丈夫幸福多了。」

耳畔響起女人的聲音，同時眼前猛地一黑。

——怎麼回事？

忽地，緊張鬆弛，沙武六沉浸在泡了個長澡後鑽進被窩裡的舒適裡。

他被睡意席捲。墜入深邃漆黑的地方。

沙武六再也沒有從那片黑暗中歸來。

遙香將手疊在守門人的胸口時，瞬間黑霧轉濃化成異形怪物，又恢復原狀。

守門人倒在地上。一動也不動。口角流涎。

這就是她所說的手的力量嗎？原來是眞的？熊悟朗硬生生地吞了口唾沫。西瓜的暗號沒被聽懂。對於極樂園，他已經幫不上忙。

「舞柳遊廓的大老爺。」

全身如衣物般披掛著漆黑霧氣的遙香說。

「辛苦你帶路了。因爲時間不多，就請你在大門這兒決定。我與你無冤無仇。遊廓這種地方我並不喜歡，但輪不到我來批判。如果你要爲鬼宮殿而戰，我就在這裡殺了你。」

熊悟朗望著遙香和金色大人。

毫無勝算。如果只有遙香一個人，總有辦法，但旁邊跟著金色大人。即使只是玩笑，但一對遙香有任何危險舉動，就意味著自己的死期。如果是武士，或許會視死如歸。但自己對忠義、驕傲、矜持這些毫無興趣。

「我已經決定追隨你們了。」熊悟朗說。

「那麼大老爺，請原路折返，攔下從六地藏鹿原返回這裡的人。這也是爲了他們好。從那片原野返回山上的人，無論理由爲何，我們都會視爲敵人，格殺勿論，對吧，金色大人？」

「回來的人，格殺勿論。」金色大人重複道。

「另外，如果有許多人回來，我們會解讀爲是你背叛了，一定會取你的命。」

「把熊悟朗也一起殺了。」

金色大人說。熊悟朗點點頭。

離開大門後，熊悟朗拔腿狂奔。暫時得救了。

那兩人的附近，氣溫顯然低了許多，甚至令人呼吸困難。

距離日落還有時間。用走的也來得及，但他想盡量和怪物們拉開距離。

隨著標高下降，世俗的感覺回來了。

汗水淌下額頭。他對不起從舞柳遊廓帶出來的年輕人。他們應該還在六地藏鹿原。別說回山上了，眾人都受重傷。不到半刻的時辰裡，那裡死了多少人？

勝敗的階段早已經過去。他的腦中只有戰敗後的善後。

3

午八刻的時間。

眞奈與佐知一起在山門附近。兩人並坐在倒木上，啃著肉乾。她們發現守門的沙武六匆匆忙忙開門的樣子。她們以爲男人回來了，但進來的是兩個女人，和一名陌生男子。

沙武六很惶恐的模樣，畢恭畢敬。

帶著女人的男子她們沒有見過，但肯定地位不凡。

一個女人很高，穿著豪華絢爛的衣裳，臉看起來搽了白粉。是花魁嗎？衣襬都被泥土弄髒了。不，仔細一看除了衣襬以外的地方也處處髒污。另一個像普通商家女子。

豪華絢爛的女子也許戴了面具，完全看不出表情。遠遠地看去，總覺得不太像人。

然後，貌似町人的女子從背後抱住沙武六，手按在胸口上。女子一放手，沙武六便直接倒地。

三人沒有扶起倒地的沙武六，完全無視他說起話。接著男子跑出門外。

貌似城鎮的女子朝這裡走來。

眞奈和佐知瞇起眼睛。

「太好了。」女子蹲了下來。「你們兩個平安無事。」

「姐姐是新來的嗎？」佐知問。

「不對。」眞奈飛快地說。

眞奈望向倒在地上的沙武六。還沒有起來。姐姐到底對他做了什麼？

身材高壯的男子也離開了。爲什麼？

「對，我不是新來的。」

「姐姐到底是誰？」

「我是來救你們的。你們是租書鋪槙兵衛的女兒對吧？」

眞奈和佐知對望。眞奈覺得她們是租書鋪女兒的事，就像遙遠過往的夢境。沒想到會有人冒出來說出這件往事。

「之前有藩士來這裡找你們，我是他的妻子。我是來帶你們回家的。」

「藩士，是之前被殺死的人嗎？」佐知呆呆地說。

女子的臉色沉了下來：「沒錯。」

花魁給大門上了門閂。眞奈的心跳加速。終於有人來救她們了嗎？只有兩個人嗎？她們眞的能得救嗎？眞的回得了家嗎？

「可是他們說，如果我們跑走，就算追到天涯海角也要把我們找出來殺掉。說這是規矩。還說他們知道我們家，要把我們家的人也全部殺掉。」

「放心。」

「看門的怎麼了？爲什麼他不起來？」

「他已經死了。」

女子微笑。

「這裡的男人接下來會全部死光光，就算你們下山，也不會有人傷害你們，放心吧。」

眞奈和佐知對望。

「所以，不可以把我們的事告訴任何人。」

「可是，如果有大人問起，發現我們撒謊，我們會被殺掉的。」

「是啊。那，如果有人問起，你們就有說有怪物來了。」

——怪物來了。

眞奈嚥了口唾沫。她覺得事實就是如此。

這個看似來自城鎮的女子姑且不論，但另一頭那個白臉長髮、穿著絢爛禮服的花魁——

「我們是如假包換的怪物。」

像町人的女子摸了摸眞奈和佐知的頭。

「你們一定要活著回去。你們的爹娘都在等你們。今晚找個地方躲起來吧。不用怕，怪物不會傷害你們。不過接下來如果跟著我們，可能會很危險，躲得遠遠的比較好。」

雙胞胎沒有向任何人報告。即使有人問她們，她們只是默默搖頭。

天黑前，極樂園陷入了騷亂。

煮飯的女人在廚房發現極樂園的幹部倒在地上。

這名男子是知名的大力士，身材在留守極樂園的人當中，數一數二的魁梧。

沒了呼吸，但沒有外傷。神情安穩，就只是死了。不是食物中毒或猝死。

接著發現了守門人沙武六的屍體。

一樣沒有外傷，看不出痛苦的模樣。

接近日落，派去六地藏鹿原的十五人，卻沒有半個人回來。

黃昏的宮殿裡，各處都有人目擊到怪物。

4

入夜了。夜隼將眾人召集到大廳，立刻清點人數。

去掉死者，極樂園現在有六個男人。女人包括煮飯的和十歲的雙胞胎，共十人。

大家都默默用餐。

女人們顯然害怕不已，小聲談論怪物。什麼打扮得像花魁，跳上屋頂消失、出現在無人的房間，以恐怖的聲音說話。也有女人被怪物詢問園裡的人數：男人加上女人，總共有幾人？

夜隼吃完飯後，做出指示。

「有刺客混進來了。女人全部待在內室，我們男人在隔壁守護，等待天亮。」

刺客不知道是什麼來頭。根據目擊者，是兩個女人（打扮成女人的人）。應該就是她們在極樂園裡殺了兩個男人。原本要主動搜捕，但極樂園很大，下去六地藏鹿原的十五人又還沒有回來。如今已經失去兩個人，最好不要輕忽大意。而且若有六名男子在夜黑中提著燈籠走來走去，只會變成活靶。

「燈全部拿出庭院，我們躲在黑暗的房間裡。長槍放在腳邊，拿起弓箭和盾牌。」

在夜間，待在燈火旁邊最危險。因此才要把燈拿出庭院。

如果敵人要攻擊他們，極有可能是從庭院現身。他們輪流入睡，監視庭院。

如果敵人現身，就朝著燈火通明的院子，從陰暗的房間射箭。守門人已經死了，難保不會有人過來。為了預防有槍炮隊衝進來，也準備了盾。

依現狀來看，這是最好的對策。

將七盞紙罩燈拿出庭院後，過了半刻。

照亮黑暗的燈光中，詭異的東西無聲無息現身了。

夜隼，以及在屋內舉起盾牌戒備的男人們全都倒吞了一口氣。

長髮披散，垂在臉上。一身豪華的禮服。黑髮之間露出的臉是純白的，沒有表情。

夜隼悄悄打信號。

一名手下拉弓放箭。箭還沒有射到對方，怪物的身影已遁入黑暗消失。

黑暗中傳出聲音：「夜隼，你在那裡做什麼？」

夜隼感到全身的肌肉繃緊了。

那聲音和半藤剛毅一模一樣。

「我兒子在哪裡？」剛毅的聲音繼續道。「你想要這個地方，從我手中搶走了它？既然如此就與我交手一戰。倘若不從，我將無數次復活。」

後來進入極樂園的人不認得十幾年前死去的半藤剛毅聲音。但幹部中有些老資格的人。

——首領，難道是上代的亡靈？

認得半藤剛毅聲音的老一輩以摻雜了懼怕的悄聲問道。
——不知道。
夜隼靜靜應答。
黑暗中再次響起聲音：
「夜隼——不，夢龍，我不會放過你，你居然謀害我爹！」
這是政嗣的聲音。
「我不原諒你，虧我還把你當兄弟！」
帶有奇妙腔調的這聲音是黑富士。
「不可能。」夜隼自言自語。
燈光中，怪物現身了。
兩眼的位置射出幽幽綠光。
滿屋子的人都緊張起來。連一聲咳嗽都沒有。
「躲在那裡的每一個人，到我面前來，證明自己是什麼人！」
不是政嗣，不是剛毅。花魁以低沉晦暗、如閻魔般的聲音宣告。
夜隼深吸了一口氣。
他認爲這世上有妖魔鬼怪。從前這裡就有個金色的神。
都有那種東西了——就算有幽靈或怪物，亦不足爲奇。
世界遼闊，除了金色大人以外，應該也有無法想像的神靈。
但夜隼從來沒有害怕過這類東西，往後也不會害怕。

年少時分，家中遭遇從武士貶為平民的橫禍，姐姐投河自盡，此後便是一連串辛酸。起初是夥同有些不正常才會混不下去的人渣一同打劫商家。殺死一家老小，搶奪財物後，為了分贓起了衝突，他把人渣全砍死了。不久後，他擅闖關所，斬殺以身手自豪的藩士，遇到極樂園的首領，找到了自己的歸所……然後他背叛老大，竊奪了他的資產。

他不害怕什麼亡靈。他就是這裡的首領。他對過去種種一切毫不後悔。

這些，要他怎麼證明都行。

夜隼小聲指示部下看他信號，同時射箭。五名男子上箭拉弓。

怪物一直站在那裡。

夜隼舉起一手。

五支箭射向異形。

同時夜隼跳下庭院。追逐飛箭似地衝向怪物。

扭轉身體，全力朝怪物揮出大刀。

「來得好。」

垂髮底下，低沉渾厚的聲音應道。

大刀「咻」一聲劃過空中。砍了個空。

——躲開了？

怪物就在旁邊。夜隼往後跳去，拉開距離。

然而怪物以閃電般的速度逼近眼前，大刀被打飛了。緊接著胸口一陣撞擊。

夜隼認為應該是被踹了。沒能目擊到。遭受撞擊的瞬間，景色已經旋轉起來。

夜隼飛到燈光範圍之外，身體撞到地面，在黑暗中翻滾。夜隼身經百戰。他一邊翻滾，同時思考下一步。不管那是怪物還是戴面具的刺客，身手都極爲了得。最好避免正面交鋒。暫時撤退，躲在黑暗中靜觀其變。待在山門周圍的話，不會讓刺客溜掉，也可以思考對策。

夜隼在黑暗中站起來，忽然一團柔軟的東西撞上背部。

瞬間掠過腦袋的猜測是「女人」。觸碰身體的是女人的肌膚、氣味、呼吸。

女人應該全部叫去內室了。

夜隼慢慢轉頭。是個年輕姑娘。手上沒有武器。

女人纖細的手撫在自己的胸膛上。

「你是誰？」

女人沒有回答。眼神冰冷。

原來如此，她就是跟怪物一起來的女人。不就是個普通女子嗎？她以爲這樣就抓住我了嗎？不，要抓住你的是我。我要以這個女人爲人質，脅迫那個怪物。

可是。怎麼這麼暗？什麼都看不見。

這是夜隼最後一個念頭。

世界一下子熄滅了。

5

女人們聚在內室，不停發抖。

眞奈也在那裡。她握著佐知的手，兩人彼此依偎。

自稱怪物的女子交代她們躲起來，但最後她們也只能聽從首領的指示。

一開始庭院傳來男人的聲音。因爲隔了一道牆，聽不清楚在說什麼。

女人們全都豎耳聆聽。男人在說「你在做什麼」、「我兒子在哪裡」。如果這是「怪物」的聲音，那麼是她們在大門看到的、跟兩個女人在一起的男人聲音嗎？

或許不是。怪物一定有很多個。

來到極樂園以後，姐姐們告訴她們許多事。以前這裡的山賊裡面，有皮膚漆黑的男人，還有來自月亮、閃閃發亮的男人。還說首領有地獄的血統。

極樂園是鬼宮殿。這座山各處的洞穴通往地獄，這座宮殿就位在與異界的境界之上。

畫著龍的金箔紙門另一頭傳來地面震動聲。是有人從高處落地的聲音。

咚！榻榻米震動起來。怒吼聲。鐵器撞擊聲，接著是慘叫聲。呻吟。

紙門外顯然發生了打鬥。騷亂只持續了一下子，很快就平息了。

一片死寂。

眾人都大氣不敢吭一聲，等待紙門打開。但紙門一直沒有開。

一名姐姐輕輕地拉開紙門。眞奈和佐知也探頭看。

四個男人趴在地上，渾身是血。是這裡的人。移動視線，簷廊又倒著一個人，更後面一點，稍微離開建築物的地方，是倒地的首領。

六個人。全部斃命了。

此外沒有任何人。

只有夜風吹拂。

黎明來臨。怪物到早上仍沒有現身。或許躲在某處，也可能達成目的離開了。

遣手婆過來對眞奈和佐知說：

「要下山了，準備一下。拖拖拉拉的話，就把你們掐死。」

看來決定所有女人都要一起下山了。就連長住在極樂園、熟悉這裡的女人，似乎也不想留在只剩下屍體的宮殿。入夜後，怪物可能又會出現。或許這次眞的會沒命。

眞奈看著男人們的屍體心想。

小時候她們被帶到寺院，看了地獄圖。

和尚說，地獄裡有修羅道，修羅在那裡不斷地挑戰叫帝釋天的強大佛神，但只能永遠落敗。

那個怪物是不是就是帝釋天？

女人們寡默地穿過山門。

走下坡道的途中，有人驚呼一聲，指著極樂園所在的山上。

黑煙升起。

眾人停步，茫茫然地看著極樂園。煙霧愈來愈大。

燒起來了。

沒有人說要折回去。

終章

1

眞奈和佐知站在租書鋪前。

兩人對望，放聲大喊：爹！娘！

店面和住家相連。父親和母親飛奔而出，慌慌張張地把女兒們拉進屋裡，號啕大哭起來。你們被帶去哪裡了？在那裡怎麼了？雙胞胎逐一回答問題。

花魁模樣的怪物在藩內各地引發議論。據說一群離經叛道的傢伙聚集在六地藏鹿原鬧事，結果突然冒出一個妖怪女，不消半刻就重傷在場全部人，還出了好幾條人命。

人們說，是某處死於非命的花魁出來作祟。

也有幾個人到眞奈、佐知這裡來打聽。

沒多久，傳聞又被新的傳聞取代，漸漸地，愈來愈少人提起這件事。

事過境遷，就成了一段不可思議的記憶。

就好像誤闖童話故事。雙胞胎有時會彼此確認。

在魑魅魍魎跋扈的山區裡，有通往地獄的宮殿，住著衣飾華美的女人和男人，還有變身成人類的眞正魔物。我們被抓到了那裡。但幸運的是，有美麗善良的佛神現身殺死全部的魔物，所以我們才能逃走。

——那是眞的發生過的事吧？

——沒錯，眞的發生過。

——那不是作夢吧？

——如果是作夢，那我們就是作了一樣的夢。

歲月流逝，換了新的元號。

眞奈成了三個孩子的母親，佐知成了兩個孩子的母親，各別在孩子們的慫恿下，訴說被抓到妖怪宮殿的雙胞胎少女故事。山中宮殿火災後的廢墟在日曬雨淋下，雜草叢生，不久，連曾經有過的痕跡亦逐漸風化消逝。

2

鬼宮殿消滅後，舞柳遊廓仍然繼續營業。

藩沒有介入鬼宮殿消滅之事。對藩而言，鬼宮殿果然是不知道是否存在的夢幻領域。

六地藏鹿原最後死了八個人。遊廓收留逃出來的女人，以及無處可去的男人，給他們工作。

花了幾年，一切終於塵埃落定。

熊悟朗五十五歲時，與一名小刺客交手。

那是被貧民的父母拋棄的少年。有個以前在信濃屋做相幫的男子遭到開除，淪爲盜賊，他教唆少年，說只要殺了熊悟朗，就能揚名立萬，也會給他一筆錢。對熊悟朗來說，這場決鬥毫無益處，但他不顧周圍反對，特地安排一場決鬥。

他花錢雇了兩名見證人，在一旁待命，在無人的荒野和少年決鬥。熊悟朗在少年面前，要部下發誓，如果少年贏了，就給他破格的重金二十兩，無條件讓他離開。

少年使用眞刀，熊悟朗拿木刀。

「我得讓步這麼多，否則算不上公平。來吧，不用客氣。漂亮地擊倒我吧！」

熊悟朗對少年這麼說。

少年揮砍的刀連一下都沒有擊中熊悟朗，熊悟朗奪走少年的武器十次，每次都摑他一記耳光，再把刀還給他。

「連送一個老頭上西天都辦不到嗎？喏，再來一次！」

打到第十記耳光時，臉頰紅腫的少年昏倒了。同一天傍晚，部下抓到命令少年暗殺熊悟朗的男子，當場砍下首級。以前當相幫的男子因爲得了梅毒，面相變得極爲駭人。

少年被帶回舞柳遊廓照顧，醒來後，熊悟朗來到他枕畔說：

「你已經死了。以後換個名字侍奉我吧。」

此後，熊悟朗帶著少年遊山玩水，極爲疼愛。

晚年，熊悟朗將遊廓的經營交給下一代，退休隱居。

某個秋日，他在自家和以前是刺客、現在就像兒子一樣的心腹少年對奕時說他頭暈目眩，躺了下來。熊悟朗睡下約一刻，期間爬起來一次說「有大熊到家門口來接我了」。隨侍一旁的少年打開玄關門查看，外頭濃霧厚實，似乎眞有龐然巨物潛伏。少年又回到熊悟朗的枕畔，老人憔悴的臉露出笑容，簡短對少年交代「好好享受人生吧」就閉上眼睛，平靜長眠。

熊悟朗死後又過許久，舞柳遊廓在安政年間燬於祝融，現在找不到半點痕跡。

3

遙香沒有再回到祖野新道的家。金色大人與遙香漫長的旅程，又是另一段故事。

鬼宮殿燒燬後，過了三十餘年。無人居住的荒野上有兩個人。

延續至地平線盡頭的寂靜草原上，零星開著鮮艷的藍花。到處散布著花崗岩。

染成橘紅的雲朵飄浮在第一顆星子亮起的天上。

花崗岩沐浴在夕陽下，染上了桃紅色的光。

有一座洞窟。她在洞窟裡，手按在他堅硬冰冷的胸膛上。

胸膛的另一側。是閃閃發亮、陣陣脈動的事物。

她找到它，以雙手捧住。

她知道他的願望，也知道那是他在構造上不可能辦到的事。

除非有人為他帶來終結，否則他永遠無法安息。

——遇到你的時候，我就預感到這一天。

她輕輕撫慰著那光輝，將它推入深沉的黑暗裡。

——感激不盡。我總算可以閉幕了。

他道謝說。

——哪裡，我才要謝謝你。你好好休息吧。

她喃喃道。

那團閃電飛向無盡的漆黑虛空。

綠光從他的眼中消失了。

她將摘來的野花獻上他的胸膛。

夜晚造訪，高空的滿月開始綻放光輝。

月光照亮走出洞窟的她。

然後，這一切成了真正的童話故事。

（完）

E FICTION 42／金色大人

原著書名／金色機械
作　　者／恒川光太郎
行銷業務／徐慧芬、陳紫晴
翻　　譯／王華懋
責任編輯／詹凱婷
編輯總監／劉麗真
總 經 理／陳逸瑛
榮譽社長／詹宏志
發 行 人／涂玉雲
出 版 社／獨步文化
城邦文化事業股份有限公司
104台北市中山區民生東路二段141號5樓
電話：(02) 2500-7696　傳真：(02) 2500-1967
發　　行／英屬蓋曼群島商家庭傳媒股份有限公司
城邦分公司
104 台北市中山區民生東路二段141號2樓
網址／www.cite.com.tw
讀者服務專線／(02) 2500-7718；2500-7719
服務時間／週一至週五：09：30～12：00　13：30～17：00
24小時傳真服務／(02) 2500-1900；2500-1991
讀者服務信箱E-mail／service@readingclub.com.tw
劃撥帳號／19863813
戶名／書虫股份有限公司
香港發行所／城邦（香港）出版集團有限公司
香港灣仔駱克道193號東超商業中心1樓
電話／(852) 2508-6231　傳真／(852) 2578-9337
E-mail／hkcite@biznetvigator.com
馬新發行所／城邦（馬新）出版集團
Cite (M) Sdn Bhd
41, Jalan Radin Anum, Bandar Baru Sri Petaling,
57000 Kuala Lumpur, Malaysia.
Tel: (603) 90578822
Fax:(603) 90576622
email:cite@cite.com.my
封面設計／高偉哲
插　　畫／山米
排　　版／游淑萍
印　　刷／中原造像股份有限公司
●2020年12月初版
●2021年1月21日初版3刷
售價399元

 ISBN 978-957-9447-88-1

國家圖書館出版品預行編目資料

金色大人／恒川光太郎著；詹慕如譯. –初版. – 台北市：獨步文化，城邦文化出版：家庭傳媒城邦分公司發行，民109.12
面；公分. --（E fiction ; 42）
譯自：金色機械
ISBN 978-957-9447-88-1（平裝）

861.57　　109014668

獨步文化 APEX PRESS

廣　告　回　函
北區郵政管理登記證
台北廣字第000791號
郵資已付，免貼郵票

104台北市民生東路二段 141 號 2 樓

英屬蓋曼群島商家庭傳媒股份有限公司

城邦分公司

請沿虛線對摺，謝謝！

獨步文化 APEX PRESS

書號：1UR042	書名：金色大人	編碼：

請於此處用膠水黏貼

獨步文化 APEX PRESS

讀者回函卡

謝謝您購買我們出版的書籍！

請費心填寫此回函卡，我們將不定期寄上城邦集團最新的出版訊息。

姓名：________________ 性別：☐男 ☐女

生日：西元________年________月________日

地址：________________

聯絡電話：________________ 傳真：________________

E-mail：________________

學歷：☐1.小學 ☐2.國中 ☐3.高中 ☐4.大專 ☐5.研究所以上

職業：☐1.學生 ☐2.軍公教 ☐3.服務 ☐4.金融 ☐5.製造 ☐6.資訊

☐7.傳播 ☐8.自由業 ☐9.農漁牧 ☐10.家管 ☐11.退休

☐12.其他________________

您從何種方式得知本書消息？

☐1.書店 ☐2.網路 ☐3.報紙 ☐4.雜誌 ☐5.廣播 ☐6.電視

☐7.親友推薦 ☐8.其他________________

您通常以何種方式購書？

☐1.書店 ☐2.網路 ☐3.傳真訂購 ☐4.郵局劃撥 ☐5.其他

您喜歡閱讀哪些類別的書籍？

☐1.財經商業 ☐2.自然科學 ☐3.歷史 ☐4.法律 ☐5.文學

☐6.休閒旅遊 ☐7.小說 ☐8.人物傳記 ☐9.生活、勵志 ☐10.其他

對我們的建議：________________

____

____

為提供訂購、行銷、客戶管理或其他合於營業登記項目或章程所定業務需要之目的，家庭傳媒集團（即英屬蓋曼群島商家庭傳媒股份有限公司城邦分公司、城邦文化事業股份有限公司、書虫股份有限公司、墨刻出版股份有限公司、城邦原創股份有限公司），於本集團之營運期間及地區內，將以mail、傳真、電話、簡訊、郵寄或其他公告方式利用您提供之資料（資料類別：C001、C002、C003、C011等）。利用對象除本集團外，亦可能包括相關服務的協力機構。如您有依個資法第三條或其他需服務之處，得洽詢本公司服務信箱cite_apexpress@cite.com.tw請求協助。相關資料不提供亦不影響您的權益。

☐我已詳讀權利義務之相關條款，並同意遵守。

請於此處用膠水黏貼